Bij de nachtelijke oversteek naar bevrijd gebied, in het laatste oorlogsjaar, raakt de veertienjarige Tin van Heel zijn vader kwijt. Een nacht en een dag en een avond blijft de jongen in de uiterwaard waken, turen, zoeken, maar zijn vader komt niet meer boven water. Als dertig jaar later, tijdens een Afrikaanse reis met zijn vrouw, het noodlot opnieuw dreigt, voelt hij dat de tijd gekomen is om alles recht te zetten.

De onderwaterzwemmer is een spannende en aangrijpende roman over onherstelbaarheid van verlies en schuld daarover. En over redding, die komt wanneer je haar niet verwacht – maar die, onder water, steeds met je is meegezwommen.

P.F. Thomése

De onderwaterzwemmer

ROMAN

Uitgeverij Atlas Contact
Amsterdam/Antwerpen

De auteur ontving voor het schrijven van deze roman een subsidie
van het Nederlands Letterenfonds

Nederlands letterenfonds
dutch foundation
for literature

Eerste druk april 2015
Tweede druk mei 2015
Derde druk mei 2015
Vierde druk, dwarsligger, september 2015
Vijfde druk september 2015

Omslagontwerp en typografie binnenwerk Suzan Beijer
Omslagbeeld Juul Kraijer
Foto van de auteur Annaleen Louwes
Drukkerij Wilco, Amersfoort

ISBN 978 90 254 4431 0
D/2015/0108/571
NUR 301

www.thomese.nl
www.atlascontact.nl

MIX
Papier van verantwoorde herkomst
FSC® C004472

Aan mijn vader Fredrik Antonie Thomése

(1921-1979)

INHOUD

In dit bitter heldere, de dood,
kelder aan kelder grondlicht dwaal ik rond,
een zwemmer onder water, een verbond
met bodemen die nimmer zijn ontbloot.

GERRIT ACHTERBERG

Uit: 'In profundis', *Eiland der ziel*

Nachtrivier

WELLSEIND, 1944

1

De vader en de zoon komen tevoorschijn uit het rijshout en laten hun bleke, met reuzel ingevette lichamen stil als zilvervissen in het duistere water glijden. Stroomopwaarts, in de verte, wordt de onderkant van de nacht al blauw, ze mogen wel opschieten. Hun bundel kleren hebben ze met hun koppelriem op het hoofd gebonden, hun klompen drijvend aan een touwtje achter zich aan. De vader verdwijnt meteen; zonder eerst te waarschuwen laat hij zich opslokken door de rivier. De jongen wil het uitschreeuwen van de kou, die zich met vissentandjes in hem vastbijt, vermant zich bijtijds en laat zich verdoofd door de stroming meevoeren. Zodra ze iets horen, weet hij, richten ze op het geluid. En als er een begint te schieten, gaan ze allemaal los. Ook aan de overkant, waar de bevrijders zitten. Dan ontstaat er een kruisvuur. Vlakbij (maar waar?) hoort hij zijn vader. Hij hoort hijgen – toch? Hij ziet hem niet meer, hij ziet helemaal niets meer. Het kan evengoed zijn eigen hijgen zijn waar hij naar luistert.

Het is de eerste keer dat hij mee mag naar de overzijde.

De opdracht, zíjn opdracht. Het gefluister op zijn zolderkamer voor het slapengaan, het oefenen met de bundel kleren, de klompen. En nu gebeurt het echt.

De kou snijdt zijn adem af. Hij weet niet zeker of hij zijn lichaam nog voelt. Van steen lijkt hij geworden. Er is een zwaarte die hem naar beneden trekt. Kon hij maar op zijn rug drijven, dan hield hij het langer vol. Drijven en dromen van de overkant. Hij is bang dat hij kopjeonder gaat. Zijn kleren mogen niet nat worden; als dat gebeurt, is hij nog verder van huis.

Zwemmen is de enige manier, zegt papa. Roeiboten vallen tegenwoordig veel te gauw op; laatst is er nog eentje onder vuur genomen. Mensen die hij niet kende, vluchtelingen uit de stad. Verzwolgen door de stroom, werd er gezegd. Verder was er niets over bekend. Hij moet het ook leren, de rivier oversteken. Voor het geval dat. Zijn vader vindt hem nu oud genoeg. Voor wat? Om te sterven?

Hij hoort hem niet meer, trouwens. Hij is al ver vooruit zeker, het diepste duister in. De zoon moet het nu alleen kunnen.

Tussen hem en de bodem is niets. Niets wat hem kan behoeden. Hij weet al niet meer of hij zich boven of onder water bevindt. De klompen, die hij aan een touwtje tussen zijn tanden met zich meetrekt, klotsebotsen steeds tegen zijn hoofd. Boven water dus. Hij hoort ze bonken, voelt ze niet. Hij voelt niets meer. De kou heeft zijn lichaam van hem afgenomen. Het is verleidelijk om je af te laten glijden, weg te zinken in deze ijzige slaap.

Tegen de stroom in blijven zwemmen, herinnert hij

zich. Anders kom je nooit aan de overkant.

Normaal wordt de vaargeul voor zwemmers te gevaarlijk geacht. Er zijn stromingen en draaikolken. Die trekken je naar beneden, naar een onbekende onderwereld, waar je wordt uitgewist. Hij denkt aan de gefluisterde verhalen over verdronkenen wier karkassen op de bodem rusten, kaalgevreten door vette alen. Mannen, vrouwen, jongens ook. Hun namen kent hij niet, alleen hun lot. Niet aan denken, aan die ontmenselijkte duisternis onder zich, waar zijn lichaam door niets van gescheiden wordt gehouden. Met het hoofd boven water, nog net op de bodem van de hemel, zodat de blauwogige God hem kan blijven volgen in het al vervagende donker, dat nu duidelijk afsteekt tegen het donkerst van de rivier.

Hij denkt God, maar hij bedoelt zijn vader. Hij richt zich tot Hem omdat hij zijn vader nergens ziet. Als hij naar hem roept, gaan de soldaten schieten. Dus kan hij beter bidden. Hij smeekt God om te kijken of zijn vader op hem toeziet en hem bewaart en niet kopje-onder laat gaan.

Als je het van boven zou zien, dan was hij er al niet meer. Dan zag je geen enkel onderscheid in het donkere water.

Maar precies nu, nu het hopeloos lijkt, wordt hij op wonderbaarlijke wijze sterker. Buiten zichzelf van onmacht klauwt hij door het water, met paniekkracht slaat en trapt hij om zich heen. Maakt hij niet te veel lawaai? Straks horen ze hem tekeergaan. Maar tegelijk kan hij zich niet voorstellen dat er werkelijk vijandelijke schutters vanuit een hinderlaag op hem loeren. Op hem zeker, op een jongen. Overmoedig wil hij papa! roepen, hem laten zien dat hij het gaat halen.

De jongen voelt hoe de rivier het overneemt, zijn lichaam licht maakt.

Hij stoot zich met handen en knieën aan stenen. Door de kou voelt hij nauwelijks iets. Even vreest hij dat hij is teruggedreven. Dan ontwaart hij vage contouren. Zeker weten doet hij het niet, maar hij vermoedt dat hij aan de overkant is aangekomen.

Naakt en verkild staat hij daar. Hij heeft de bundel kleren losgemaakt, maar weet er niets mee aan te vangen, hij is nog te nat, het is te donker, hij kan ze zo niet aantrekken. Bijna valt hij om, zo duizelig is hij van de kou, de uitputting. In de nanacht probeert hij herkenningspunten te vinden, maar alles vervloeit, alles is bezig in iets anders te veranderen.

Hij is in het kille gras gaan zitten en worstelt met zijn kleren, met mouwen en pijpen en de boel binnenstebuiten, hij probeert ze aan te trekken, maar hij komt er niet in, de natte stof is te stroef, hij wordt er gek van, woedend ook, hij dreigt in paniek te raken. Hoe kan zijn vader hem hier nou alleen achterlaten? Hij heeft hem ook niks uitgelegd. Alleen over de oversteek zelf. Niks over je kloffie over je kletsnatte bast te moeten aantrekken, niks over wat te doen als ze elkaar uit het oog zouden verliezen.

Als hij zich eindelijk in zijn kleren heeft weten te wurmen, zijn waterkoude voeten in de verzopen klompen heeft gestoken, blijft hij zitten. Hij weet niet of hij zelf moet zoeken of wachten tot zijn vader hém gevonden heeft.

Zo zit hij daar op de kant te klappertanden; hoe strak hij zijn opgetrokken benen ook omklemt, het rillen houdt niet op. Het is een kou die niet van buiten komt maar van binnenuit, die zich in zijn botten heeft verzameld, in het merg daarvan, en zich van daaruit verspreidt door zijn hele lijf. Zich ertegen verweren lukt niet. Telkens hoort hij zijn vader uit het water oprijzen, maar telkens is het zijn vader niet. Het is het lispelen van de stroom, het water dat in zichzelf praat en hem niets te zeggen heeft. Hij hoort bladeren ritselen, maar het is niemand.

∞

Hij zal toch zo wel komen? Hij weet zeker dat hij op hem wacht. Zijn afwezigheid is een misverstand, houdt hij zich voor, dat kan niet anders. Hij zit vast verderop. Of verder terug, het ligt eraan hoe je het bekijkt. Net zo ineengedoken bibberend als hij op dit moment. Als een visser in het riet, te wachten tot zijn zoon uit het nachtzwarte water tevoorschijn komt spartelen, wit blikkerend als een zilvervoorntje aan de haak. Zo wachten zij beiden op elkaar, ieder op zijn eigen ongeziene plek in de uiterwaard, daar gelooft hij in. Zijn vader zou hem nooit alleen laten, nooit.

Het ergert hem dat het zo lang duurt. Net nu ze aan de overkant zijn en de oorlog wat hem betreft meteen mag beginnen.

Als hij niet bang was de verkeerde kant op te lopen, zou hij hem onmiddellijk gaan zoeken.

Om de moed erin te houden denkt hij aan het avontuur dat lonkt. Zijn vader heeft hem er zo veel over verteld. Zo weinig, eerlijk gezegd, het vele heeft hij er zelf bij gefantaseerd. De overkant, waar de soldaten klaarstaan om de vijand te verslaan. Hij heeft zijn jongensleven lang groot willen zijn, groot genoeg om met zijn vader mee te mogen. Naar het gebied waar zijn vader zo vaak is geweest en hij nog nooit. Misschien toen de brug verderop bij Hedel er nog was, maar dat is zo lang geleden, dat weet hij nu niet meer.

Wat hij zelf heeft meegemaakt, zijn de nachtvliegers die soms overkomen als hij op zolder in zijn bed ligt. Een Lancaster herkent hij zo, op het geluid. Hij heeft ook één keer een v2 gehoord. Dacht hij. Maar zijn vader heeft aan de overkant echte soldaten ontmoet. Hij spreekt zelfs Engels met ze. Volgens zijn vader zijn ze aan de winnende hand. Maar hij kan zich er geen hand bij voorstellen. Of het moet die van zijn vader zijn, de vergeefs in de lucht klauwende hand van de drenkeling, worstelend met de onderwaterzwemmer die hem de diepte in probeert te trekken. Dat mag hij niet denken, vermaant hij zich. Dat mag niet. Want gedachten worden waar als je ze niet bijtijds uit je hoofd jaagt.

Plotseling is hij te onrustig om te blijven wachten, hij moet iets doen. Snel corrigeert hij zijn onheilsgedachten en dwingt hij zich zijn vader veilig op het droge te denken, veilig achter een wilgenbosje. Papa zegt hij, want hij heeft die zachte naam nodig om de nu al vreemd geworden gestalte voor zich te zien, bleek en naakt en druipend van het water. Hij raakt echter het beeld niet kwijt van de winnende hand, maaiend en mistastend waar hij ook grijpt.

De lucht is nu waterig blauw met roze vegen, zo zuiver dat je het niet gelooft. Hij wil het ook niet, hij wil het niet geloven. Hij wil niet dat de nacht verdwijnt, niet met zijn vader er nog in. Hij wil ook niet dat de rivier verder stroomt, alles met zich meeslepend over haar modderige bodem.

∞

In het ontluikende ochtendlandschap is hij de enige levende ziel. Zittend, neerwaarts biddend, als een visser die er allejezus vroeg bij is. Mistflarden boven het oliezwarte water. En daarboven een bewolkte hemel waar niemand iets te zoeken heeft.

Hij ziet het oude veerhuis, merkwaardig onvertrouwd hier vanaf de verkeerde kant; en erachter de willekeurige contouren van wat hun eigen gehucht moet zijn, met die paar armzalige dijkhuisjes. Verder terug vermoedt hij – net niet te zien vanuit dit gezichtspunt – het dorp zelf. Zo, vanuit de verte, heeft hij het nooit bekeken. Het is een andere plaats geworden.

Voorbij de bocht, een paar kilometer stroomopwaarts, moet het staketsel van de ingestorte brug bij Hedel in het water liggen. Van hieruit bezien is die ijzeren ruïne slechts een gedachte. Hij ziet in het oosten alleen, tussen de zware wolken door, het stille geweld van de opkomende zon.

Zou zijn vader in z'n eentje zijn teruggezwommen?

Maar waarom? Hij zou hem – zijn zoon! – nooit zomaar alleen achterlaten, dat mag niet, toch?

Diep in hem brult de radeloosheid, maar zo diep dat hij niet zeker weet of het in hém is. Het lijkt of hij het niet zelf is, alles is even onvoorstelbaar.

Hij kan niet blijven zitten; struint door het hoge, vochtige gras van de uiterwaard naar een wilgenbosje verderop. Misschien daar, je weet nooit. Hij loopt terug, stroomopwaarts. Zijn vader is sterker dan hij, die heeft zich vast niet zo gemakkelijk door de stroming laten meeslepen. En weer loopt hij naar het wilgenbosje. Heeft hij wel goed gekeken? En weer terug, stroomopwaarts. Steeds denkt hij onverhoeds achter zijn rug zijn vader te zien verschijnen, naakt als een lijk, maar levend – als een geest.

De angst voor soldaten duikt op. En ebt weg. Wat heeft hij te vrezen? De overkant is bevrijd gebied. En omdat het hier veilig is, juist daarom, wil hij zijn vader terug. Nu. Die poppenkast heeft lang genoeg geduurd. Hij wil dat alles weer echt is, zoals net, een moment geleden. Een moment of een eeuwigheid, dat valt niet goed meer uit te maken.

De kou voelt hij niet meer, hij voelt enkel ongerustheid. De ongerustheid maakt hem bang. Er duizelt ergens in hem een diepte waaraan geen einde komt. Een verborgen luik, een tuimelgat, dat zich elk moment kan openen en hem kan loslaten.

Hij probeert zich voor te stellen hoe zijn vader hém mist, hem met bonkend hart zoekt op alle verkeerde plekken, ergens verderop. Tin, jongen, Martin, mijn enige zoon, waar ben je? Ach verdwaalde, hopeloos misleide man, weet je niet dat ik hier ben? Terwijl dat zo vanzelfsprekend is. Hij moet hem vinden om hem gerust te stellen. Je hoeft me niet meer te zoeken, papa, ik ben hier, het is al goed, kijk maar, ik heb de hele tijd op je gewacht.

∞

Niets herinnert nog aan de nacht. De laatste mistflarden boven de rivier lossen gestaag op in het roze en lichtblauw van de herademende lucht.

Het is niet te geloven en daarom gelooft de jongen het ook niet. Papa moet toch érgens zijn? Hij zal al zwemmend zijn afgedreven, dat kan niet anders. De stroming is verraderlijk sterk, dat had hij zelf tijdens de overtocht ook gevoeld. Op een groter lichaam zoals dat van zijn vader heeft de rivier meer grip, dat moet zo zijn. Een schip gaat immers ook sneller dan een gammele schuit. Door zijn massa is hij waarschijnlijk een flink eind meegevoerd, en is hij zich nu daarginds op de oever aan het oriënteren, verdwaasd door de kou, de uiterste inspanning.

Zijn vader wil hem ongetwijfeld gaan zoeken. Arme papa, wat zal hij ongerust zijn. Daarom kan hij beter blijven waar hij is, een vast punt vormen, zodat zijn vader hém kan vinden.

Terwijl de rivier met de dag meestroomt, van de ochtend naar de avond en nooit weerom, blijft hij geloven in de tijd die hij heeft stilgezet in afwachting van waar ze gebleven waren, zijn vader en hij.

Hij denkt aan thuis, aan de overkant. Met z'n allen onder de lamp aan de keukentafel: veilig in de holte van de avond. Ook daar is het nog de vorige dag, toen alles geborgen en hoopvol was. Hij heeft de neiging terug te zwemmen, terug in de tijd, papa daar te vinden, badend in het bibberlicht van de suizende gaslamp, terwijl het eten uit de pannen dampt.

Maar hij vreest dat hij met zijn onheil brengende thuiskomst het beeld zal verpesten. Door weg te blijven blijft het plaatje intact. Stel dat hij binnentreedt en papa is er niet. Waar is hij? zal mama vragen, met paniek in haar oogwit, en hij, de jongen, zal het antwoord schuldig blijven.

Het is zijn schuld, beseft hij, hij heeft niet goed opgelet. Niet goed genoeg.

Nog is het niet te laat om zijn fout te herstellen. Zolang hij zich hier in zijn eentje in het niemandsland van de uiterwaard aan de overkant bevindt, is er niets gebeurd. Dit is tijd en plaats waar niemand weet van heeft, die hij zelf vrijelijk in kan vullen. Zolang zijn vader hier kan zijn, is hij hier. Ergens verborgen achter het rijshout. Ergens. Tegelijk gelooft hij het niet, is hij ervan overtuigd dat alles reddeloos is.

Zo klampen hoop en wanhoop zich aan elkaar vast, terwijl er in de situatie zelf geen verandering optreedt.

Leeg is hij ook, alsof zijn vaders afwezigheid zijn gedachten steeds weer uitvlakt.

Maar hij moet hier blijven. Er is niets, maar iets anders is er niet.

2

Van de kou moet hij plassen. Met een schok keert hij naar zijn lichaam terug. Het blijkt helemaal stram te zijn geworden van almaar in dezelfde houding zitten. Het is alle beweging vergeten. Langzaam leert het weer zichzelf te zijn. Zijn knieën lijken bevroren nu hij opstaat, er moet eerst iets geknakt worden.

Met het lichaam komt ook het denken op gang. Als een mes steekt het gemis in zijn middenrif. Maar zijn blaas voelt hij evenzeer. Hij schaamt zich dat hij juist op dit moment zo nodig moet plassen. Hoewel er tot aan de horizon in dit weidse landschap niemand te bekennen valt, kiest hij een plek waar hij zich kan verbergen.

Terwijl hij staat te klateren, beginnen er in de buurt klokken te beieren. Hij schrikt van de gelijktijdigheid. Het kabaal komt van pal achter de dijk. Alsof hij de nachtelijke wildernis waarin zijn vader is verzwolgen, verzonnen heeft. Een spookverhaal, terwijl hijzelf veilig in de bewoonde wereld blijkt te zijn. Hier is hij aan het einde van zijn latijn en achter de dijk gaan mensen gewoon naar de kerk.

Betrapt knoopt hij zijn broek weer dicht. Hij denkt aan de duisternis met zijn hulpeloze, naakte vader erin. Maar het begint steeds meer een verzinsel te worden. Een droomflard die vervliegt in het daglicht. Ongegeneerd galmen de klokken onder de open hemel.

Het komt hem ineens absurd voor dat ze per se 's nachts de rivier moesten oversteken. Nu lijkt het veel veiliger, op deze brave zondagmorgen. Er is nu niets aan de hand, dus waarom ontbreekt zijn vader, waarom is hij niet gewoon hier? Niet naakt, zoals hij steeds wegvlucht uit zijn gedachten, maar gekleed zoals hij hoort te zijn. En weer overvalt hem de paniek dat hij iets belangrijks is vergeten. Hij heeft iets over het hoofd gezien. Is papa hém vergeten? Dat kan natuurlijk ook. Misschien is zijn vader hem ver vooruit, kon hij niet wachten. In zijn enthousiasme over deze gemiste mogelijkheid rent hij vooruit, tegen de dijk op, op zijn klompen, wat niet gemakkelijk is, het gebeier van de kerkklokken tegemoet. Zelden klonk de uitnodiging tot het zondagsgebed zo hoopvol, zo klaar als een stem die roept.

Als hij boven aan de dijk verschijnt, gapen de kerkgangers in de laagte hem aan alsof hij een geest is uit een andere wereld, een gestorvene, uit het dodenrijk teruggekomen om hun de stuipen op het lijf te jagen. Ze wijzen in zijn richting en stoten elkaar aan, lopen dan schielijk door. Kinderen blijven staan, worden gauw meegetrokken. Sommige nieuwsgierigen kijken om, schichtig, bang om betrapt te worden.

Zouden ze papa ook zo –?

Hij moet weten of ze hem hebben gezien, zijn vader ja,

en vastbesloten begint hij de treden van de dijktrap af te dalen, terwijl het zondagsvolk met steelse blik naar hem opziet. Een engel wordt hij, gezonden om gerechtigheid te eisen. Maar met elke stap verliest hij iets van zijn geloof, en als hij beneden op het kerkpad staat, is de zelfverzekerdheid uit zijn spieren weggevloeid. Papachtig en laf laat hij de mensen passeren. Ze zien misprijzend op hem neer, een onbekende, die moeten ze niet. Ze wensen geen pottenkijkers. Hun zondag is van hen.

Ze hebben gelijk, hij hoort hier niet, hij moet terug. Terug naar de overkant. Maar eerst moet hij terug naar waar hij zijn vader is kwijtgeraakt. Misschien is die wel ongerust. En snel glipt hij terug de dijk op, op weg naar waar hij gebleven was.

Maar alles is anders dan zo-even. Het is of hij zich vergist heeft. Hij vindt de plek niet meer terug waar hij op zijn vader heeft zitten wachten. Het kan evengoed ergens anders zijn geweest, het kan elke plek zijn geweest. De uiterwaard overziend, komt het hem ineens belachelijk voor om er in het bedauwde gras te gaan zitten wachten: zo ver als hij kan kijken, ziet hij zijn vader niet. Tenzij die zich verborgen houdt. Dat kan natuurlijk ook, al zou hij niet weten waarom hij dat zou doen. Uit angst misschien, uit angst voor de vijand. Maar hij dan, Tin, zijn zoon? Waarom zou hij zijn enige zoon aan zijn lot overlaten?

Hij verrekt van de honger. En van de dorst. Hij zou best... en in die zin heeft hij spijt dat hij zich niet onder de mensen heeft gewaagd. Een stuk brood, een bord havermoutpap. Hij zou er... Nu hij over eten is gaan denken, krijgt hij het niet meer uit zijn hoofd. Hij wordt er duizelig van.

Weer terug dan? Naar de mensen achter de dijk. Of helemaal terug? Naar de overkant, naar huis. Maar dat gaat niet. Niet zonder papa. Hij kan niet zonder hem terugkeren, dat kan hij niet doen. Nee, dat kan echt niet. Bovendien zou hij niet weten hoe hij terug zou moeten komen. Dat durft hij niet. Niet zonder zijn vader. Hij kijkt naar de rivier en acht het ineens onvoorstelbaar dat hij die 's nachts alleen is overgezwommen. Het is net of het niet is gebeurd. Het voelt of hij een nare droom heeft gehad en nu per ongeluk op de verkeerde oever wakker is geworden.

Ze hebben niet afgesproken wat ze zouden doen als ze elkaar kwijt zouden raken. Alleen verdergaan is zinloos, hij zou niet weten waarheen. Hij is met zijn vader mee, zelf heeft hij geen idee van de opdracht.

Dat grote, betrouwbare lijf kan toch niet wég zijn? Dat bestaat toch niet?

Moet hij niet een flink stuk teruglopen, stroomopwaarts? Hij heeft het gevoel te ver te zijn afgedreven. Alles is verschoven als hij naar de overkant kijkt.

Ziende blind is hij op deze klaarlichte dag, maar dat betekent niet dat hij niet wórdt gezien, denkt hij, hoopt hij. Door zijn vader, door God desnoods. Hij bevindt zich pal in hun beider aangezicht. De vanzelfsprekendheid verblindt hem, dat moet het zijn. Verborgen in het opene. O ja, zal hij aanstonds zeggen, natuurlijk. Gek dat ik jullie, u niet meteen heb gezien. Maar nu ziet hij niemand. Geen vader, geen God. Geen licht dat hem her- of derwaarts leidt.

Hij vraagt zich af waarom hij niet hoeft te huilen. Het zou een oplossing zijn. Papa's afwezigheid slaat dood in zijn gedachten, zo onvoorstelbaar is het, dat hij er niet is. De onbegrijpelijkheid ervan reikt verder dan de overkant, verder dan de bocht in de rivier, verder dan de grijze bewolking die de lucht dichttrekt, verder dan zijn ogen en zijn gedachten reiken. Het is niet te geloven en dus gelooft hij het niet.

∞

Hij hoort iemand. Schrik siddert door zijn koude lijf. Hij kan niet goed uitmaken of hij hoop voelt. Het kan ook een vreemdeling zijn, een gewapende bevrijder die in hem de vijand vreest. Er is geen gelegenheid meer om zich te verbergen. Stil houdt hij zich, als een dier, als een ding. Hij verbergt zich in zichzelf, in iemand die al niet meer bestaat. Hij hoort nu niets meer, alleen de wind met zijn geruis en zijn geritsel.

Maar zijn nieuwsgierigheid wint het van zijn angst. Voorzichtig richt hij de blik omhoog, naar waar hij denkt dat het levende geluid vandaan is gekomen.

Boven aan de dijk ziet hij een paar hoofden haastig wegduiken, maar meteen daarop zijn ze er weer, twee of drie jongenskoppies. Er verschijnt ook een volwassene op de dijk. De gestalten staan hem daar van bovenaf onverhuld aan te gapen. Allen gestoken in zwarte, zondagse kleren. Ze hebben stuk voor stuk hun handen diep in hun zakken, alsof ze daar hun zelfverzekerdheid denken te vinden.

Dan stapt de volwassene naar voren, daalt het talud af en strekt zijn rechterhand naar hem uit. En voor hij er erg in heeft, wordt hij door het hele gezelschapje omringd. Hij wijst naar de rivier en naar de overkant, maar het lukt hem niet om de bijpassende woorden uit te spreken. Zijn mond weet de klanken niet te vormen. Hij kan niet zeggen wat er is gebeurd. Ze vragen of hij alleen is. Hij haalt zijn schouders op, hij weet het niet, zegt hij. Hij weet het echt niet! Hij hoopt dat ze uit zichzelf beginnen te vertellen dat ze papa hebben gezien, maar dat gebeurt niet.

De man die hem als eerste tegemoet is getreden, neemt de leiding. Hij zegt dat hij mee moet komen, dan zal hij te eten en te drinken krijgen en zullen de vrouwen hem droge kleren aantrekken. Omdat de man alles zo stellig zegt, gehoorzaamt hij vanzelfsprekend.

Beneden staan meer mensen te wachten. Ook zij lopen mee over het kerkpad. Niemand spreekt. Alleen de man die de leiding heeft. Hier moeten we zijn, zegt hij.

Hij knikt, hij was hier net nog, het is de kerk ja. De klokken luiden zonder ophouden.

De man gebaart dat hij het portaal binnen moet gaan.

Weer staren de omstanders hem zo raar aan, alsof hij een dier is dat ze zojuist bij de rivier hebben gevangen en dat ze nu aan iedereen tonen.

Binnen klinkt een jongenskoortje, de ijle stemmen worden door de galm opgetild en als veertjes weggeblazen op de wind, ze zingen in den hoge. Even denkt hij dat hij droomt: hij is per ongeluk gestorven en de verrezen zielen heten hem nu welkom voor de troon van

God. Op de bidstoelen knielen al mensen die proberen dit te begrijpen. Hij gaat met zijn ogen snel de rijen af. Misschien, wie weet. Ook hier kan hij verborgen zijn, onzichtbaar tussen de anderen.

De man trekt hem mee, hij moet door het gangpad naar achteren. Nu pas merkt hij dat de jongens van zoeven met hem meegelopen zijn. Of zijn het anderen? Het versterkt zijn indruk dat hij wordt opgebracht. Waar brengen ze hem eigenlijk heen? Hij vindt geen gelegenheid het te vragen. Voorlopig weet hij niets beters te verzinnen dan gewoon te gehoorzamen. Misschien hebben zij een oplossing, hij heeft er zelf in elk geval geen.

Hij loopt in de processie mee. Ineens is het of de vloer niet vast meer is. Al die mensen, ze zijn zo wazig, ze deinen almaar, ze zijn nu eens hier, dan weer daar. Hij is bang dat hij buiten westen zal raken, zo draaierig voelt hij zich. De stemmen van de jonge zangers zwermen als spreeuwen om zijn hoofd, een stoel die op de stenen vloer wordt verschoven snijdt met zijn knerpende herrie door zijn hersenpan. Het zweet breekt hem uit. Begint zo de dood? Ze komen in een zijkamer waar hij eindelijk mag gaan zitten.

Iemand brengt hem water in een koffiekopje. Hij drinkt het in één teug leeg. Nu hij gedronken heeft, zou hij ook wel willen eten, maar er is geen eten. Hij kan nog een kopje water krijgen.

Steeds als de deur opengaat, denkt hij dat het zijn vader is. Maar het zijn nieuwsgierigen. Ze gapen hem met openhangende mond aan en laten zich met tegenzin wegjagen.

Dan gaat er een andere deur open. Iedereen springt in de houding. Alleen hij blijft zitten. Het is een man in het zwart met een kalotje op zijn hoofd die in gedachten verzonken binnentreedt. Hij houdt zijn gelige handen gevouwen op zijn buik. 'Meneer pastoor!' roept iemand verschrikt. De man in het zwart tekent snel een kruis in de lucht dat hij meteen weer uitveegt. Hij loopt op hem toe en kijkt hem onderzoekend aan, of hij meer een ding is dan een mens. Tin ruikt de geur van ongewassen kleren en oude kaas.

We hebben hem in de uiterwaard gevonden.

Met veel drukte komen twee vrouwen de zijkamer binnen stommelen. Weer is hij het niet. Ze hebben een deken bij zich en brood en melk. Hè hè, zuchten ze.

De pastoor begint een verhaal over Jezus te vertellen. Niemand let op. Iedereen houdt zijn oog op het brood dat uit de doek wordt gewikkeld en luistert naar de melk die in de blikken beker wordt uitgeschonken. De pastoor vertelt over het brood van Jezus, maar dat haalt het niet bij het echte brood dat hier voor iedereen zichtbaar wordt uitgepakt. Er is ook iets met water en overkant. Hij kijkt de jongen doordringend aan, maar die heeft alleen maar aandacht voor het verdelen van het brood en de kruimels die daarbij niet verloren mogen gaan.

De jongen denkt aan zijn vader, die nu wel honger zal hebben. Toch propt hij het stuk dat hem wordt toegeschoven meteen in zijn mond. Als een beest eet hij wat hem wordt toegeworpen. Het is oud brood, maar dat kan hem niks schelen. In één lange teug klokt hij de melk naar binnen, zonder een druppel te morsen.

Dan wordt de deken om hem heen geslagen. Hij ruikt naar koeien of paarden.

De pastoor probeert nog een keer een kruis in de lucht te tekenen en druipt dan onverrichter zake af. Amen, mompelen de vrouwen en ook de man die de leiding heeft.

Er volgt geschuifel van voeten, gekuch en de zware ademhaling van volwassenen. Iemand helpt hem overeind, of hij een lamme of een blinde is. Moet hij de deken omgeslagen houden of mag hij hem afdoen? De vrouw die zich over hem heeft ontfermd, herschikt de deken en slaat een arm om zijn schouder. Het lijkt of er iets belangrijks aanstaande is. Ze gaan met z'n allen langzaam, schrijdend, de deur uit, de kerkruimte in.

Nog steeds hoopt hij op een verrassing: gefopt! Papa die ineens tevoorschijn komt.

Allengs voelt hij de zinloosheid van zijn schoorvoetende aanwezigheid tussen deze vreemde mensen. Hij heeft het idee dat hij als een trofee wordt opgebracht in een idiote processie. Iedereen gaat staan als ze voorbijkomen, en voor hen uit schrijdt de pastoor. De jongensstemmen zingen de lof van de Heer, ze bezingen de onschuld die in de hemel verborgen is. De mensen die staan, zingen niet. Ze kijken naar hem en vragen zich af wat het te betekenen heeft. Hij heeft al spijt dat hij hiernaartoe is gekomen. Zijn honger en dorst is hij al weer vergeten en ook het stillen en lessen ervan staat hem niet meer voor de geest. Het enige wat hij kan denken is: terug. Voordat alles verloren is. Hij moet een fout hebben gemaakt, iets over het hoofd hebben gezien.

∞

Hij trekt zich niets aan van de consternatie die hij veroorzaakt door midden in de heilige handelingen uit de rij op te staan en weg te lopen, eerst stap voor stap, maar nog in het middenpad in looppas en al snel op een holletje, alsof hem iets op de hielen zit, hij weet niet of ze hem nakijken, hij weet niet of ze hem achternagaan, maar hij blijft ook buiten rennen en hij vliegt met twee, drie treden tegelijk de dijktrap op.

Boven op de winterdijk wordt hij overrompeld door het landschap dat ligt te schitteren in het vroege najaarslicht. Zo heeft hij het altijd gekend, zo rijk en gelukkig, alsof het aan niets ontbreekt.

Nu pas kijkt hij over zijn schouder. Voor het portaal van de kerk staan twee figuren naar hem te wenken, twee poppetjes waar hij mee kan doen wat hij wil.

Hij doet of hij ze niet heeft gezien en daalt de helling af, op weg naar het landschap dat blaakt in de ochtendzon. Hij ruikt het gras, de klei, hij voelt het vertrouwde groen aan zijn handen, zijn benen. Alles is er – hoe kan zijn vader er dan niet zijn? Het liefst zou hij een gaatje in het uitzicht maken om te zien wat erachter zit. Zou daar de duisternis zijn waarin hij is achtergebleven? Misschien, denkt hij, moet hij wachten tot het weer donker wordt, zodat hij alles kan overdoen, en dan goed. Het beste is om aan de overkant te beginnen, net als eerst. Alleen denkt hij dat hij niet durft. Hij beziet het water, de stroom en de tegenstromingen, de draaikolken en de zuigende kracht van de bodem. Het is onbegrijpelijk dat hij de rivier is overgezwommen. Hij weet zeker dat hem dat in z'n eentje nooit zal lukken.

Ziehier zijn dilemma: hij heeft zijn vader nodig om zijn vader terug te kunnen vinden.

Ze staan nu boven aan de dijk, de twee zwarte figuurtjes die hem zo-even nastaarden. Het is de man die hem naar de kerk heeft gebracht, hij is met een van de jongens die in de processie met hem opliepen. De man roept, maar zijn stem draagt niet ver. De doffe klanken slaan dood tegen de ontzaglijke koepel van lucht boven de rivier. De jongen naast hem zwaait, alsof hij de woorden probeert te vertalen. Een vader en een zoon. Nu ziet hij het: het is een vader met zijn zoon. Een andere vader met een andere zoon – alsof ze iets naspelen, iets overdoen.

Als Tin, vanuit de uiterwaard, aarzelend terugzwaait, beginnen ze de dijk af te dalen, de jongen eerst en de man er, groter en voorzichtiger, achteraan – in hun zondagse kleren zijn ze, er komen modderspatten op hun schoenen, hun broekspijpen. De jongen is even oud als hij, iets ouder misschien. De vader is een heel ander iemand, die lijkt totaal niet op de zijne. Hij hoopt niet dat ze hem terughalen naar de kerk, hij wil dat ze hem gaan helpen met zoeken. Het is zoveel, zoveel plek. Met z'n drieën hebben ze meer kans. Hij zwaait nog een keer, het is meer een wenken. Hij hoopt dat de man hem gaat uitleggen wat hij moet doen. Dat hij zegt: Je hebt alles fout gedaan, luister liever naar mij, dan komt het in orde. Ja, hij hoopt met heel zijn hart dat de man zal zeggen dat hij het fout heeft gedaan, maar dat het nog goed kan komen. Als hij maar luistert, als hij zijn vergissing maar inziet. Ja, dat ziet hij in. Echt waar, hij ziet in dat hij zich heeft vergist, hij weet dat hij alles tot nu toe helemaal fout geeft gedaan. God, wat hoopt hij dat hij het fout heeft gedaan, dat hij het belangrijkste, het aller-, aller-, allerbelangrijkste, met zijn stomme kop zomaar heeft vergeten te doen. De man zal hem zeggen hoe het zit, hij gaat het rechtzetten. Hij zal hem zeggen waar zijn vader is, dat moet, dat kan niet anders.

Ze vragen hem of hij terug wil, terug naar de andere kant. Ze wijzen met hun hoofd die kant op.

Nee nee, schreeuwt het in hem. Niet zonder zijn vader.

Waar is zijn vader dan? Ze kijken achterom, wie weet hebben ze hem over het hoofd gezien en staat daar nog iemand. Ze halen hun schouders op, eerst de vader, dan de zoon. Heel overdreven, die gebaren. Nee, ze hebben niemand gezien. Tin wijst waar ze aan land zijn gekomen. We? Hij bedoelt hij alleen. De plek kan hij trouwens ook niet meer zo goed terugvinden. Het was in het donker, zegt hij, hij heeft eerst een tijd zitten wachten. Op wie, vragen ze. Op mijn vader natuurlijk. Nu beginnen ze het te snappen, zeggen ze. De man praat, de jongen knikt.

Hoe laat was het, wil de man weten.

Hij haalt zijn schouders op. Het was nog nacht, maar de dag was aan de onderkant al zichtbaar. Zo'n streep blauw die voorzichtig onder het donker uit kiert, een spleet licht die hemel en aarde scheidt.

De man lijkt in gepeins te verzinken. Ja ja, zegt hij ten slotte. Hij wenkt met zijn hoofd. Kom mee.

Hij denkt dat het nu goed gaat komen, de man weet wat hij doet. Het is fijn om iemand te kunnen vertrouwen, denkt hij, iemand die je ergens heen leidt, net als papa.

Achter de vreemde man in zijn zondagse pak aan lopend, mist hij zijn eigen vader ineens heel lijfelijk, heel zintuiglijk: hij mist zijn ronde, donkere stem, zijn goedkeurende blik, de aai over de bol met die onhandige, eeltige handen, heel die oppermachtige papa-achtigheid. Hij weet weer hoe zijn vader is, dat was hij tijdens het zoeken even vergeten. Dit is de verkeerde man, realiseert hij zich, en dat stomme jong hoort er al helemaal niet bij. Toch wil hij hun niets laten merken. Ze mogen niet weggaan, nee dat mag niet. Hij wil dat ze bij hem zijn, want zolang hij niet alleen is, lijkt het minder erg. Het heeft iets normaals om hier met z'n drieën door het koude, natte gras te struinen. Alsof ze salamanders of vogelnesten zoeken. Hierheen, deze kant op, zegt de vreemde, betrouwbare gestalte. Zoals deze leidsman vastberaden om zich heen kijkt, weet waar hij moet zoeken, lijkt het een kwestie van tijd eer ze zijn vader zullen vinden. Dat kan niet anders. Het enige wat bij wijze van spreken ontbreekt, is een hond die kan apporteren, zo'n dartele patrijshond die vooruit snelt en ongeduldig omkijkt waar ze blijven. Het zou een zorgeloze dag kunnen zijn, waarop ze een spoor volgen omwille van het spoor, enkel omdat het hen vanzelf het landschap binnen leidt waar, ergens, zijn vader onschuldig op hem wacht.

De zorgeloosheid van zijn nieuwe metgezellen slaat op hem over. Hij steekt zijn handen in zijn zakken en zou willen fluiten, zo blij voelt hij zich plotseling, hij voelt het geluk gloeien tot in zijn ingewanden. Er is hulp, dan is de redding nabij. De man voor hem heeft de verantwoordelijkheid van hem overgenomen, het gaat nu allemaal goed komen. Geloven en vertrouwen, meer kun je niet doen. Ja, je best, je moet je best doen. Precies wat papa altijd zegt.

Het landschap doet zijn best om te laten zien dat er niets aan de hand is. De wolken openen zich om de zonnestralen door te laten, de stralen die het dolende drietal verwarmen en die de rivier tot in de verte laten blikkeren van zilverlicht, zelfs de wolken beginnen ervan te blinken, zodat de wereld, of wat ervan over is, baadt in weelde.

Net als hij vermoedt dat alles goed komt, zegt de man: We moeten je terugzetten. Waar kom je vandaan? Tin wijst bedremmeld naar de overkant, een stuk stroomopwaarts, in de richting van het oude veerhuis. O ja, bij dinges, hoe heet het daar.

Ze willen hem brengen met een roeiboot. Had papa niet gezegd dat die te gevaarlijk zijn? Alsof zwemmen niet gevaarlijk is, werpt de man tegen. Je vader kan het niet navertellen.

De botheid van die woorden treft hem als een stomp in zijn maag. Hij weet niet of hij woedend wordt of bang. Gauw zegt de man: Hij is hier niet. Dat is het enige. Misschien is hij ergens anders. Hij maakt een weids gebaar met zijn rechterarm, waarbij hij als het ware met zijn mouw het hele landschap uitveegt. Je hebt ongetwijfeld onderweg een fout gemaakt, je kunt de hele opdracht het beste netjes overdoen, zegt de mouw. Hier, aan onze kant, is niets te vinden. Als je terug naar huis gaat, kun je daar opnieuw beginnen.

Nu wordt hij bang. Hij kan zijn vader toch niet in de steek laten, dat kan toch niet?

Ze gaan hem 's avonds overzetten, zegt de man, nu is het nog te gevaarlijk. De stroming, de Duitsers, het daglicht, er is van alles.

Hij wil niet, antwoordt hij, hij wil niet terug zonder zijn vader, dat kan niet, dat is onmogelijk. Hij kijkt verwilderd rond alsof hij hoopt hem alsnog in de gauwigheid te zien opduiken.

Het spijt me, zegt de man. Hij maakt een machteloos gebaar met zijn armen, waarmee hij de hele uiterwaard met bandijk en oever en al lijkt te verontschuldigen voor de alomtegenwoordige afwezigheid van zijn vader.

Hij merkt dat Tin zijn tranen niet kan onderdrukken. Soms gaan dingen niet zoals je dacht, zegt hij. Ik had hem graag voor je gevonden.

Het zijn tranen van woede – ziet de man dat niet? Hoe kan hij zeggen dat zijn vader niet is gevonden als ze niet eens de plek hebben gevonden waar hij ís? Iemand die weg is, moet immers érgens zijn. Er moet een plek zijn waar hij ís. Toch? Hoe kan hij dan niet gevonden zijn? Dat kan niet, dat bestaat niet.

Als ze hem niet willen helpen, zoekt hij wel alleen verder. Dan heeft hij hen ook niet meer nodig. Dan zoekt hij liever zelf.

De man knikt, maar begrijpt hem niet. Wil hij misschien eerst uitrusten, hij heeft de hele nacht niet geslapen, hij zal wel doodop zijn. Als hij wil, mag hij bij hem in de dorpswoning de gemiste nachtrust inhalen. Niet onder een paardendeken, maar tussen gebleekte, gesteven lakens. Dan maakt moeder de vrouw hem na het vallen van de avond wel wakker, wanneer het uur daar is dat ze hem met de roeiboot terug naar huis gaan brengen.

Tin wil het niet horen. Hij laat de man staan en struint verder door het hoge gras, wadend in een waas van woede. Hij is zo kwaad dat hij iemand iets aan zou willen doen, de man, of dan nog liever de jongen. Hem naar de keel vliegen, op zijn gezicht timmeren, iets terugeisen. Dus kan hij beter weglopen, stroomafwaarts, want het wordt hem steeds duidelijker dat zijn vader een flink eind afgedreven moet zijn, misschien wel helemaal naar het volgende dorp. Ineens, hij weet niet hoe, heeft hij zich in het hoofd gehaald dat zijn vader bij de oversteek zijn bundel kleren en zijn klompen verloren heeft en zich nu poedelnaakt ergens moet verschuilen. Een naakte man, die zien ze aankomen, nee, die kan zich aan niemand vertonen, die moet zich wel blijven verbergen. Het is een onwaarschijnlijke gedachte – maar het is hem duidelijk dat de oplossing inmiddels in het onwaarschijnlijke gezocht moet worden.

De man die zijn redder wil zijn heft in machteloosheid zijn armen ten hemel en laat ze weer langs zijn lijf zakken. Zijn zoon heeft er geen mening over, die staat maar naast hem, wezenloos als een geslagen hond die wacht op het volgende bevel.

∞

Veel zin heeft zijn zoekpoging niet, dat heeft hij al snel door. Maar hij wil niet opgeven, zeker niet nu de man en zijn zoon hem staan na te staren. Hij wil hun laten zien dat zijn vader ergens moet zijn, desnoods bloot, bleek en bibberend achter een wilgenbosje. Omkijken doet hij niet, want hij wil niets laten merken. Tegelijk wil hij dat ze hem volgen, maar dat doen ze niet. Hij hoort hun voetstappen niet slepen door het hoge gras. Hij haat het dat ze hem niet helpen, hem alleen laten gaan.

Als hij eindelijk durft te kijken, zijn ze al omgekeerd en sjokken ze met laffe, afhangende schouders terug naar de dijk.

Ineens kan hij het niet verdragen dat hij niet meer gezien wordt, alsof ook hij dan verdwijnt. Hij roept hun na, maar zijn stem is te zwak in deze geweldige ruimte, de klank slaat plat. Alsof ook hij er al niet meer is. Even kan het hem niets meer schelen, geeft hij alles op. Dan begint hij te rennen, op zijn klompen, en hij blijft rennen tot hij hen heeft ingehaald.

3

Door zichzelf te redden verraadt hij zijn vader. Dat besef wordt als een spijker zijn kop in gehamerd, tot het erin vastgenageld zit. Door verder te leven aanvaardt hij diens verdwijning. Terwijl hij zich juist tegen de tijd moet verzetten, zodat papa de kans krijgt om zich weer bij hem aan te sluiten. Dus niet weglopen, zoals hij nu doet. Niet achter die onbekende mensen de dijk op klauteren.

De man zegt: Misschien is hij wel aan de overzijde en zoekt hij jou, net zoals jij hier op zoek bent naar hem.

Hij gelooft het niet, maar hij moet het geloven. Om te leven moet hij de leugen aanvaarden. En wie weet, misschien heeft de man gelijk en is papa inderdaad aan de andere kant terechtgekomen. Bovendien, hij kan hier niet blijven zoeken, hij heeft al op alle plaatsen gekeken. Nu zijn de mogelijkheden op. De enige plek waar hij niet heeft gezocht is aan de oever zelf. Wat er onder water is, wil hij niet weten.

De man geeft hem hoop, dat is wat hij nodig heeft. Veel kan de man er nog niet over zeggen. Het is niet zo dat hij aan de overkant iemand heeft gezien. Maar hier heeft het geen zin, zegt hij. Hier is niets.

Het is veel verder lopen dan hij had verwacht, een flink eind buiten het dorp. Gek is dat, hij is nu pal aan de overkant van zijn eigen dorp en toch is het hier een en al onbekendheid. Hij kan zich niet herinneren hier ooit te zijn geweest, ook voor de oorlog niet. Alles is hier net even anders, al zou hij niet kunnen zeggen waar dat aan ligt. De bomen, de huizen, de tuinen, de weilanden – maar: andere bomen, andere huizen, andere tuinen, andere weilanden. Ze lijken erop en ze zijn het niet. Alles is er, het enige wat hij mist, is het vanzelfsprekende. De dingen staan hier niet te staan, ze kijken terug en vragen zich iets af. Ze laten je je in al hun lieflijkheid onwelkom voelen.

Het is een dijkhuis waar ze moeten zijn. Het is zeker twee kilometer lopen, ze volgen een bocht in de rivier. Van hieruit is zijn eigen dorp niet meer te zien. Hij probeert de overkant in spiegelschrift te lezen, maar niets krijgt betekenis. Bomen, losse dijkhuisjes, ze zeggen hem niets. Kennelijk is hij nog nooit zo ver gegaan.

Al die tijd hebben ze zwijgend over de dijk gelopen, hij klepperend op zijn klompen, zij geruisloos op hun zondagse schoenen twee of drie stappen voor hem uit.

De woonstee blijkt een boerenbedoening te zijn. Boven aan de dijk worden ze begroet door een witte geit aan een touw, beneden ziet hij een schapenwei en een flinke moestuin. Ze dalen de houten dijktrap af, want ze gaan achterom. Hij zet zijn klompen bij de andere klompen, de vader en de zoon nemen hun schoenen in de hand mee naar binnen.

Zoals altijd wanneer hij een vreemd huis binnengaat, is het eerst een onbestemde geur die hem meedeelt dat het hier ánders is.

Vervolgens dienen zich in de benauwde schemerigheid van de woonkamer allerlei figuren aan: een vrouw, die wel de moeder des huizes zal zijn, een oud mannetje dat in een stoel aan een groen uitgeslagen sigaar zit te sabbelen, en twee of drie kinderen, die hem met snotneuzen en open monden aangapen. Een hok vol ogen, die hem van zichzelf vervreemden.

Nu hij aan allen is overgelaten, is er plotseling niemand die zich om hem bekommert. Het lijkt of het niet echt gebeurt. Het dringt in elk geval niet goed tot hem door.

De man is al weer verdwenen en de kinderen ziet hij ook nergens meer. De vrouw staat in het aangrenzende keukentje aan een laag aanrecht het vlees van uitgekookte soepbotten te schrapen, zodat hij alleen is met de oude sabbelaar, die zijn aanwezigheid niet schijnt op te merken.

Dit is het dan, hier moet hij het mee doen. De hele verdere dag zal hij hier moeten wachten. Pas in de avond gaan ze de oversteek wagen. Dan keert hij terug in hetzelfde donker waarin hij zijn vader is kwijtgeraakt.

De vrouw roept uit de keuken dat hij zich van de oude niets hoeft aan te trekken. Als hij niet weet wat hij moet terugzeggen, komt ze in de deuropening staan en gebiedt hem de deken te pakken die de oude over zijn benen heeft liggen. Pakken, hoe bedoelt ze? Gewoon weggrissen? Maar dat gaat toch niet? Kordaat loopt ze naar binnen en doet het voor. Ze grist de deken weg en duwt hem in zijn armen. Zo. De oude maait protesterend in het wilde weg en slaat daarbij de sigaar uit zijn eigen mond. Het is een vreemd, geruisloos tafereel, alsof de man er zelf ook niet in gelooft. De vrouw duwt de sigaar, die uitgedoofd lijkt te zijn, terug in zijn mond, waarna de oude vervalt in zijn zielloze staren.

Met de deken om zich heen moet Tin in de enige andere leunstoel gaan zitten. De versleten wol stinkt naar stront en sigaren. Hij walgt ervan, maar durft hem, met de vrouw erbij, toch niet van zich af te werpen. Met haar rode werkhanden verschikt ze de deken en strijkt Tin ruw maar teder door het haar. Hij kan beter proberen wat te slapen, zegt ze, en gaat weer naar haar vleesrestenkarwei.

Als ze terug in de keuken is, werpt hij de gore deken van zich af. Opstaan durft hij niet.

De oude sigarensabbelaar kijkt hem onafgebroken aan. Af en toe neemt hij de stomp uit zijn mond en kwijlt dan op zijn broek. Tin ontwijkt zijn blik, maar wordt steeds naar hem toe getrokken; hij moet kijken, want hij moet op zijn hoede zijn.

Opeens ziet hij dat de man blind is. Er ligt een parelmoeren vlies van staar over zijn ogen. Nu ook merkt hij dat hij hem niet aankijkt, maar zijn gezicht richt op een onbekend punt achter hem, een vlieg op de muur, een vochtvlek op het behang. Daardoor lijkt het of hij met die lege ogen van hem toch iets zoekt, iets wat misschien alleen voor hem aanwezig is.

Tin heeft de neiging achterom te kijken, om te zien wat

de blinde daar achter hem zo hardnekkig probeert te vinden. Tegelijk krijgt hij het bedreigende gevoel dat de man hem met zijn nietsziende blik omsingelt en gijzelt. Hij kan er niet uit weg. Alsof de man hier is geplaatst om hem te bewaken. Een kwijlende oude blinde gek die ervoor moet zorgen dat hij niet ontsnapt.

Hevig verlangt hij dat zijn vader hem komt redden. Dat hij binnenkomt en zegt dat het allemaal op een vergissing berust. Grote sterke papa, waar bleef je toch al die tijd? Of is hij thuis? Nee dat kan niet, dat is niet waar, papa zou hem nooit moederziel alleen achterlaten en zelf veilig terugkeren. Zoals ook hij hem nooit zou achterlaten en zelf terugkeren.

Daarom is de overtocht zo'n verkeerd plan. Ineens heeft hij helemaal geen zin meer om hier in dit bedompte woninkje te zitten wachten tot de avond valt en de veerman komt. De gedachte is hem door zijn 'redder' opgedrongen. Waar is die trouwens gebleven? Willen ze niet gewoon van hem af, illegale indringer, verstekeling op vreemde bodem? In een bootje naar de overkant, wegwezen jij.

Tegelijk wordt hij week van verlangen naar huis, naar zijn ouders, zijn... Ja, in díé gedachte is zijn vader wél gewoon thuis. Terug over de rivier, terug in de tijd. Over de drempel stappen en alles bij het oude vinden.

∞

Het volgende moment zit hij aardappelen te schillen met een rieten mandje op zijn schoot, niet bij hem thuis, maar nog steeds bij deze vreemde mensen. De vrouw van de vleesresten heeft hem dit opgedragen. Wat haar betreft maakt hij nu deel uit van dit huishouden. De blinde sabbelt op zijn sigaar alsof er nog iets uit moet komen en hij jast de piepers: het is nooit anders geweest.

Aan deze parodie valt niet te ontkomen, hij moet doen alsof het zo hoort.

Hij is in een leugen verzeild geraakt en hij weet niet hoe hij eruit moet ontsnappen. Hij denkt aan de uiterwaard waar zijn vader niet is, aan de overkant waar hij niet kan zijn. Maar aan de rivier zelf denkt hij niet, durft hij niet te denken, niet aan het koude, duistere water. Dan liever de overkant, waar hij niet kan zijn. Dan liever de uiterwaard, waar hij niet is. Liever de leugen dan niets.

De man die voor redder speelt, komt de woonkamer binnen. Hij zegt dat er een schuit is geregeld om hem in het donker over te zetten. De stem bromt vertrouwen; toch wil het geloof erin niet komen. Of het hem lukt een beetje te rusten, wil hij weten. Het is beter dat hij even de ogen sluit. Hij weet het, overdag slapen lukt niet altijd. Niet iedereen heeft het geluk blind te zijn. Hij knikt in de richting van de oude met de sigaar.

Maar, maar, protesteert het binnen in Tin. Wachten op de nacht, dat duurt toch veel te lang? Wachten op de veerman die hem overzet. De gedachte wurgt hem, de traagheid maakt hem gek.

Kan ik dan niet zoeken ondertussen? Hij merkt dat hij schreeuwt, hij schrikt er zelf van. Hij wil eruit, uit dit benauwde dijkhuisje, uit deze hele situatie. Alles zit zo vast om hem heen, deze vreemde kamer, deze vreemde mensen, zijn eigen vreemde lichaam. Hij heeft hier niets mee te maken, dit heeft niks met hem te maken. Hij is op zoek naar zijn vader, hij moet naar buiten. Weg moet hij, snel als de wind, ongrijpbaar als het water. Ja, als het water.

De man probeert hem te kalmeren. Hij pakt hem met beide handen bij zijn bovenarmen.

Maar hij ís kalm! schreeuwt Tin en rukt zich los. Ziet hij dat dan niet? Hij is de rust zelve.

Opeens ziet hij overal de aardappelen op de vloer liggen, de leugenachtige aardappelen en hun leugenachtige schillen. De vrouw zit op haar knieën om ze in haar schort te verzamelen.

Er wórdt gezocht, begrijp dat dan, antwoordt de man. Met man en macht zelfs. Mannen uit het dorp lopen langs de oever, steken stokken en stelen in het donkere water. Zolang het licht is, blijven we zoeken. Wat de rivier neemt, geeft ze ook terug. Maar niet allen komen boven. Sommigen zwemmen voor altijd onder water rond. Zegt hij dat ook? Nee, dat zegt hij niet.

Hou toch op met die stokken! Hij wil dat ze daarmee ophouden. Papa is geen onderwaterzwemmer, dat weet hij zeker. Papa is papa. Toch? Hij is niet gek, echt niet. Hij weet toch wel wat hij zelf weet? Papa heeft zich verstopt omdat hij momenteel naakt is en niet gezien mag worden.

De man schudt zijn hoofd. Ze zijn aan het dreggen, jongen. Daarom moest jij binnenblijven. Hij zucht. We wilden je dit besparen.

Er is iets niet goed, dat weet hij ook wel. Er is iets grondig mis. Maar daarom mag hij toch wel hoop hebben? Ze hoeven hem toch niet alles af te nemen? Hij begrijpt niet waar hun zekerheid op is gebaseerd. Ze hebben alleen gezocht op plekken waar hij niet is, ze weten niets. Er is maar één plek waar zijn vader is, wat wel de best verborgen plek op aarde moet zijn, en die hebben ze duidelijk niet gevonden. Ze komen alleen op plekken waar hij afwezig is. Dat zegt niets. Het betekent alleen dat ze verkeerd bezig zijn met hun gesteek met stokken in het water. Hij wil dat ze ermee ophouden, met dat dreggen. Stel, denkt hij, dat papa onder water is en ze raken hem met die stokken. Hij schrikt ervan dat hij het denkt.

De vrouw verdwijnt met haar schort vol aardappelen naar het keukentje.

Het heeft geen zin, dat weet hij ook wel, toch wil hij terug. Zolang er gezocht wordt, kan hij gevonden worden. Het zoeken mag daarom niet ophouden. God is ook afwezig, kijk maar, maar daarom bestaat Hij nog wel. Hij denkt aan de uiterwaarden in het lage, late zonlicht: overbekend landschap dat ogenschijnlijk niets te verbergen heeft.

De man keurt het af. De jongen is al te lang op, zegt hij, hij heeft rust nodig, de oversteek is zwaar genoeg. De man gedraagt zich als een vader, maar hij is zijn vader niet, hij heeft niet het recht zich in diens plaats te stellen. Dat recht heeft zelfs God niet.

Als hij naar buiten loopt, het daglicht in, loopt de man hem achterna. Hij zegt: Ik moet je behoeden, nu je vader er niet meer is. Het is al erg genoeg voor je. Je moet je voorbereiden op de overtocht, straks als het donker is. Je moeder wacht op je, ze zal wel ongerust zijn zo langzamerhand. Wij zullen blijven zoeken hier. Hij zal gevonden worden. Vandaag of morgen. Is het niet aan deze, dan is het wel aan de andere zijde. Want ook daar zal gezocht gaan worden zodra jij daar bent teruggekeerd. De mannen uit jouw dorp zullen net als wij met stokken komen om het zwijgende water te doorgronden.

∞

De uiterwaard is niet dezelfde meer als hij er weer staat. Koppig heeft hij doorgezet. De man achter hem aan, dat wel, de man is hem gevolgd en kijkt nu vanaf de dijk naar hem. Alsof hij zijn gevangene is en niet mag ontsnappen, alsof de man op de dijk de opzichter is en hij in de laagte dwangarbeid verricht. Tin wil het ontkennen, hij probeert te ontkennen dat hij er niet meer in gelooft. Daarom wil hij dat het aan de uiterwaard ligt. Ook is hij er niet meer zeker van dat ze hier zijn overgestoken. Was het toch niet verderop? Of verder terug? Wat hij hier doet, slaat nergens op. Het moet ergens anders zijn geweest. Hier is het niet, dat kan haast niet.

Verderop waden twee mannen met lieslaarzen door het mensdiepe water, de ene heeft een riek, de andere een hooivork. Een zeegod met een drietand, die laatste, oprijzend uit de golven. Tin houdt hen nauwgezet in het oog. Vandaar ook dat zijn eigen zoekpoging niet goed lukt. Steeds vreest hij het steken in het weerloze water. Het voelt als verwonden; hij voelt het bijna zelf. Daarom kan hij zijn ogen niet van hen afhouden. De genadeklap vrezend en ernaar verlangend, verlangend naar het ergste omdat hij er dan niet meer bang voor hoeft te zijn. Maar tegelijk vreest hij de waarheid als niets anders en wil hij haar niet boven water krijgen. Hij weet niet goed meer wat hij vreest en waar hij naar verlangt, waar hij genade van verwacht.

Alles wordt zo futiel. Niets is zeker of vast. Hij heeft de indruk dat hij al bijna door het landschap heen kan kijken, zo dun is het, doorschijnend haast. Je knippert een paar keer met je ogen en het is weg.

Ineens is hij zo moe dat hij ter plekke neer zou kunnen vallen. Maar omdat alles zo dun en onvast is, is hij bang dat hij dwars door de bodem heen zal donderen, dat de grond zal openscheuren als nat papier. Een afsuizen zonder einde, een eindeloos uitgesteld te pletter slaan.

Hij vermant zich, wil niet plotseling gek worden. En dan merkt hij dat het een keuze is. Ter aarde storten, de bodem voelen opentrekken en in een zwart gat tuimelen. Of diep ademhalen, zich hernemen. Verdergaan alsof er niets is voorgevallen.

Verder gaat hij dus. Maar hij vindt het landschap niet meer terug zoals hij het dacht te hebben achtergelaten. Wat hij om zich heen ziet, is niet wat hij zoekt, het is er hoogstens een benadering van, een haastige, onzorgvuldige versie. Wat moet hij hiermee? Eerst is hij zijn vader kwijt en nu is ook de omgeving weg. Hij doet zijn best zijn ogen te geloven. Verdwenen met landschap en al, dat is toch te gek voor woorden. Stroomopwaarts moet hij gaan, hij is vast te ver afgedreven. Hij had ook nooit naar die man moeten luisteren en al helemaal niet met hem mee moeten gaan. Nu staan daar twee vreemden met riek en drietand in het mensdiepe water te dreggen alsof er een dode te bergen valt. Terwijl zijn vader naakt en weerloos staat te wachten totdat iemand hem zijn kleren komt aanreiken. Hij denkt het, zonder het te kunnen geloven. Hij denkt het om niet iets anders te hoeven denken.

4

Als het donker is en ze hem komen halen, lijkt het of hij droomt. Ze hebben hem wakker gemaakt, maar niet goed. De droom is nog om hem heen, hij kan er niet uit, als uit een laken waar je je ongeweten in hebt vastgewoeld. Hij moet lang hebben geslapen, want hij herinnert zich niet dat het al zo laat was geworden. Hij herinnert zich niet eens dat hij in slaap gevallen is. Daardoor is hij de tijd kwijt en hier in het donker is die moeilijk terug te vinden. Even hoopt hij dat hij met zijn vader naar de overkant gaat, samen de opdracht vervullen. Dan schiet hem te binnen dat het zover nog niet is, zijn vader is nog niet hier, hij moet eerst naar huis. Maar dat klopt niet, papa is niet thuis, hij moet hier op hem wachten, aan de overkant, hij moet hem zoeken, papa wacht op hem, ja, dat is het. Hij wacht op hem, hij mag hem niet in de steek laten. Hij mag nog niet terug naar huis. Hij mag pas terug als papa er weer is. En zo neemt de realiteit opnieuw bezit van hem, met heel haar onzichtbare afwezigheid.

Willoos laat hij zich meevoeren, als een gevangene:

een man voor hem en een man achter hem. Zo struinen ze en struikelen ze in het pikkedonker door het hoge gras. Zwijgend, geconcentreerd. Het geslof en gesleep van hun voeten in het gras. Hij hoort de zware ademhaling van de mannen – rokers, snurkers. Helemaal zwart is het duister niet meer: hij ziet de rivier flonkeren, maar verder ziet hij niets.

Dichterbij gekomen hoort hij het lispelen van het vlietende, vliedende water. Of begint het te regenen? Nee, hij voelt niets. Zelfs geen briesje raakt zijn huid aan.

Hij zou het moeten uitschreeuwen in deze gigantische lege ruimte boven de nachtrivier. Hij zou zich als een wildeman moeten verzetten, zijn vader toeroepen, waardoor de vijand gealarmeerd raakt en zijn 'redders' gedwongen zijn de aftocht te blazen.

Hij weet het niet meer. Hij zou willen dat zijn vader er was om het hem uit te leggen. De onweerstaanbare gedachte dat het een vergissing is, die bij dezen wordt goedgemaakt. Tegelijkertijd de wetenschap dat alles definitief verloren is, hij onherstelbaar te laat is, verdwaald in de tijd, die nu onherroepelijk de verkeerde kant op stroomt. Het is onvoorstelbaar om nu voor mama te staan, schuldbewust als een jongen die stiekem alle koekjes heeft opgegeten. De gedachte aan zijn moeder blaast hem een vrees in die sterker is dan het gemis van zijn vader. Moet hij het zijn die haar dit gaat aandoen? Hij wil zijn vader niet hoeven zoeken in zijn moeders ogen. Liever blijft hij eeuwig door de uiterwaarden dolen dan haar te moeten vertellen dat hij hem is kwijtgeraakt. Even overweegt hij een leugentje om bestwil: zeggen dat hij nog daarginds is, dat hij naar de bevrijders is gegaan en later op eigen houtje terug zal keren.

Hij vervloekt zijn vader, diens onvoorzichtigheid. Voor het eerst is hij woedend op hem omdat hij maar niet opduikt en hem nu opscheept met een onmogelijke boodschap aan zijn moeder. Mij hier alleen achterlaten, huilt het in hem, mij het aan moeder laten vertellen. Wat een rotstreek.

Mak als een slachtdier laat hij zich in de roeiboot hijsen. Hij moet op het voorste bankje gaan zitten, terwijl een van de mannen zich op de roeiersplek installeert. Hij hoort het verzonken bonken tegen de bodem. Zijn het de roeiriemen die onhandig tegen de rand stoten? Of keien op de rivierbodem waarop de boot steeds botst in het ondiepe water bij de oever?

De andere man duwt hen vlot, hij hoort hem hijgen vlak achter zich. Hij zegt iets onverstaanbaars in zijn oor. Het kan ook zijn dat hij alleen kreunt van inspanning.

En dan is alle vastheid verdwenen. De roeiboot schommelt vervaarlijk. Het is de andere man die over de rand klautert, de boot laat hellen. Tin moet snel met beide handen de randen grijpen om zijn evenwicht niet te verliezen. Het gebeurt allemaal zwijgend, hijgend. Er wordt gesteund en gekreund, waarbij de boot hevig schommelt. Dan gaat ook de tweede man op het roeiersbankje zitten. Tin beseft dat hij helemaal niet weet wie zij zijn. Ze hebben hem gehaald en hij is met hen meegegaan. Ieder neemt zijn riem en begint te roeien. Hij voelt hoe het bootje meteen al door de stroom wordt meegetrokken. Veel meer dan toen hij zwom, voelt hij hoe sterk de stroming is. Ineens kan hij zich voorstellen dat papa ook zo is meegenomen, net als de roeiboot nu. Misschien is hij wel véél verder meegesleurd, kilometers en kilometers, verder dan je kunt bedenken. De roeiers hijgen en vloeken, het lijkt of de rivier ook hun te machtig wordt. Een gevecht lijkt het, deze krachtmeting. Met hun hele gewicht hangen ze aan de riemen.

Omdat het zo donker is, ziet hij niet of ze vorderen. Hij voelt hoe alles vloeibaar is. Het kan zijn dat de stroom hen meevoert langs plaatsen waar hij nooit is geweest, hen zeewaarts voert, tot de brakke wateren waar de rivier zich tussen eilanden verliest, daar waar het land is opgehouden en de zee nog niet is aangebroken. Hij hoopt dat het zo is. Van hem mag de rivier hem meevoeren. Hoe verder hoe beter. Alles beter dan de overkant bereiken. Voor de vijand is hij niet bang, niet zo erg tenminste. Hij is meer bevreesd voor zijn moeder. Hij hoort haar stem: Had je niet beter kunnen opletten, domme jongen? Waar zit je verstand? Hoe moeten we nu de oorlog doorkomen, heb je daar ook aan gedacht? Waar haal ik het geld vandaan? Wat moet hij zeggen? Hij weet het, het is zijn schuld. Hij heeft niet opgelet, hij heeft alleen aan zichzelf gedacht. Terwijl zijn vader in nood verkeerde. Getroffen door een blind afgevuurde kogel, vechtend voor zijn leven, het water kleurde langzaam rood, al kon je dat in het donker niet zien. Dat kan natuurlijk ook, denkt hij. Plop, plop, verzopen de kogels in de machtig voortstromende rivier, en niemand die er iets van heeft gemerkt. Eén kogel hoefde het maar te zijn, een die zwijgend in zijn vaders schedel insloeg. Het kan, alles kan, maar ook nu, nu hij het zich probeert voor te stellen, kan hij het niet geloven. Er is iets ergs gebeurd, en hij weet nog steeds van niets.

Hij is verdwaald in een raadselspel, waarin alles is omgedraaid en ongeloofwaardig wordt. Van niets wat nu gebeurt, wil hij geloven dat het waar is.

Geen streepje maanlicht leidt hen, de nacht is zwart en geeft niets prijs. Hij begrijpt niet dat de twee roeiers weten wat zij doen. Hij hoort hen hijgen, zuchten, kreunen. Hij hoort het kraken van de riemen, het klotsen van de golfslag, hij hoort hoe het water de spanen telkens inslikt en uitspuwt. Er is niets wat hem ontgaat. Hij voelt de wind op zijn huid, in zijn kleren, hij ruikt de mannen, hun zweet, de boot, het water. Hij is er, hij is zo levend als hij zich nog nooit heeft gevoeld, en toch is hij er niet. Het is alsof hij geen buitenkant meer heeft, maar alleen uit binnenkant bestaat, alsof hij de binnenkant vormt van dit hele onzichtbare uitspansel dat om hem heen is en waarin hij organisch meebeweegt. Het is of hij het niet meer zelf is die hier op de punt van deze roeiboot zit. Opgeslokt is hij en hij weet niet hoe hij zichzelf zou moeten terugkrijgen.

Ongetwijfeld zullen ze de overkant bereiken, ongetwijfeld zal hij op de drempel van de keukendeur staan, maar hij zal het niet zelf zijn. Wat mama ook zal zeggen, hoe mama ook tegen hem begint te schreeuwen, hij zal zich aan de binnenkant van de situatie bevinden en er niet uit kunnen. De woorden, de woede, het verdriet, de schuld: ze zullen om hem heen zijn, als een onbegrijpelijke nacht, maar hij zal zelf onvindbaar blijven.

Iets rechtzetten

CHARLEVILLE, 1974

1

Het begint er al mee dat hun bagage niet is aangekomen. De rondhangende Afrikanen kijken hem verveeld aan als hij zijn beklag komt doen. Omdat hij een blanke is, ongetwijfeld. Omdat hij zich druk maakt, dat vooral. In deze frustrerende hitte houdt men het hoofd beter koel. Maar hij verdraagt het niet, zoveel moedwillige onverschilligheid. Hoe lang hebben zijn vrouw en hij deze reis niet voorbereid? Zorgvuldig her en der geïnformeerd, alle benodigdheden aangeschaft, niets aan het toeval overgelaten. Vic wil zich er niet door laten overheersen. Het zijn maar spullen, zegt ze, wees blij dat wíj niet zijn kwijtgeraakt. Het ironische optimisme waarmee de westerse burger zich wapent tegen de krachten der duisternis. Zij wil de verstandigste zijn. Zoals altijd. De goede afloop is háár specialiteit. Zodat hij als enige heel onverstandig zijn bagage staat te missen. Zijn blik dwaalt verweesd door de lage hal, op zoek naar een antwoord. Buiten schettert het zonlicht.

Hij moet zijn paspoort laten zien, zijn ticket. Aan wie eigenlijk? Er komen almaar omstanders bij, allemaal willen ze zijn reisdocumenten verifiëren – alsof het iets ongelofelijks is. Wie zijn deze mensen? Ze willen alles aanraken, ook hem. Hij rukt zich los, steeds weer, maar zijn papieren is hij kwijt. Ze grissen ze uit elkaars handen. Ze gaan ook steeds luider praten. Is er iets mis? Het lijkt er wel op. Als hij niet oplet, heeft hij straks helemaal niks meer, alleen zijn vege lijf.

Wanneer hij om zich heen kijkt, dringt tot hem door dat Victorine en hij de enige blanken zijn. Alle andere passagiers zijn al opgehaald, hun bagage door dienstbare zwarte handen gedragen en in kofferbakken geplaatst.

Ineens vermoedt hij opzet. Natuurlijk. Ze zijn erin getrapt. Dat hij dat niet meteen heeft doorgehad, onnozele die hij is. Er moet afgerekend worden, dat is het. Betalen zul je, schuldige blanke hond. De bekende corruptie waar de reisgidsen liever over zwijgen. Wel zorgen dat hij eerst zijn paspoort en zijn ticket terugkrijgt. Anders moet hij daar straks ook voor dokken.

Vic heeft ondertussen de man gevonden. Hun eigen mannetje, dat ze god weet waar heeft besteld. Degene die hen zal brengen waar ze willen. Een jongen is het nog, die *garçon* van hen. Nauwelijks ouder dan hun dochter. *Nikki*, denkt hij, als hij aan zijn meisje denkt, hij voelt een misselijkmakend heimwee, aangelengd met spijt omdat hij zonder haar is weggegaan.

Een geüniformeerde met een zonnebril verordonneert dat hij een formulier moet invullen. Invullen en ondertekenen, dicteert hij met zijn wijsvinger. Jij ja. Hier en hier en hier. Compris?

Hij wil niet zomaar iets ondertekenen, antwoordt hij.

Hij wil eerst zijn spullen terug. 'Combien?' vraagt hij. 'Combien voulez-vous?' Geef ze nou terug, bedoelt hij. Geef me mijn spullen terug. Daar heb ik recht op. 'C'est mon droit de savoir!' roept hij uit. Hij weet niet eens of het correct Frans is. 'C'est mon droit,' herhaalt hij, voor de zekerheid. Uit onzekerheid. Het klinkt als iets uit een oud boek: een eed of een bede.

Vic fluistert: 'Laat nou Tin, we kopen wel nieuwe spullen.'

Maar hij wil niet opgeven, niet bij de eerste de beste gelegenheid capituleren voor een stel corrupte onderknuppels. Waarschijnlijk staan de koffers keurig om de hoek te wachten. Dat kan hij gewoon niet uitstaan.

Hun garçon trapt zijn sigaret uit en wrijft in zijn handen. Informeert waar de bagage is. Hij speurt alvast om zich heen. Zijn behulpzaamheid zoekt handvatten om zijn blanke opdrachtgevers te behagen. Maar er is niets om dienstbaar mee te zijn. Zijn hese negerstem schiet een octaaf de hoogte in. 'Où est votre bagage, Madame?'

Ze haalt haar schouders op.

Hij begrijpt het niet.

'Disparu,' legt ze uit in handen- en voetentaal. Ze is lerares Nederlands; Frans is altijd weer even wennen.

Tin moet nu ook zijn portemonnee inleveren. Het klopt niet. Er klopt niets van. Is dit wel een loket? Het is een gewone tafel. En hem maar wijsmaken dat het de officiële gang van zaken is. Hij kijkt rond of er misschien een andere plek is waar hij zich moet melden. Hij heeft deze mensen aangesproken omdat ze een uniform dragen. Wie weet zijn ze van iets anders. Of helemaal nergens van. Hebben ze deze uniformen ergens op de kop getikt om westerse toeristen op te lichten.

'Votre autorisation.' Vanwege zijn beperkte Frans klinkt het barser dan hij beoogde. Hij eist dat de beambten zich identificeren. Iedereen kan hem wel uithoren en zijn bezittingen in beslag nemen.

De zwarte mannen aan de andere kant van de tafel kijken elkaar aan en beginnen dan te lachen, met monden vol ivoor. Ze stoten elkaar aan, hoor je dat, zo'n grap hebben ze nog nooit gehoord. We zitten hier om u te helpen, zeggen ze, als ze zijn uitgelachen. U bent naar ons toe gekomen en wij zijn bereid om u te helpen bij het terugvinden van uw bagage. Dus als u zo vriendelijk wilt zijn dit formulier in te vullen.

De man met de zonnebril, die hij voor hun leider houdt, herhaalt: 'Dit is de procedure, Monsieur. Dit is een beschaafd land.' Hij neemt de portemonnee ter hand en vist met zijn sierlijke ebbenhouten vingers de buitenlandse bankbiljetten eruit. Heel nadrukkelijk, een voor een, als een goochelaar die iedereen wil laten zien dat hij niets te verbergen heeft.

De andere mannen houden hun lach in. Pas als de man zijn zonnebril afneemt en breeduit lacht, gaan ook zij voluit. De situatie is werkelijk om je te bescheuren. Ze vegen de tranen uit hun ogen, ze hebben het niet meer, ze gieren het uit.

Tin kijkt om, aarzelend, naar zijn vrouw. Maar ook zij weet nu niks te verzinnen. Elke stap lijkt het erger te maken. Hij merkt nu ook hoe warm hij het heeft. Zijn overhemd plakt tegen zijn lijf.

Hun garçon, die zijn inkomsten ziet verdampen, verdraagt het schouwspel niet. Hij schudt zijn hoofd, hij klakt met zijn tong. Zachtjes, alsof het hem per ongeluk ontsnapt: 'Amadou veut vous aider, Monsieur.' Niemand slaat er acht op.

Op de tafel worden de dollars en de francs op aparte stapeltjes gelegd, heel serieus nu. Het lijkt wel of de man kaarten aan het sorteren is voor een nieuw spel. Straks gaat hij delen. Tin had, om het risico te spreiden, ook travellercheques meegenomen, die hij veiligheidshalve in zijn bagage heeft verstopt. Als de man de francs en de dollars heeft verdeeld, pakt hij de stapeltjes een voor een en telt hij, prevelend als een priester die voorgaat in gebed, de opbrengst. Gelachen wordt er inmiddels niet meer.

'Hoeveel is uw bagage waard?'

Is dit een vraag? Moet hij nu een bedrag noemen? Hij kijkt met lede ogen naar zijn geld, dat al niet meer van hem lijkt te zijn. Misschien heeft het iets met de verzekering te maken, denkt hij nog.

'Is het honderd?' Hij telt vijf twintigdollarbiljetten en laat ze aan hem zien.

Wat is dit voor een spel? Wat zijn in godsnaam de spelregels?

'Ne dites rien, Monsieur!' Amadou pakt hem bij zijn doorzwete overhemd, probeert hem achteruit te trekken.

Loslaten! denkt hij. Blijf van me af.

'Hij wil ons alleen maar helpen, Tin. Dat zie je toch?'

'Ou préférez-vous des francs français, Monsieur?' De

lenige vingers rekenen de dollars om en grissen ritselend de benodigde biljetten bijeen. ‘Mille francs, voyez-vous, Monsieur?’ De leider blijft keurig in zijn rol: beleefd en de gespeelde eerlijkheid zelve.

Duizend, dat klopt toch niet? Hij probeert zich de juiste wisselkoersen voor de geest te halen.

Vic staat intussen naast hem en wil de onderhandelingen van hem overnemen. ‘Le bagage n’est pas important,’ laat ze weten. ‘Non plus. Alors, voulez-vous nous retourner notre argent, Monsieur? S’il vous plaît, Monsieur?’

Wat zegt ze nou? De bagage is wél belangrijk.

Tot zijn verbazing stopt de man met de zonnebril het geld terug in de portemonnee en schuift die achteloos naar hem toe, een dood ding dat zijn aandacht niet waard is.

En nu de bagage nog, denkt hij. We moeten dit voordeel uitbuiten, meteen doorzetten.

Maar voordat hij over de bagage kan beginnen, trekt Vic hem met zich mee. ‘Waag het niet,’ waarschuwt ze met opeengeklemde kaken. ‘Kom, Tin, voordat hij zich bedenkt.’

Amadou loopt voor hen uit, als een hond die eindelijk wordt uitgelaten. Wat graag had hij nu hun koffers gedragen; hij weet zich met zijn lege handen geen raad. Hij zou zijn rijke blanke opdrachtgevers wel willen oppakken; met zijn slanke vingers raakt hij hen almaar vluchtig aan, alsof hij naar de hengsels zoekt. En daar draaft hij alweer voor hen uit.

Buiten ontploft het zonlicht in hun gezicht.

∞

Geen enkel moment heeft hij het gevoel dat hij greep krijgt op de gebeurtenissen. Ook niet nu hij achteroverleunt op de brandend hete achterbank van de oude, gebutste Peugeot 403 en door de opengedraaide raampjes de hele verzadigde atmosfeer van geluiden, geuren, kleuren rustig op zich in kan laten werken. Het is de regelloosheid die hem treft. De mensen hier respecteren geen grenzen, de kinderen al helemaal niet. Elke keer als de auto moet stoppen, strijken ze als vliegen op hen neer, steken handen, hoofden door de open raampjes. Hij voelt zich bedreigd en draait het zijne dicht, maar dan nog proppen ze door de laatste kier hun vingers naar binnen.

Op zijn verzoek draaien ook de anderen hun raampjes dicht. Het wordt meteen benauwd in de hete coupé. Zijn rug, zijn billen, zijn benen plakken tegen de achterbank. *En geen schone kleren bij me, verdomme.* Met terugwerkende kracht haat hij de officier die hen heeft bestolen en hij stelt zich voor hoe ze met gretige vingers hun vakantiekleren doorwoelen, de buit uitstallen en onderling verdelen.

Amadou draait zich vanaf de bestuurdersstoel naar hem toe. ‘Les gens blancs sont très populaires en Afrique, Monsieur.’ Hij zegt het zonder een spoortje ironie.

Met verbijstering ziet hij hoe naast zich op de achterbank Vic zit te genieten van elk moment in dit nieuwe, onbekende land. Zij wel. Ze laat zich overweldigen door de hitte, de stoffige aarde, de ongeremde lichamelijkheid waar ze in terecht zijn gekomen en die in niets herinnert aan thuis. Hij benijdt haar vermogen om vrij te kunnen zijn, zich te verliezen. Hij verliest zichzelf nooit. Hij blijft altijd met zichzelf opgescheept, waar hij ook is. Zelfs hier, in dit niemandsland aan de rand van de woestijn. Charleville – voordat zijn vrouw de tickets had geboekt, had hij er nooit van gehoord. Het nieuwe beangstigt hem, als hij eerlijk is, het oude is hem vreemd genoeg.

Eindelijk maakt de Peugeot vaart, de meerennende plaatselijke bevolking wordt verzwolgen door het opstuivende stof. Hij heeft geen idee waar ze heen gaan, hij hoopt naar een hotel. 'Va-t-on à l'hôtel?' roept hij boven het motorgeraas uit.

'Comme vous voulez, Monsieur.'

'Maar Tin, zullen we niet eerst in de stad proberen iets van kleren en zo te kopen? We hebben niets, niet eens een tandenborstel.'

Nee, niets hebben ze, alleen wat stinkende 'vrijetijdskleding' om het bleke lijf mee te bedekken. Weer vlamt de woede op over het onrecht dat hun door de corrupte beambten op het vliegveld is aangedaan. Hoe kan Vic zich daar zo gemakkelijk overheen zetten, zo... praktisch?

Ook haar woordkeus stoort hem. Alsof woorden als 'stad' en 'kleren kopen' hier betekenis hebben. Ze rijden over een onverharde weg met links en rechts provisorische bouwsels die al uit elkaar lijken te vallen als je er een blik op werpt.

Hij heeft geen idee waar de jongen hen heen brengt. Naar het hotel, had Amadou bevestigd. Het zal hem benieuwen. Het lijkt hem onwaarschijnlijk dat er iets zal opdoemen wat voldoet aan deze term.

Plotseling verlangt hij heel erg naar huis. Zo naast Vic wil hij er niks van laten merken, van dit kinderachtige heimwee naar een veilig thuis dat allang niet meer bestaat. Het is haar grote reis, ze heeft hier zo lang naar uitgezien, dat wil hij niet bederven voor haar. Dat heeft hij zich voorgenomen. Het is zijn manier om te tonen hoe belangrijk ze voor hem is. Op de tast zoekt hij, op de achterbank, haar hand.

Ze kijkt hem van opzij aan, gelukzalig. 'Het komt allemaal wel goed, Tin.' Ze legt haar hoofd op zijn schouder. 'Het komt allemaal echt wel goed.'

Door het hobbelen van de auto op de droge, onverharde weg voelt hun verstrengeling niet prettig. Zijn hand in de hare zweet onaangenaam. Even laat hij het zo, dan, als er genoeg tijd is verstreken, trekt hij hem tactisch terug. En hij maakt van een hobbel in de weg gebruik om zich ook van haar hoofd te verlossen. Het spijt me, denkt hij. Hij zegt het niet, hij weet dat een verontschuldiging het alleen maar botter maakt. Zijn aanpassingsbereidheid is grenzeloos, hij staat er zelf van versteld.

'Daar is de markt al,' roept Vic. 'Bien fait, Amadou. Merci beaucoup. Tin, kijk 's. Prachtig, moet je zien, al die kleuren. Heerlijk. Parquez la voiture ici, Amadou, s'il vous plaît, merci bien.'

'Mais, Madame... l'hôtel est à côté!' roept de jongen uit. Wilt u eerst niet liever naar het hotel? U hebt een lange reis gehad, u zult zich toch zeker eerst willen opfrissen?

∞

Het hotel is een decorachtig gebouw, vergane glorie van het Franse kolonialisme. Onwetend droomt het van vroeger. Een bladderend front met beneden een arcade en boven een balustrade van smeedijzer; een interieur dat wordt overschreeuwd door mottig rood velours, een overdaad aan versleten lampenkapjes, dof koperen stangen en oud, krakend hout. Het gebouw ademt de nageur van een gokpaleis of een bordeel, en misschien heeft het in de hoogtijdagen van koloniale overheersing wel allebei gehuisvest.

Ze worden opgewacht door een welkomstcomité in de meest hilarische dienstkleding, dat gracieus buigt voor de zojuist gearriveerde gasten. Het lijkt een parodie. Net als op het vliegveld bekruipt hem het gevoel dat er speciaal voor hen een toeristische poppenkast wordt opgevoerd. Zie ze hun ivoren lach onderdrukken. Straks, als ze naar hun kamer zijn, proest dat stelletje het natuurlijk uit. Het hele ding lijkt wel een attractie, speciaal in stand gehouden voor goedgelovige blanke idioten als zij. En dan die belachelijke klederdracht. Die hebben ze alleen maar aangetrokken opdat de onnozele bezoeker zich weer even de oude almachtige koloniaal kan wanen.

Als ze alleen gelaten worden op hun kamer, zonder koffers, overvalt hem wederom de woede om de zwendelpraktijken door de douane, waar hij, bij gebrek aan beter, heel dit achterlijke continent voor aansprakelijk stelt.

‘Wees blij dat we onze handbagage nog hebben.’ Vic rommelt in haar tas, vindt de taxfree make-up, parfums en dergelijke, die ze op de wastafel begint uit te stallen. 'En ons geld, Tin. Het had allemaal veel erger kunnen aflopen.'

Ze lijkt warempel blij dat het zo is gegaan. Nou, gefeliciteerd dan.

Hij loopt naar het raam en probeert vergeefs de zware, gedrapeerde gordijnen open te schuiven; ook het raam zelf krijgt hij niet open. Er is iets met de sluiting wat hij niet snapt. *Laat ook maar, verdomme.* Achter het glas zoeken zijn ogen buiten tevergeefs een herkenningspunt. De kamer is bedompt en heet. Of is het zijn eigen lichaamsgeur die hij ruikt? Er moet toch iets open kunnen? Hij wordt gek van de vliegen en beesten die het op hem voorzien hebben, ondanks de ventilator die aanstaat.

'Ga anders even liggen, lieverd. Even je ogen dichtdoen.'

Maar daar is hij te onrustig voor.

'En kijk, Nikki hebben we ook nog.' Ze pakt de ingelijste foto van hun dochter Nicole en kijkt de hotelkamer rond om te zien waar ze het pronkstuk neer zal zetten.

De dochter is haar alles. Ze is het enige kind dat hun werd vergund. Ervoor, erna: niets. Het is voor het eerst dat ze zonder hun schat zijn weggegaan, en dan nog wel meteen zo ellendig ver. Het heeft dan ook heel wat voeten in de aarde gehad voordat ze met z'n tweeën konden vertrekken. Hij wist zeker dat er iets rampzaligs stond te gebeuren. Het vliegtuig zou brandend in zee storten; wilde dieren gingen hen verscheuren en als ze gered werden, zouden ze, gekneveld en gekookt, zonder mes en vork worden opgegeten door kannibalen. Het gaf hem bij het inchecken op Schiphol het omineuze voorgevoel dat hij zijn dochter als eenzame wees achterliet. Arm, arm kind, wat moest er van haar terechtkomen, alleen op de wereld, zonder haar liefhebbende ouders. Zonder hem vooral, zonder haar beschermende vader. Hij zag haar al staan. Het was daarom beter dat hij ook thuisbleef. Hij wilde uitchecken, gauw terug naar huis, maar daar wilde Vic natuurlijk niet van weten. Dat ga je me niet aandoen, Tin, hier heb ik zo lang naar uitgekeken, ik laat me deze reis niet meer afpakken. Nikki is zestien, kom op zeg, die meid is blij dat ze even van haar oude ouders af is.

Maar daar ging het hem niet om. Natuurlijk is Nikki groot genoeg. Maar is híj groot genoeg om zijn kleine meisje alleen te kunnen laten? Afscheid nemen van je kind is afscheid nemen van je leven zoals het hoort te zijn. Op een dag ben je overbodig geworden. Het is de raket die wordt afgekoppeld zodra de ruimtecapsule is gelanceerd, en verloren terugvalt naar de aarde. Toe Tin, wat doe je weer dramatisch. We gaan maar vier weken, we zijn straks eerder thuis dan je lief is. Ze begreep het niet. Ze begreep niet dat ze allang bezig waren om voorgoed afscheid van hun dochter te nemen.

'Geef 's.'

Met het portret in zijn handen gaat hij op de rand van het bed zitten.

'Zeg Tin, je gaat toch niet zitten janken, hè. Wat is dat nou weer?'

Hij kan het niet helpen. Het slaat nergens op, dat weet

hij ook wel. Maar het is al te laat. Er opent zich in hem een verlies dat hij niet onder woorden kan brengen, een nacht waarin alles verdwijnt zonder dat hij het kan navertellen. Ze komt naast hem zitten, slaat beschermend een arm om hem heen. Hij voelt hoe die plakt tegen zijn bezwete rug.

'Ik weet het,' zegt ze voor zich uit.

'Jij weet helemaal niks,' mompelt hij, maar net hard genoeg dat ze het kan horen.

Ze gaat er liever niet op in. Ze neemt het portret voorzichtig uit zijn handen en zet het op het nachtkastje aan haar kant.

Hij laat zich, met zijn schoenen en kleren nog aan, achterover op het bed vallen en draait zich op zijn zij om zich van haar af te wenden. Een kind lijkt hij nu, mokkend en volhardend in ontroostbaarheid. Hij wil het verlies blijven voelen, omdat hij dan tenminste íéts voelt. Iemand missen is weigeren hem of haar los te laten, het is een vorm van verbondenheid. Hij had gehoopt dat het vaderschap hem de veiligheid en geborgenheid zou verschaffen die hij zelf moest ontberen, maar het heeft hem alleen maar scherper doen beseffen dat hij, ouder wordend, langzaam uit zicht aan het verdwijnen is – onbereikbaar voor zijn aan het leven beginnende dochter en uiteindelijk ook voor zichzelf.

Om die reden gaat hij liever niet op reis. Hij is iemand die graag vasthoudt aan de plek die toevallig bij hem is gaan horen. In de vertrouwde omgeving kan hij ontkennen dat je van alles afscheid neemt waar je bij staat. Zolang alles zich herhaalt, is er niets aan de hand. Geen vervolg, geen vooruitgang, want dat versterkt juist het besef van verlies. Zich bewegen is zich verwijderen. Het is het onheil zelf opzoeken.

Vic is degene die altijd iets nieuws wil. Hij verklaart haar onrust uit het feit dat ze alleen Nikki hebben gekregen en verder niks. Ze had nog zorg over voor een heel continent, die lieve schat. Het is in elk geval de reden dat ze hier zitten. De scholengemeenschap waar ze lesgeeft, heeft via het Foster Parents Plan hier ergens in de binnenlanden een jongetje geadopteerd. Een albino. Waarom geen gewoon jongetje – of mag je dat niet denken? Volgens de reglementen is het niet de bedoeling dat de adopterende instantie zelf contact opneemt met het kind, maar Vic heeft daar lak aan. Ze correspondeert namens de school al jaren met hem. Of met zijn verzorgers. Hij heeft zich er eerlijk gezegd nooit echt in verdiept. Van het begin af aan heeft hij het vermoeden gehad dat de hele weesjongen door een stel tussenfiguren is verzonnen om een mooi zielig verhaal te kunnen verkopen. Te mooi om waar te zijn, wat hem betreft. Enfin, ze gaan het zien.

Van buiten drijven geluiden de verduisterde kamer binnen. Drukke stemmen die elkaar opjagen, dan weer stilvallen, een dreunende dieselmotor; op een binnenplaats klettert een vuilnisbak om. Binnen zoemt de ventilator.

Het bed ligt niet comfortabel; hij ruikt de paarden- of kamelenstront die uit de deken wasemt. Of ruikt hij zichzelf? Zijn reiskleren plakken aan zijn lijf, hij zou zich moeten douchen. Maar als hij daarna weer zijn vieze kleren moet aantrekken, heeft het geen zin.

Als hij overeind komt en op de rand van het bed gaat zitten, ziet hij dat Vic op het nachtkastje een portret van de bleke negerjongen naast dat van hun dochter heeft gezet. Het is de officiële foto zoals die door het adoptiebureau wordt verstrekt. 'Votre fils adoptif' staat er in drukletters boven. En eronder, in een schoonschrift dat onmogelijk van de jongen zelf kan zijn, een naam: 'Salif'. Het is de belettering van getuigschriften en diploma's die op Tin echter het omgekeerde effect heeft: het wekt de gedachte aan fraude en bedrog. Ik ben uw zoon, zegt het portret, maar Tin weet wel beter. Het lijkt wel of hij een ziekte heeft, denkt hij, met die vale huid en die fletse kroesharen.

'Wat een schatje hè?' zegt Vic met een trots die moeilijk te plaatsen valt.

Hij walgt ervan dat ze deze jonge witte neger als een zóón ziet. Hij wil ook liever niet dat diens portret naast dat van Nikki staat, als een idiote parodie op de familieband. Maar hij houdt zijn mond, hij waagt het niet haar in haar schraal uitgevallen moederschap te kwetsen.

∞

Behendig leidt Amadou hen naar een overdekte markt, waar ze meteen worden achtervolgd door opdringerige straatjongens die hun hardnekkig iets proberen te verkopen. Hun garçon slaat ze als paardenvliegen van zich af en onderhandelt tegelijk met de stugge aanbieders over een geschikte prijs. Vic vindt het prachtig allemaal, ze kijkt haar ogen uit. Dit is Afrika, zegt haar blik, zo heeft ze het zich voorgesteld. Ze wil de straatjongens geld geven, maar dat mag niet van Amadou.

Vervolgens laten ze zich naar een kleermaker brengen. Van Tin hoeft het niet, hij haat gedoe en ziet de beste bedoelingen al bij voorbaat spartelend in de vreemdheid van de taal ten onder gaan. Maar Vic lijkt vastbesloten zich naast het folkloristische textiel van kaftans en andere soepjurken 'ook iets leuks' aan te laten meten.

Wat Tin niet meteen begrijpt, is dat Vic indruk wil maken op het pleegkind. Voor haar heeft deze reis een doel. Ze wil de mevrouw uit de grote wereld vertolken, de gedroomde moeder die als een engel komt neerdalen tussen de hutten.

Ze betreden een somber, bedompt naaiatelier, waar dikke oude vrouwen in het halfdonker aan kniptafels en zowat antieke trapnaaimachines zitten te slapen. Door spleten en kieren flitst en flakkert niet te stuiten zonlicht naar binnen. Er hangt een zware, dierlijke lucht. Bij hun binnenkomst lijken allen te ontwaken. Op slag heerst er een bedrijvigheid die er, Tin zou het zweren, eerst niet was. Hij heeft moeite, merkt hij, deze mensen serieus te nemen. Nu zitten ze ineens heel druk te praten en laten ze de trapnaaimachines zingen; ook wordt er om de onverwachte bezoekers gegierd van het lachen. Ze schateren boven het naaimachine-orkest uit. Praten en schateren boven dat razende kabaal. En weer bekruipt hem het gevoel te zijn beland in een toneelstukje dat speciaal voor hen wordt opgevoerd.

De *patron* die aan hen verschijnt, betoont zich de joviale, goedlachse neger die blanken graag zien. Hij schept op dat hij in 'les bonnes années' heel Frans-West-Afrika in de kleren heeft gestoken. Nu hij dicht bij hen staat, ruikt Tin dat hij het is die de dierenlucht verspreidt. Het is een onaangenaam sterke lijfgeur die hem zowat de adem beneemt. Hij doet een stapje achteruit, op een voorzichtige, beleefde manier. Niet terugdeinzen, denkt hij, want dat zou racistisch over kunnen komen.

Als het aan Tin lag, maakten ze direct rechtsomkeert, maar Vic heeft zich voorgenomen alle lokale zeden en gewoonten zonder onderscheid 'interessant' en 'leuk' te vinden. Haar optimisme is immuun voor de fundamentele sfeer van bedrog waar zijn humeur zo door wordt aangetast.

Amadou doet het woord, in een combinatie van schoolfrans en het patois van hier. Het gaat over hen, hun gestolen bagage en ook over hun tocht naar het binnenland om het adoptiekind te bezoeken.

Tin begrijpt niet waarom dit allemaal aan de eerste de beste vreemde verteld moet worden. Ze vallen hier zonder die verhalen al genoeg op, dunkt hem. Het brengt mensen alleen maar op ideeën. In de oorlog heeft hij geleerd op je hoede te zijn. Voor je het weet, ben je verraden. Daarom wil hij dat Amadou ophoudt met zijn geklets, nu meteen. Hij maakt daartoe, omdat hij ineens niet op het juiste Franse woord kan komen, het gebaar van korte metten, dat ook het brute gebaar is van de keel doorsnijden.

De oude en de jonge neger kijken hem verbaasd en enigszins verontrust aan.

Vic schaamt zich voor hem, dat ziet hij duidelijk. Hij trekt zich er niets van aan, hij gaat gewoon door. 'Assez,' zegt hij, 'c'est assez maintenant.' Hij is blij dat hij het juiste woord heeft gevonden.

'Wat bedoel je, Tin, waar heb je 't over?' Ze kijkt naar de kleermaker en Amadou, om hun reactie te peilen.

Charmante, welopgevoede Vic, altijd allereerst bezorgd wat de anderen ervan zullen vinden. Het is allemaal weer zijn schuld natuurlijk. De eeuwige spelbreker, de grote tekortschieter, schuldig aan iedereens ongeluk. *Kon je niet beter opletten? Je was er toch bij?* De eeuwige stem van zijn moeder. Zelfbeklag, vermomd als woede, hakt zich een weg door zijn gedachten, vernielt daar alle redelijkheid die het tegenkomt. Hij heeft er genoeg van. Deze hele onderneming. Het belachelijke adoptieproject. Nikki die ze thuis hebben achtergelaten. Vanwege die idiote *fils adoptif*, godbetert. Het gedoe met kleren, de voortdurende tegenvallers. De plakkerige hitte, de stekende, bijtende klotebeestjes die hem telkens te grazen nemen. De lachende Afrikanen met hun principiële bedrog. C'est assez. Het idee was geweest dat ze in een auto met chauffeur zouden worden rondgereden. Bij 'auto met chauffeur' stelt hij zich iets anders voor dan dit halve kind in zijn oude, verroeste Peugeot 403. Niet dat hij per se wil vasthouden aan zijn westerse luxe (al mist hij die wel), maar waar hij onder lijdt, is de treiterende onbetrouwbaarheid van alles wat zich aan hem voordoet. Niets laat zich vaststellen, niets wordt hier duidelijk.

'Ach, laat ook maar.'

'Maar Tin, je...'

'Bestel die kleren nu maar.'

Vic kijkt, ook namens hem, de kleermaker verontschuldigend aan; Amadou houdt zich stil totdat de storm zal zijn overgewaaid. 'Nous sommes très fatigués,' legt ze uit. Ziet u. Vandaar. M'n man is erg moe, bedoelt ze. Daarom weet hij zich weer eens niet te beheersen, het oude liedje.

∞

Dankzij de bestelde oud-koloniale maatkleding moeten ze langer in Charleville blijven. Hij heeft het voorgevoel steeds verder ergens in te worden getrokken. Zonder dat hij er iets tegen kan doen. Het gebeurt allemaal buiten hem om; hij staat kennelijk ingeschreven bij een programma waar hij zelf verder niet in hoeft te worden gekend.

Volgens Vic moet hij niet 'de hele tijd zo zeuren', maar zich er 'lekker aan overgeven'.

Sommige mensen slagen erin hun leven te presenteren als een product van eigen keuzes.

Amadou vindt het prachtig. Zijn dienstbetrekking is immers weer met een dag verlengd. Westers kleingeld wordt hier als kraaltjes aanbeden; het is gênant hoe weinig ze hem betalen. De jongen stelt voor om naar een of ander eiland te varen waarvandaan vroeger de slaven werden verscheept. Maar ze kunnen ook verderop met een bootje de rivier op, nijlpaarden en krokodillen kijken. Dat laatste is wel een paar uur rijden, waarschuwt hij. Het is beter om daar meer tijd voor te reserveren. Maar als Monsieur et Madame er nóg een dagje aan vast wensen te plakken, bedelt hij, is het een schitterende bestemming, 'recommandé et très populaire chez les gens blancs'.

'Wat denk je ervan, Tin?' Vic is al gewonnen voor het plan. Hij ziet het aan de twinkeling in haar blik.

Wat maakt het allemaal nog uit wat hij ervan vindt?

Terug in het hotel laat hij zich op het muffe bed vallen, vooraf al uitgeput van de reis die hij nog moet maken. Vic trekt zijn schoenen uit en masseert voorzichtig zijn stinkende, pijnlijke voeten. Het ontspant hem, zodat hij durft te verdwijnen in het zwarte gat van de slaap.

∞

De volgende ochtend zit er niks anders op dan de kaftan aan te trekken die ze op de markt hebben gekocht. 'Moet je jezelf zien! Je bent net Lawrence of Arabia!' Vic schiet in de lach en geeft hem een kus. 'En ik? Hoe vind je mij?' Ze trekt de veelkleurige soepjurk strak bij haar taille. 'Jou staat alles,' mompelt hij. Het is waar, ze ziet er na al die jaren nog steeds goed uit. Dat ziet hij soms heus ook wel. Zij is een vrouw die het leven voor zich heeft, nog steeds, voor haar moet het beste altijd nog komen, al is ze nu over de helft.

Wanneer ze beneden zijn, blijkt Amadou een verrassing voor hen in petto te hebben: er gaat ook een ander echtpaar mee. Het zijn mensen uit Frankrijk, ze hebben hier vroeger gewoond en willen graag naar de krokodillen kijken. 'Ils sont très gentils.' Nee, niet de krokodillen. O non, Monsieur, lacht hij. De Fransen!

Vic vindt het allemaal prima. 'Als ze hier gewoond hebben, kunnen ze ons vast van alles over het land vertellen. Ze kunnen ons ogen en oren geven, Tin.' Waar ze die rare aanstellerige uitdrukking vandaan heeft, is hem een raadsel. Uit een recente Nederlandse roman waarschijnlijk die ze voor haar school leest 'om bij te blijven'. 'Amadou, j'embrasse ton idée,' zegt ze tot overmaat van ramp, het kan literair bedoeld zijn, maar het kan ook aan haar Frans liggen. Hoe schrijft ze die brieven eigenlijk? Waarschijnlijk met het woordenboek permanent in de aanslag.

Amadou is opgelucht dat zijn opzet is geslaagd en gaat de nieuwe reisgenoten meteen halen. Eén ritje voor de prijs van twee, wie zou het zo'n arme jongen niet gunnen? Het is een uithoek van de wereld waar de tijd stilstaat, de inwoners moeten inventief zijn om de eindjes aan elkaar te kunnen knopen. Laat die jongen zijn voordeeltje binnenhalen. Daar heeft hij gerust een beetje toeristisch ongemak voor over. Een beetje begrip voor de omstandigheden, daar is hij echt niet te beroerd voor.

Het Franse stel blijkt al die tijd verderop naast de auto te hebben staan wachten, wat de schijn wekt van een vooraf geregisseerde scène. Verrast begroeten ze hun nieuwe reisgezellen.

Nu pas realiseert Tin zich dat ze op die mensen een nogal idiote indruk moeten maken met de Afrikaanse gewaden die ze hebben aangetrokken. Hij wil het uitleggen, maar dat wordt te ingewikkeld in een taal waar hij niet in thuis is, dus laat hij het maar zo.

Het zijn jonge mensen. Jonger dan zijzelf althans. De jongeman in een bermuda en op espadrilles, zij een soort hippiemeisje in een zo ongeveer bij de liezen afgeknipte jeans. Hij had een middelbaar echtpaar verwacht, waarom weet hij niet. Een oud-koloniaal met een verzorgde snor en zo'n taart van een vrouw. Maar nee, ze doen meteen vertrouwd en hedendaags aan, geen types waarvoor je onmiddellijk op je hoede bent. Ze zijn heel inschikkelijk, heel erkentelijk, ze proberen zelfs een woordje Engels met hen te praten, wat voor Fransen zoals bekend geen sinecure is.

'Moi, je m'appelle Martin,' zegt Tin.

'Et moi Victorine.'

'Jean-Luc, enchanté. Nice to meet you. And this is my wife Solange.'

Solange knikt.

Het stel is hier om plekken uit zijn kindertijd te bezoeken, de jongeman, Jean-Luc dus, heeft hier tot zijn twaalfde gewoond, hij wil zijn 'paradis perdu' aan haar laten zien, het levende plaatjesboek waarin de juiste bladzijde niet meer te vinden is.

Vic vertelt over Salif, ze noemt hem 'ons' adoptiekind, zodat Jean-Luc en Solange denken dat het hun eigen kind is dat ze hier gaan bezoeken. Hij legt uit hoe het zit ('notre fils est adopté par l'école de Victorine'), maar hij weet niet of het misverstand daardoor uit de weg is geruimd.

Als Jean-Luc hoort om welk gebied het gaat, begint hij meteen te vertellen hoe hij vroeger met zijn vader mee mocht op inspectie in het binnenland. Dan waren ze dagenlang onderweg. Een lange, stoffige karavaan met inheemse dragers. Ezels. Kamelen. Het hele plaatje. Overnachten in legertenten. Grote vuren tegen de wilde dieren. Formidabel was dat. Het klassieke jongensboekenavontuur. Het dorp waar ze heen moeten kent hij wel, zegt hij. De beschrijving die hij geeft, slaat zo ongeveer op elke negorij in elk denkbaar niemandsland. Daar hoef je niet eens voor in Afrika geweest te zijn. En ineens roept hij dat hij met hen mee wil, het binnenland in. Avontuur! De oude glorie! Hij kijkt Solange aan. Hij kan hen als gids begeleiden. Het past perfect in de heimweereis waar hij voor gekomen is.

Vic heeft al ja gezegd voordat ze hebben kunnen overleggen. Dat ergert Tin. Maar hij merkt tot zijn eigen verbazing dat de gedwongen groepsvorming goed voelt. Veilig vooral. Jean-Luc wekt de indruk dat hij weet wat hij doet. Hij kent het land. Dankzij hem weet Tin zich opgenomen in de geruststellende omarming van de volledig verzorgde reis: hun kan niets gebeuren. Alles zal routine en automatisme zijn.

In de oude Peugeot is het even passen en meten met z'n vijven. Vic offert zich op, gaat in het midden zitten. Jean-Luc mag vanzelfsprekend naast Amadou voorin, hij gaat straks iedereen vertellen waar ze zijn en wat ze zien. Hij zal proberen het tot een verhaal om te vormen. Dan hoeven ze het niet echt mee te maken. Het is een ritje van niks, zegt hij, heel wat anders dan straks, wanneer we het binnenland in gaan. 'The *intérieur,*' zegt hij met die onuitroeibare Franse tongval. Het klinkt ineens dreigend, alsof het een mysterieus monster betreft dat al menige onnozele vreemdeling heeft opgeslokt. Maar ook daar zal hij een verhaal van maken.

Jean-Luc steekt een sigaret op, ook Amadou krijgt er een van hem. Gaat die nou ook in de auto zitten roken? Tin zegt er niets van, ook omdat iedereen zijn raampje open heeft.

Als ze wegrijden, krijgt hij in zijn maag het draaierige gevoel dat hij iets kostbaars achterlaat. Zijn onze spullen wel veilig in dat vage hotel? schiet het paniekerig door hem heen, met meteen daarop het besef dat ze geen spullen meer hebben. Ja, de foto's van Nikki en die negerjongen, op het nachtkastje van Vic. Raar licht wordt hij ervan, van het idee dat hij op dit onbekende continent niets bij zich heeft en zich met wildvreemden in een danig verouderde auto bevindt, op een route waarvan hij de plaatsnamen niet kan onthouden.

Buiten wil er aan de stad maar geen einde komen, al worden de bouwsels steeds futieler en vluchtiger. Het landschap schijnt er steeds nadrukkelijker doorheen.

Jean-Luc vertelt dat hij zich niet kan herinneren dat dit er allemaal was. In zijn tijd had je dit soort krottenwijken niet; je had de Europese wijk, dan de negerwijk, meer een soort uitgebreid dorp, en daarachter begon meteen de vrije natuur van het ontzaglijke niemandsland.

En ineens is de stad uitgewist. Ze stuiven over een onverharde weg, het rode stof wolkt hoog op. Het landschap is karig en vlak. Dat ze over een weg rijden is alleen te zien aan de bandensporen. Aan weerszijden af en toe een boom, een paar bomen; soms dorre doornstruiken.

Nergens het volle, weldadige groen dat je hier zou verwachten. Alles is oud en murw. Het valt hem daarom op hoe prachtig en kleurig de mensen zijn die ze passeren: groepjes vrouwen die, sierlijk als kariatiden, kruiken of manden op hun hoofd dragen, jongens met geiten, oude mannen met ezels. Ze schitteren in de zon, blakend van leven in dit uitgeputte landschap. Amadou toetert, zij blijven staan en zwaaien vrolijk terug, roepen iets wat vervliegt in het lawaai van de motor.

Vic zegt dat ze hem benijdt om zulke exotische jeugdherinneringen. 'You carry so much distance in your soul,' zegt ze, met de onbedoelde poëzie van vreemde talen. 'Africa is your inner landscape. That must be wonderful.'

Jean-Luc blijft door de voorruit kijken, alsof de film van zijn Afrikaanse kinderjaren daar elk moment vertoond kan gaan worden, met hem als vreemde meneer op de voorste rij. Wat herinner je je als kind? mijmert hij. Geen verhalen in elk geval, verhalen zijn interpretaties. Een kind kent alleen het moment zelf. Het kent de werkelijkheid alleen van binnenuit. 'Life is like a dream. It vanishes the instant you wake up.' Je herinnert je flarden, sferen. 'Stupid little things,' zegt hij. Prachtige, onbruikbare details, zoals het zonlicht dat door de kieren van de blinden breekt en in scherpe stralen de slaapkamer binnendringt, daar patronen maakt in clair-obscur. Hij herinnert het zich heel precies, al zou hij bij god niet kunnen vertellen welke dag of welk jaar dat was. Een straal zonlicht, verloren in de tijd. Buiten de bedrijvigheid van bedienden en dieren. 'It was not a house where we lived, it was a mansion.' Hij maakt een gebaar dat groot en weids betekent, alsof hij het zelf ook niet helemaal kan bevatten.

Solange en hij zijn ernaar op zoek geweest, vertelt hij, het lag in de buurt van de hoofdstad, maar ze hebben het helaas niet terug kunnen vinden. Het is waarschijnlijk in brand gestoken, hebben ze hem gezegd. In de chaotische tijd na de soevereiniteitsoverdracht gebeurden zulke onvergeeflijke dingen nu eenmaal. 'These friendly people can be extremely cruel.'

Het huis waar hij in opgroeide, is in zijn herinnering onuitputtelijk groot, met kamers die hij nauwelijks kende, met aanbouwen en bijgebouwen voor het personeel, stallen, schuren en werkplaatsen die tezamen een complete wereld vormden, bevolkt door een keur aan dieren, huisbedienden, landarbeiders en zelfs soldaten. Onbegrijpelijk nu ze in Parijs in het 11e arrondissement op de vierde verdieping een eenvoudig driekamerappartement bewonen. 'Sure, very *comfortáble,*' geeft hij toe. 'But eh... *différent.*' In zijn Engels zingt het Frans in ronde vormen.

'What did your father do for a living?' vraagt Vic met Nederlandse directheid, want alles moet ergens van betaald worden.

'He was in *l'A.O.F.*, the French *gouvernement* that ruled over West-Africa. *L'Afrique-Occidentale française.* He was a very important man.' Maar, zegt hij, hij heeft hem eerlijk gezegd nooit goed gekend.

'But he was your father...?!'

Jean-Luc blijft strak voor zich uit naar de stoffige weg

kijken waarover de Peugeot landinwaarts stuift. Hij laat Vics verbijstering kalmpjes langs zich afglijden. Het lijkt voor hem onbestaanbaar dat een afstandelijk begrip als 'vader' ook iets intiems zou kunnen uitdrukken.

Het is Solange die uitleg geeft, tenminste voor zover te volgen valt wat ze zegt. Het duurt even voordat Vic en Tin eruit zijn of het Frans dan wel Engels is wat ze horen, zodat de woordenstroom geen verhaal meer voor hen wil worden. Tin kan het niet schelen, zomaar een vader van een Fransman die ze onderweg zijn tegengekomen, maar Vic is erop gespitst de juiste feiten te vernemen. Precisie is voor haar een primaire levensbehoefte. Ze rust niet voor ze weet hoe het zit. Had ze die vasthoudendheid maar getoond op het vliegveldje van Charleville. Dan hadden ze nu in hun gewone kleren kunnen zitten in plaats van in deze ridicule woestijnroverkostumering. Of is het haar gezond verstand geweest dat erger heeft voorkomen? Enfin. Hij heeft, in al die jaren huwelijk, geleerd haar beter te vertrouwen dan zichzelf. Van zichzelf heeft hij nooit op aan gekund, nu hij erover nadenkt. Als het aan hem ligt, komt er nooit ergens iets van terecht. 'Jij bent onze theoreticus,' zegt Vic soms liefkozend. Ze bedoelt dat hij dermate onpraktisch en onhandig is dat hij de hele werkelijkheid zo uit zijn handen in honderdduizend scherven op de grond laat vallen.

De vader is dus een hooggeplaatste ambtenaar uit het Franse koloniale apparaat geweest. Het wordt overigens niet duidelijk of de beste man nog leeft of allang in een kist met de Franse driekleur eroverheen gedrapeerd plechtig ten grave is gedragen. Kennelijk is de afstand tot deze eerbiedwaardige gestalte altijd zo gapend groot gebleven dat het in wezen niet uitmaakt of hij er is of niet. Jean-Luc voelde zich vertrouwder tussen de bediendend, die hem een pijl-en-boog leerden snijden waarmee hij op vogeltjes jaagde, zonder er overigens ooit een te hebben kunnen verschalken. Ze sneden ook een boot voor hem uit een boomstam, als Vic en Tin het tenminste goed verstaan. De eerbiedwaardige vader had ook iets met de oorlog te maken. Vichy, Pétain, de verkeerde kant. Een bepaalde rol in de *deutschfreundliche* regering. Ernstig schijnt het niet te zijn geweest. 'Pas grand-chose.' Ze blaast de woorden weg. 'He did it for his family.' Een goede daad in feite. Solange zoekt met haar blik Jean-Lucs goedkeuring, maar ze krijgt geen reactie.

Pas wanneer Solange klaar is en er een stilte valt in de auto, zegt hij er zelf iets over. 'I guess I should hate him, but even for that I don't know him well enough.' Als hij aan zijn kinderjaren denkt, denkt hij eigenlijk nooit aan zijn vader, mompelt hij. Een schaduw die af en toe over hem heen viel, meer betekende hij niet. Een aanwezigheid die zich voornamelijk door zijn afwezigheid kenbaar maakte.

'Maar je vertelde zo enthousiast over de expedities naar het binnenland die je met hem maakte?' werpt Vic hem tegen. 'You must have some nice memories of him, isn't it?'

'He was the god who made this paradise possible. Certainly. You are absolument right.' Maar hij heeft geen zin om er verder over te praten. Hij draait zich om. 'And what about your father, Martin?' Mar*tín*, zegt hij, met die Franse dictie. 'You must have had a father too, haven't you?'

Tin schrikt, hij wordt er compleet door overvallen. Vic ziet het, en net als zo-even Solange bij Jean-Luc deed, neemt zij het woord voor haar man.

'Martin's father died in the war.'

Zoals zij erover praat, lijkt het over een ander te gaan, een vreemde. Tin laat het zo. Hij kan er niet over praten.

'He was in the Resistance.'

In deze woorden klinkt het logisch. Afgerond. Een causaal en samenhangend verhaal. Hij sneuvelde in het verzet. Een held misschien wel, wie weet. Gestorven in de strijd tegen de nazi's. Maar zo was het niet. Zijn vader is weg, punt uit. Zinloos en onbegrijpelijk. Hij was er en toen was hij er niet. Onmogelijk na te vertellen. Even niet goed opgelet, eigen schuld dikke bult, en nu is het of hij nooit heeft bestaan.

∞

De rivier laat zich nog niet zien. Er wordt halt gehouden in een negorij, waar de armzalige hutten tegen de zon schuilen onder de bladerkroon van een machtig vertakte sycomoor. In het trillende licht lijkt het een zinsbegoocheling, of hoe heet het, een fata morgana. Een oude ansichtkaart, dat kan ook. Maar zodra de motor afslaat, ontstaat er leven in het droombeeld. Uit alle hoeken en gaten komen vrouwen en kinderen tevoorschijn, ze drommen nieuwsgierig om de stoffige, verhitte auto heen.

Amadou stapt als eerste uit en duwt hen hooghartig opzij. Hij, de stadsjongen met zijn westerse missie, acht zich duidelijk de meerdere van deze inboorlingen. Wanneer ook de passagiers uitstappen, is de jongen ineens niet interessant meer voor de dorpelingen. Als betoverd staren ze naar Vic en Tin, witte heersers, tot hun verwondering gekleed in inheemse gewaden. Eerst deinzen ze terug, dan beginnen ze elkaar aan te kijken en schieten ze in de lach. Met voorzichtige vingers raken ze de bezwete witmensen aan, als kinderen die hun tenen in ijskoud water steken. Schateren het dan uit omdat hun durf hun angst heeft verslagen. Daarna worden ook Jean-Luc en Solange giechelend en ginnegappend aangeraakt, alsof hun blanke huid een geheime boodschap bevat die alleen met de vingertoppen gelezen kan worden.

Amadou vindt het maar niks. Hij trekt hen ruw weg. In een of andere ongeschreven taal blaft hij ze af. Of is het toch Frans? Ze horen alleen de botte klinkers waarmee hij zijn verbale stompen uitdeelt.

Het blijkt de bedoeling te zijn dat er een gids wordt geronseld, iemand die hen de rivier op kan varen. De stroming is verraderlijk als je het hier niet kent, om maar te zwijgen van de slangen, de krokodillen en de nijlpaarden. Jean-Luc is onverbiddelijk. 'A human life can easily be lost here.'

Hij lacht als hij Tins bedrukte gezicht ziet. 'Don't worry. Everything will be fine, Martin. The river is absolument beautiful, you will see.'

Er wordt al snel iemand gevonden: een oude man, die

hen als een oudtestamentische profeet voorgaat op een ezeltje waarop hij schrijlings is gezeten. Zij, de toeristen, dienen te volgen in de nu ovenhete Peugeot. Stapvoets rijden ze achter de oude aan. Het gaat zo langzaam dat de nieuwsgierige dorpelingen met hen mee op kunnen lopen. Ze steken hun handen, hun lachende hoofden door de opengedraaide raampjes naar binnen.

Jean-Luc is iets over vroeger aan het vertellen, maar Tin kan zijn aandacht er niet bij houden. Door zijn voornemen niet over zijn vader te beginnen, krijgt hij hem niet meer uit zijn gedachten. Niet zozeer zijn vader zelf, als wel de lege plek die hij is geworden. Vic ziet het aan hem. Ze kent die stilte. Maar het bijbehorende verlies kent ze zelf niet, haar persoonlijke universum is nog niet aangevreten door de zwarte gaten van de dood, de klaarlichte verdwijnpunten die met het blote oog niet waarneembaar zijn. Voor haar is het leven nog volledig en vanzelfsprekend. Dat is iets wat Tin ontroerend vindt aan haar, heeft hij haar wel eens gezegd, deze onnozelheid ten opzichte van de dood, die ook de onnozelheid van kinderen en dieren is. Het geeft haar het geloof om te leven alsof het vanzelfsprekend is, een geloof dat hij ontbeert.

Voorop gaat de oude, grijze neger, schommelend op het schonkige beest, en opzij en achter hen die idiote optocht, alsof er aan de oever van de rivier een heilige ceremonie uitgevoerd gaat worden, een door de goden geëiste doop of wederdoop, iets in elk geval wat zij allen deemoedig dienen te ondergaan.

Amadou zit binnensmonds te vloeken, hij slaat van ongeduld met de vlakke hand op het stuur. Het liefst zou zo'n jongen het gaspedaal intrappen en die halvegare dorpsoudste met ezel en al overhoop rijden.

Jean-Luc is inmiddels weer op Frans overgegaan. Vic en Tin laten het zo. Het is zijn verleden, hij moet er zelf de weg in zien terug te vinden.

Tin heeft zijn eigen geschiedenis, al is het hart daaruit verdwenen, waardoor zijn verhaal nooit een verhaal wil worden. Iets wat ontbreekt kun je niet denken, je kunt er alleen iets omheen bedenken. Hij benijdt het gemak waarmee Jean-Luc zijn verleden presenteert, de situaties tot in de details invult en het met al die woorden van hem een ontzagwekkende rijkdom verleent, terwijl hij zelf vooral schuld en verwarring en gemis voelt.

In de auto wordt het schetterende licht inmiddels getemperd vanwege de dorpelingen die hun gezichten, handen, lijven tegen de raampjes drukken. Waar komen al deze mensen vandaan? Uit die paar schamele hutten die ze zagen? Een jongen kijkt hem ononderbroken aan. Het maakt hem knap zenuwachtig, die vasthoudende, maar tegelijk onbetrokken blik die op hem gericht blijft. Met beide handen klampt de plakker zich aan het portier vast, zonder te kijken waar hij loopt. Als Amadou gas zou geven, zou hij onder de wielen getrokken kunnen worden en een brute dood sterven. Maar ook voor de motorkap zwermen ze, ze drommen om de oude Peugeot heen, onverschillig voor hun vermorzeling onder de wielen van de onbekende blanke afgezanten.

'On est là.' Jean-Luc en Amadou overleggen waar ze het beste de auto kunnen parkeren. De dorpsoudste is op zijn ezeltje al in het papyrusriet verdwenen, er kennelijk van uitgaande dat de auto hem ook hier zou kunnen volgen.

Solange schreeuwt: 'On me touche, on me touche!' en probeert paniekerig haar raampje dicht te draaien.

Jean-Luc schijnt het belachelijk te vinden dat ze zo reageert, hij neemt niet eens de moeite zich naar zijn vrouw om te draaien om haar gerust te stellen. In plaats daarvan gebaart hij naar Amadou: zet 'm hier maar neer.

Buiten, op de zachte, verzadigde grond, kan Tin de rivier al ruiken, de zware, klamme lucht, verrotting ook, iets broeierigs als gekuild gras. Het zweet loopt langs zijn lijf. Hij laat het over zich heen komen. Dit is Afrika zoals hij het zich heeft voorgesteld. Lichaam tussen lichamen. Het trekt hem aan, maar hij is er ook bang voor. Slangen, giftige insecten, ratachtigen: het is er allemaal, verborgen in de weelderige oeverbegroeiing, onverhoeds tevoorschijn springend om hun dodelijk geheim te onthullen. Gelukkig zijn die idiote dorpelingen er nog, ja, nu is hij blij met hun nabijheid. Laat hen maar voorgaan op hun blote voeten, laat hen het pad maar effenen. Vic loopt dicht tegen hem aan, hij voelt ook haar angst. Raar eigenlijk, want in wezen is het hier niet anders dan wat ze kennen van thuis. Het is hier net zo vlak, bijna net zo groen ook. Het is alleen de reële mogelijkheid van ongekende wreedheid die het tot een radicaal andere ervaring maakt. Dat schijnt ook gefluisterd te worden door de dorpsoudste, door de andere negers. Het nijlpaard. L'hippopotame. Ipopotaam, hoort hij steeds. I-popo-taam. Als een bezwering.

Jean-Luc vertelt een verhaal over hoe hij met zijn vader op de rivier een gevaar doorstond, hij luistert niet goed, dus hij weet ook niet wat het is geweest. Hij voelt de vieze, vochtige warmte, de vliegen en muggen of wat het ook zijn, die op het zweet op zijn blote huid afkomen. Hij trekt de kaftan nog eens goed om zich heen, maar het blijft kriebelen, op zijn onderbenen, zijn handen, zijn gezicht.

Vic gilt. Hij schrikt. Ze heeft op iets getrapt, zegt ze. 'Een slang!' gilt ze nu.

'Watch out! A snake!' vertaalt Tin. Hij schrikt van zijn eigen woorden.

'Un serpent?' vraagt Jean-Luc voor de zekerheid.

Ineens staat Amadou naast hem, met een geweer over zijn schouder, nonchalant, alsof het bagage is. Ze schrikken ervan, eerlijk gezegd. Waar heeft hij dat ding vandaan?

De opwinding springt niet op de anderen over. Voor de vorm slaat een van de zwarten met een stok op de drassige, met dode bladeren bedekte bodem.

Vic weet het niet zeker, fluistert ze schuldbewust tegen Tin. 'Het was iets zachts, iets viezigs.'

'Ce n'est rien,' zegt Tin. En omdat hij vreest niet te worden verstaan: 'It's alright. It's nothing.'

De zwarten stoten elkaar aan, kijken steels naar Vic en beginnen dan verholen te giechelen. Bang zijn voor een slang, zoiets belachelijks hebben ze nog nooit gehoord. Zolang je niet gebeten wordt, leef je. Als je gebeten wordt, ga je dood. Dat is alles, dat is de wet, daar helpt geen gillen tegen. Gillen is iets voor witte mensen, die de dood buiten het leven hebben geplaatst. Ze denken daardoor dat die niet bestaat. Terwijl zijzelf degenen zijn die weldra niet bestaan. De dood is overal en zal altijd blijven. Het leven is al afgelopen voordat het begonnen is. Wat komt, is meegenomen. Dat vier je, dat is een cadeau. Daarom zijn ze zo blij.

Om Vic gerust te stellen, of uit beleefdheid, slaan de zwarten nu als gekken aan het sissen en prikken ze ritmisch met hun stokken (of speren?) in de grond. Ze prikken en springen opzij. Prikken en springen. Het lijkt een rituele uitbanningsdans die al eeuwenlang op deze wijze door hun voorvaderen is uitgevoerd. Kom dan, slangetje, bijt me dan dood. En lachen natuurlijk. Ze rollen als idioten over de grond, gierend van plezier.

Amadou, met zijn geweer, is al doorgelopen. Hij is een jongen uit de stad, hij heeft hier geen geduld voor.

Vic schaamt zich inmiddels voor haar overspannen reactie.

'Maar dat kon jij toch niet weten,' zegt Tin. Hij weet hoezeer ze dergelijke hysterische uitingen van 'het zwakke geslacht' veracht en slaat een arm om haar heen.

En opeens is daar de rivier, weidser dan hij zich had voorgesteld, zilverig schitterend in het zonlicht. Een ontzaglijke watervlakte, die zich in heiige einders verliest.

Zo is het altijd in deze tijd van het jaar, legt Jean-Luc uit. Hoog water. 'Beaucoup de poisson, n'est-ce pas?' zegt hij tegen een van de mannen, die vol vuur begint te knikken en zijn handen gebruikt om aan te geven hoe groot de kanjers waren die ze uit het water hebben gehaald.

Tin ruikt de warme modder aan de oever, verder een zweem van rotte planten en dode vis.

Er liggen boten klaar, platbodems met vaarbomen die vanaf de oever vlot getrokken worden. De dorpelingen wagen zich zonder aarzeling in de warme modder, die meteen opwolkt en het water oker saust. De blanken blijven schichtig dralen op het drassige droge en mogen vanaf de oever in hun boot stappen. Amadou staat met dat idiote geweer pal naast hen, als een soldaat, een lijfwacht.

Met vereende kracht worden de waterbange witmensen, onder luid gejoel en gelach, aan boord geholpen, Vic en Tin in die idiote felgekleurde klederdracht van de bazaar. (Niet denken aan de bloedzuigers, de vleesetende vissen, de vieze beesten die zich ongetwijfeld in het troebele water schuilhouden.) En als iedereen veilig een plaatsje heeft gevonden, klimt ook Amadou erin. Hij zoekt een plek voorin. Schutterspositie – om elk opduikend watermonster meteen af te knallen.

Zodra de boot wiebelig het water op glijdt, weet Tin het weer. Het is een kennen van het lichaam meer dan van het hoofd. Hij hoort het slissen van de stroom; het plassen van het water, als de vaarboom omhoog wordt gehaald, het spetteren. Hij kan er niets aan doen, hij begint te rillen, zijn hele lijf komt in opstand. Ook toen was het zijn lichaam dat voor hem dacht. Het begreep tot in zijn haarvaten de ernst van de situatie, de onaanvaardbaarheid ervan.

Vic, naast hem, voelt de spanning. Ze denkt dat hij net als zij bang is voor nijlpaarden en krokodillen.

'Gaat het?' vraagt ze.

Hij knikt.

Zo ver als nu is hij nog nooit geweest, in een boot vol onbegrijpelijke negers drijvend op een breed uitwaaierende Afrikaanse rivier die meurt naar rotte vis, en toch is hij dichterbij dan ooit.

Plotseling hoort hij zichzelf spreken over de rivier. Niet deze, maar de nachtrivier van vroeger. In het Engels, uitgesproken voor dat Franse gehoor, is het een ander verhaal, een verhaal dat ook hijzelf voor het eerst hoort. Hij is een vreemde in zijn eigen verhaal. Hij hoort de flarden: ... with two strangers in a rowing boat... on the river at night... the last year of the war... my father lost. Nee, antwoordt hij: Not dead. Lost. Nee, zegt hij nadrukkelijk: Not drowned. He was simply gone. Nee, houdt hij vol: I don't know. Just gone. Maar hij weet het wél. Zijn vader is ineens heel dichtbij, hij is hier, hij voelt het gewoon, hij voelt zijn wonderbaarlijke aanwezigheid, ergens tussen twee talen in. Als een onderwaterzwemmer is zijn vader het hele eind met hem meegezwommen, jaar in jaar uit en nu dus van het ene continent naar het andere. Wat ergens ondergaat, moet ook ergens bovenkomen. Ergens op aarde. Dat moet. Zo vreemd is dat niet, nu hij erover nadenkt. Want het is – in alle redelijkheid – uitgesloten dat hij onze planeet heeft verlaten.

'Maybe he's here.'

Het is duidelijk dat niemand in de boot hem begrijpt.

'Ici!? Il est mort ici!?' Jean-Luc denkt dat hij het verkeerd heeft verstaan.

Tin knikt. Voor zijn part heeft iedereen gelijk. Hij wordt verlicht door een inzicht waar hij geen woorden voor kan vinden, zelfs niet in een andere taal. Het is de onbevattelijke gewaarwording dat zijn vader helemaal hiernaartoe is gezwommen om hem op te wachten in het troebele water van deze Afrikaanse modderrivier. Omdat hij uit zijn leven verdwenen is, was er een ander leven nodig om hem te vinden. Hij moest zelf een ander worden om zijn vader in zich te kunnen opnemen. Deze onzinnige gedachte dient zich aan met een verbijsterende helderheid. Hij kan niet goed onderscheiden of hij wordt overstroomd door een geluksgevoel of door een afgrondelijk verdriet. Er komt een huilbui los waar hij nooit weet van heeft gehad. Nu pas kan hij huilen om zijn vader, op het water van een rivier waar hij nooit uit tevoorschijn zal kunnen komen. Eindelijk kan hij hem vinden. Omdat hij hier niet is. *Zelfs hier niet, aan het einde van de wereld*. Belachelijk voelt hij zich, om dit volstrekt idiote gedrag. Hij wil dat het stopt, maar het blijft doorgaan, het komt van heel ver en heel diep, hij is daar zelf nooit geweest, hij kan daar zelf ook nooit komen.

Vic zoekt zijn hand, maar door het zweet voelt het onprettig aan. Jean-Luc negeert de irrationele eruptie van zijn reisgenoot. Misschien vreest hij dat hij zelf de oorzaak is – vanwege zijn directe gevraag. De man met de vaarboom kijkt de jankende blanke doordringend aan en zet een zang in, één toon, die hij lang aanhoudt, anderen vallen in. Beschaamd zitten de witten rondom de snikkende Tin, terwijl de ontketende dorpelingen toonhoogten en ritmes vinden die vanzelf in elkaar grijpen, ze weven hun klanken tot een patroon dat niet valt na te vertellen, maar dat er evengoed wel is. Het lijkt of ze het ter plekke verzinnen, maar het zou ook zo kunnen zijn dat dit een eeuwenoude hymne is die noot voor noot op strikte aanwijzingen van de voorouders wordt nagezongen. Het gebeurt, het gaat vanzelf; het is niet te stoppen. Onmogelijk om het niet te geloven.

Hij keert terug uit zijn huilbui alsof hij ontwaakt uit een hazenslaapje.

De zon schittert in het water, hij weet niet welke kant hij op moet kijken om niet verblind te raken door dit magnesiumwitte middaglicht. Niemand zegt iets. De dorpelingen raken in vervoering door hun samenzang, die luider wordt als ze zien dat het Tin troost. Ze klappen erbij, ze roffelen, ze kloppen en bonken. Hun stemmen weven lange sierlijke arabesken om onzichtbare lijnen, ze tillen elkaar op, ze nemen elkaar mee totdat alles zweeft. Er is iets in gang gezet wat niet te stoppen is. De elegisch-extatische beurtzang waaiert uit over het water. Alles raakt met alles verbonden, alles komt los en vindt zijn gerechte plaats terug. Het zijn de klanken die dat zeggen, woorden kunnen zoiets nooit doen.

De blanke opvarenden zijn verbluft en betoverd door dit mystieke openluchtconcert, al wil Jean-Luc met zijn hele houding overbrengen dat hij dit zo vaak heeft gehoord, zingende negers in een smalle boot op een slome Afrikaanse rivier.

Tin is verward. Nooit is hij zijn vader zo nabij geweest.

Zich herinneren betekende altijd: zich verwijderen. Al die dagen, al die jaren is zijn vader almaar verder achteropgeraakt. Elke terugkeer vergrootte de afstand. Totdat de herhalingen van de onachterhaalbaar voortstromende rivier van de tijd hem hebben uitgewist. Maar ook is hij al die tijd bang voor hem geweest, voor de dode die hij langzamerhand geworden is, de vloeibare watergeest, de onderwaterzwemmer. En nu, hier, in dit verzonnen land zonder plaatsnamen, verder weg dan ooit, is hij er weer – in heel zijn afwezigheid. Hij mist hem alsof het hier, op deze rivier, is gebeurd. Alsof hij zich maar hoeft onder te dompelen om hem te vinden. Hier, waar ze zelf nooit waren. Niet dat hij het begrijpt, maar hij voelt dat hij het begrijpt. Niet het overweldigende van het verlies, maar de futiliteit ervan. Je kijkt, je kijkt nog een keer, en er is niets. Nooit geweest ook. De nacht valt en als het ochtend wordt, heeft het nooit bestaan. Flikkering van zonlicht op het water.

Hij heeft zijn vader niet teruggevonden, hij is hem eindelijk geworden. Net zo uitwisbaar geworden als hij. Hij is inmiddels even oud, dat ook. Vierenveertig. Hij heeft hem ingehaald. Dwars door de onoverwinnelijke tijd heen. Hij heeft dertig jaar en duizenden kilometers achter zich moeten laten om hem op deze onbekende plek in zijn eigen binnenzee te kunnen ontvangen. Ont-vangen: iets loslaten om het te kunnen vatten. Zulke dingen denkt hij niet, hij denkt helemaal niets; het gebeurt hem en hij laat het toe.

Rivière Lente wordt deze stroom hier genoemd. Trage Rivier. Breed en vrijwel rimpelloos uitvloeiend, lijkt hij stil te staan. Een langgerekt meer waar geen eind aan komt. Traag als tijd die tot herinnering is geworden en geen kant meer op kan.

Jean-Luc wijst op de watervogels die zich in kolonies aan de oevers ophouden. Ibissen, nijlganzen. Over hun hoofden scheren meeuwen. Maar van de spectaculairdere diersoorten geen spoor. Heet, dat wel, hier. Vochtige, dampende hitte, die als zweet aan henzelf lijkt te ontspringen, die als een dikke deken over hen ligt. Tin ruikt het water, de rottende vuiligheid erin, de dood. De dorpelingen zingen nog steeds, al begint het nu wat hinderlijk te worden. Jean-Luc is door het lawaai nauwelijks te verstaan. Hij maant hen dan ook hun stemmen te temperen. Het is voor hem ongetwijfeld een teleurstelling dat het Afrika dat hij zo graag wilde laten zien, zich niet vertoont. Geen nijlpaarden of krokodillen, niet eens krijsende apen in een baobab.

∞

In de auto terug wordt er gezwegen. Amadou houdt zijn blik op de weg die geen weg is maar een zelfgetrokken spoor over de harde, droge aarde. In wolken van stof verwijderen ze zich van de plek waar ze niets hebben gezien. De jongen rijdt alsof de duivel hen op de hielen zit. De passagiers vinden het best; hoe eerder ze weer terug zijn in hun hotelkamers in Charleville, hoe beter. Zelfs Jean-Luc heeft niet de behoefte het reisgezelschap te herinneren aan de wilde dagen van weleer, toen zijn Afrika nog als twee druppels water leek op de prachtig geïllustreerde jongensboeken die erover geschreven zijn, en hij er zijn *très riches heures* beleefde. Hij zit voorin, op de dead man's seat, en kijkt strak voor zich uit. Het is of iedereen zich, op zijn eigen manier, schaamt voor zijn stereotiepe toeristische reflexen (helemaal hierheen gekomen om niets te zien) en nu zo snel en geruisloos mogelijk probeert af te druipen.

Of schamen ze zich voor de onbeheerste huilbui van Tin, daarnet midden op de rivier – zo ongerijmd dat het nu lijkt of het niet is gebeurd?

Stil zit Tin door het opengedraaide achterraampje naar buiten te staren. De ervaring met zijn vader is alweer onbegrijpelijk aan het worden. Het was alleen daar, midden op het water. Nu is het even onwerkelijk als alles om hem heen. Een verhaal dat zijn best doet hem te overtuigen. Hij gelooft het al niet meer.

Vanwege de beklemmende hitte in de cabine probeert hij aanrakingen met Vic te vermijden. Maar ze is moe en wil de hele tijd tegen hem aangeplakt wegdommelen op de hobbelroute terug naar het hotel. Het kale, stoffige landschap doet hem nu vertrouwd aan; hij hoeft er niet meer naar te kijken. Een rare afwezige is hij in zijn eigen leven geworden. Hij doet of hij er is, hij doet heus zijn best om zijn leven zo goed mogelijk in te vullen. Hij verlangt ernaar zichzelf terug te vinden. Maar de wereld lijkt al compleet zonder hem, zoals ook zijn vader nooit meer ergens wordt gemist. In die zin is zijn vaders afwezigheid zijn eigen afwezigheid geworden. Een dode is hij, net als zijn vader, ertoe veroordeeld om overal zijn eigen afwezigheid waar te nemen.

Het is een inzicht dat hij te danken heeft aan de nijlpaarden en de krokodillen die er niet waren. Zo wordt de ene afwezigheid ingevuld met de andere.

Vic zoekt zijn blik. Ze zoekt zijn lichaam. Stuurs wendt hij zich af. Ze weet maar al te goed wat hij verzwijgt. Ze weet het in zekere zin beter dan hij. Omdat zij erbuiten staat. Voor haar is het een verhaal. Voor hem is dat onmogelijk: begin en einde zijn verwisseld. Hij komt er nooit meer in, want hij komt er nooit meer uit. De schaamte om te bestaan. Het onoplosbare misverstand. Thuis aankomen en er zijn, er moeten zijn, ademend, levend, terwijl degene om wie het gaat ontbreekt. De ogen van zijn moeder, die alleen zagen wie er niet was en die hem verwijtend aankeken omdat hij er wel was. Aanwezigheidsschaamte. Er is altijd en overal te veel van hem. Noodgedwongen moet hij zich steeds aan de werkelijkheid opdringen. Een overschot is hij, dat in mindering gebracht dient te worden, weggestreept liefst. Weet hij wel wat hij zijn arme moeder heeft aangedaan? Hoe haalde hij het in zijn hoofd om in z'n eentje naar huis terug te keren, terwijl hij wist dat hij zijn vader in het koude, donkere water aan zijn lot overliet? Wat had hem bezield om haar, in de oorlog nog wel, weduwe te maken? Hoe moest ze nu hun monden voeden? Hij verontschuldigde zich voor alles. Voor zichzelf vooral. Ik schaam me, mama, dat ik mezelf mee terug heb gebracht en niet hem. Het spijt me, mama, dat ik er ben. Hij kon er niets aan doen, dat begreep ze ook wel, maar ze voelde het nu eenmaal zo: beroofd en verraden. Waar in de wereld vond zij nu nog een nieuwe man? Tin had nog een heel leven voor zich, hij zou zich wel redden. Maar wat moest zij? Hij haatte haar, natuurlijk, deze beperkte vrouw, hij zou haar nooit meer recht in de ogen kijken, maar meer nog haatte hij zichzelf.

En nu begrijpt hij pas dat hij het níét was. Het is niet hijzelf maar een schim geweest die door de roeiers is overgezet. Een droomgestalte. Hij was het niet werkelijk die over de nachtrivier terug in de tijd werd geplaatst om zijn moeder te vertellen dat zijn vader niet meer kwam. Degene die hij was is die nacht verloren gegaan en degene die hij voortaan moet zijn is daar de levende verontschuldiging voor.

Hij voelt dat het lichaam naast hem popelt om hem iets terug te geven. Liefde, aandacht, bewondering. Voor Vic is hij een man met een verdriet dat nooit overgaat. Maar verdriet is futiel. Het is tenminste nog een emotie, kun je zeggen. Het is juist de afwezigheid die hem kwelt, de leegte die altijd om hem heen is als een niemandsland. Er is een onoverbrugbare afstand die hem van de dingen scheidt. Hij weet niet hoe hij terug moet komen in de bewoonde wereld. Hij tikt aan de binnenkant tegen een ruit en er is buiten niemand die hem hoort. Die huilbui van zo-even, midden op de rivier, is niet uit een plotseling verdriet te verklaren. Eerder uit het tegendeel. Opluchting. Een vreemd soort geluk. Alles kwijt, ook je angst voor de dood. Ook je benauwde zorgen om de goede afloop. Eindelijk vrij. Uit te leggen valt dat niet, dat beseft hij. De woorden die hij tussen zichzelf en de ander zou plaatsen, zouden het alleen maar onbegrijpelijker maken. Vic kijkt hem smekend aan, ze wil de uitleg uit hem trekken, maar nee, hij begint er niet aan. Hij zou niet weten waar hij zou moeten beginnen. Met elk woord zou hij zich verder van haar verwijderen. Zolang hij zwijgt is hij haar nog het meest nabij.

2

De langverwachte tocht naar het binnenland lijkt uit te draaien op een serieuze expeditie. Jean-Luc heeft de organisatie op zich genomen. Hij verklaart Vic en Tin voor gek dat zij van plan waren om zonder enige voorbereiding te vertrekken. ‘In the *intérieur*!’ Onder leiding van een minderjarige stadsjongen in een oude Peugeot dagenlang over ongebaande wegen dwars door de helse leegte crossen. ‘C’est une entreprise complètement suicidaire!’ Hij somt op wat er nodig is om een dergelijke onderneming kans van slagen te geven. Meerdere auto’s. Of eigenlijk liever een truck. Watertanks. Geweren. Benzine. Geweren? Tin weet niet wat hij hoort, maar hij vergeet door te vragen. Het is verbazingwekkend hoe kort de Fransman eigenlijk in hun leven is en hoezeer die al de touwtjes in handen heeft genomen. Gezeglijk ondergaat hij diens leidinggevende aandriften. Vic niet. Zij heeft thuis de reis tot in detail voorbereid en is niet van zins haar inspanningen ineens tot nutteloos brodelwerk gedegradeerd te zien. Maar ook zij heeft geen verweer tegen de doortastendheid en de expertise die aan de dag worden gelegd. Als aarzelende toeristen zijn ze niet opgewassen tegen zoveel autoritaire zekerheid.

Er is een auto bij gekomen. Geen truck, zoals Jean-Luc had geëist, maar een tweede oude Peugeot 403, een stationcar ditmaal. In een oogwenk ontstaat er een heel gedoe voor het hotel, alsof dit het eerste motorvoertuig is dat de lokale mensen ooit hebben gezien. Altijd maar kijken, iedereen hier, altijd maar loeren of er iets te halen valt. Om gek van te worden. Het is nog allemachtig vroeg. Vanwege de reis zijn ze in het donker opgestaan, maar de zon schijnt direct al onbarmhartig. Zo snel worden de dagen hier oud en moe.

De nieuwsgierigen kennen geen grenzen. Ze drommen en duwen, met handen die willen aanraken, graaien, gappen. Niet alleen de auto's, ook zijzelf, de blanken, worden betast. Tin staat hevig te zweten in zijn nieuw aangemeten pak, een ouderwetse kaki outfit *à la mode coloniale,* compleet met een idioot zware tropenhelm die nergens op slaat, al helpt die wel tegen de zon, moet hij toegeven. Hij voelt het overhemd tegen zijn rug plakken. Verdomme, net schoon aangetrokken en meteen verpest. Jean-Luc verheft zijn stem, jaagt de opdringerige Afrikanen als vliegen weg. Sommigen krijgen een por in hun rug van hem. Het werkt, tot ieders verbazing. Ze sjokken heen. De brutale blanke suprematie functioneert ook na de dekolonisatie nog opperbest.

Op een afstandje blijven de verjaagden hen wezenloos aangapen. Tin vindt de expliciete machtsverhouding gênant, maar niemand doet er verder moeilijk over. En dat hij van die idiote opdringerigheid verlost is, is natuurlijk ook wel prettig.

De 'nieuwe' 403 is net zo'n afgeragde bak als de andere, alleen een slag groter. De extra ruimte hebben ze volgens Jean-Luc nodig vanwege de tent, de jerrycans, de watertank, de hele rataplan; en voor een paar extra 'servants', want Amadou alleen schijnt niet genoeg te zijn.

'Four-*zéro*-three adds up seven,' zegt Solange plompverloren, 'zee lucky number.' Ze kijkt iedereen aan met een blik alsof ze zojuist de loterij heeft gewonnen.

∞

En dan ineens, veel sneller dan hij verwacht had, vertrekken ze. Vic en hij met Amadou en een nieuwe helper in de gewone Peugeot, Jean-Luc en Solange met twee andere negers in de volgepakte 'commerciale', zo blijkt het type te heten. Een neger de man – of mag je zo niet denken? Ieder zijn privébediende. Toch heeft Tin het gevoel dat hij zonder jas op reis gaat, een raar leeg gevoel waarin ook iets van angst meespeelt. Een voorgevoel, denkt hij omineus. Vic niet, Vic zit zich te verkneukelen om wat komen gaat. Er wordt getoeterd, gezwaaid, stof stuift op, er roffelen handen op de motorkap, de achterklep. De expeditie naar de binnenlanden is begonnen.

De auto is een oven. Niet uit te houden, maar het moet. Door de open ramen waait hete lucht. De zwarte gidsen voorin, zwetend, stinkend, voeren een opgewonden gesprek, met overslaande stemmen, de cabine is te klein voor hun uitgebreide armgebaren. De man naast Amadou (wiens naam hij niet heeft verstaan) voelt zich duidelijk wijzer en bevoegder. Hij is ook ouder en dikker.

Met zijn massieve lichaam dreigt hij letterlijk overwicht in te brengen; hij maakt zich breed met heel zijn vlees. De jongen laat zich echter niet wegdrukken door de concurrent. Zijn positie van chauffeur en gids is een verworven recht, dat neemt niemand hem meer af. Het geruzie is in het Frans, dat verstaat Tin nog wel, maar het onderwerp ontgaat hem, interesseert hem ook niet. Wel beseft hij dat ze aan dit komisch duo zijn overgeleverd.

Vic vlijt zich tegen hem aan, knijpt in zijn hand. Hij kust haar op haar haar. De reis is nu onomkeerbaar geworden. Zijn verdwijning wordt akelig concreet. Hij merkt het in zijn ingewanden, waar het bodemloze vallen is begonnen. De aanzwellende angst dat hij niet alleen zijn jas, maar ook zijn huissleutels, zijn portemonnee, zijn paspoort is vergeten. Hij mag hier niet zijn. De tekenen zijn niet mis te verstaan. Straf is onvermijdelijk. Einde te midden van oneindigheid. Sterfelijkheid op klaarlichte dag.

In het postkantoor had hij Nikki willen bellen, gewoon om haar stem te horen, maar dat had Vic hem afgeraden. Als we bellen, gaat ze zich ongerust maken. Dan denkt ze dat er iets aan de hand is. Maar wie zegt dat er niets aan de hand is? Straks in het binnenland kunnen we haar niet bereiken, heeft hij gedacht. Niet gezegd. En nu kan het niet meer. Of is er in de afgelegen negorijen al telefoon? Hij moet het loslaten, niet meer aan denken. Ogen dicht en vallen maar. De bodem vergeten, want er is geen bodem. En dat is wat hij nu in zijn ingewanden voelt: dat hij Nikki los moet laten – zoals hij zijn vader los heeft moeten laten. En sindsdien kan hij zich niets meer van hem herinneren: niet zijn stem, niet zijn geur, niet hoe hij lachte (lachte hij ooit?), niet hoe hij door zijn haren streek (deed hij dat dan?). In zijn gedachten is hij eveneens verdwenen: een poosje niet opgelet en weg, ook daar in het donker meegesleurd in de onzichtbare rivier. Verdomme, ineens weet hij niet meer hoe Nikki eruitziet, hoe ze klinkt, hoe ze ruikt, hoe haar huid voelt. Terwijl ze niet eens dood is, god nee. Bah, waarom denkt hij zoiets? Hij kijkt uit het raampje, waar het verblindende landschap hem met beestachtig witte tanden uitlacht, hij kijkt naar zijn werkeloze handen, maar ze is plotseling onvoorstelbaar geworden. Hij sluit zijn ogen, maar ook daar: niets. De foto – hebben ze de foto meegenomen? Vic kijkt hem glimlachend aan. Natuurlijk lieverd, maak je geen zorgen, we hebben alles meegenomen. Wat moet je nu met die foto? Ach jongen ja, ik mis haar ook. Maar maak je geen zorgen. Die lieve meid is dolblij dat ze even van haar ouders is verlost.

Het kan niet, maar het gebeurt. Ze rijden zo hard als ze kunnen weg van het liefste wat hij heeft, in de richting van een mislukte nepzoon om wie hij niet heeft gevraagd. Toch gedraagt Vic zich alsof het de normaalste zaak van de wereld is dat zij hun lot in handen leggen van twee door elkaar pratende Afrikanen en een Franse toerist met zijn jonge echtgenote die ze een dag geleden nog nooit hadden gezien. Tin ergert zich aan Vics meegaandheid. En tegelijk, ook bij hem, die onverschilligheid: alsof hij het niet zelf is die hier zit, in deze auto, op dit continent, in deze idiote situatie. Hij beziet het, maar heeft er geen deel aan, aan deze mensen van wie hij er één zelf schijnt te zijn.

Hij staart door het zijraampje naar buiten, waar het uitzicht hem bekend voorkomt. Rijden ze dezelfde weg als gisteren, toen ze naar de rivier gingen? Lichtschitteringen verblinden telkens de blik. Toch lijken het dezelfde armoedige wegen van stof, dezelfde gammele bouwsels, die gaandeweg gammeler worden, tot ze ongemerkt blijken te zijn opgelost in het landschap en er alleen nog verte is. De kim zindert van hitte, alsof hij zichzelf aan het uitwissen is.

Dit land, dat zich uitstrekt tot in het ondenkbare, is te groot voor het blote oog. Voor hen, op het oude, stoffige macadam, wordt de voorste Peugeot door onzichtbare krachten de verte in gezogen. Zij volgen, alsof er geen andere keuze is.

∞

Het is in één dag te rijden, naar het schijnt, maar Jean-Luc wil er twee dagen over doen. Hij wil de grotere plaatsen mijden, het mooist blijven wat hem betreft toch altijd *les terrains vagues*. Dat moeten ze meemaken, vindt hij. Onderweg wil hij met het hele gezelschap 'onder de sterren slapen'. *Une nuit africaine* noemt hij het, *se coucher sous les étoiles*, terwijl het duister zich voor je opent. Gevaarlijk is het niet, volgens hem. Niet in dit deel van Afrika. Zeker voor nieuwelingen is het een heel bijzondere ervaring die zij zich niet mogen laten ontgaan. Vic heeft erover gelezen, zegt ze tegen Tin. In haar stem ontwaart hij een opwinding die hem irriteert.

Zelf droomt hij al van de terugtocht. Voor hem is een

reis niets anders dan een nodeloos lange omweg terug naar huis. 'Thuis' betekent in dit geval Nikki. Toestand waarin er geen verte bestaat. Alles bevindt zich rondom. De vaders keren bij het vallen van de avond veilig in de huiselijke havens terug, de lichten gaan aan, de deuren op slot.

In plaats daarvan ruikt hij de sterke lijflucht van de net als hij hevig zwetende negers voorin, die inmiddels zwijgen, en ziet hij het fijne rode stof op de motorkap. Een eind voor hen uit op de tot aan de horizon verlaten autoweg rijdt de 'commerciale' met Jean-Luc, Solange en de volledige kampeeruitrusting. De gedeukte carrosserie eveneens onder het fijne stuifzand, alsof ze al dagen onderweg zijn. En zo voelt het ook. Een doelloze onderneming van niks naar nergens, dwars door the middle of nowhere. Hij kijkt onwennig naar het pak dat hij draagt, en dat hij voelt kriebelen en plakken omdat hij zweet tot in zijn bilnaad. De belachelijke tropenhelm heeft hij op de hoedenplank gelegd. Een avontuur is het, dat beseft hij ook wel, zeker als je het vertélt.

Hij probeert zijn defaitisme te onderdrukken; hij beseft hoe belangrijk de onderneming voor Vic is. Namens de school heeft zij jarenlang de correspondentie met de jongen, Salif, gevoerd, ofschoon zij niet eens lerares Frans is. Het is haar plichtsgevoel, nee, het is haar werkelijke interesse. Als enige van het lerarenkorps trekt ze zich het lot van die jongen aan. Het idee achter het adoptieprogramma sprak haar daarom meteen aan. Het is opgezet om donateurs werkelijk contact met 'hun' kind te laten hebben, net als echte pleegouders. In ruil voor de jaarlijkse donatie schrijft het uitverkoren kind met enige regelmaat een brief aan zijn blanke weldoeners, in dit geval de school waar Vic lesgeeft. Volgens Tin gaat het om standaardbrieven die met een kroontjespen in een kinderlijk handschrift zijn gekopieerd. Zielloze huisvlijt. Vic houdt vol dat ze 'persoonlijk contact' met de jonge albino heeft. Niet dat hij haar iets toevertrouwt, maar dat zegt volgens haar niks. Zo'n kind heeft veel meegemaakt: zijn ouders verloren. Moet je je voorstellen: zo'n jongen die thuiskomt en zijn ouders zijn weg. Een albinojongetje dat niemand wil hebben. Vic moet er elke keer bijna van huilen. (Maar om hem huilt ze nooit, denkt hij verongelijkt.) Dus nu rijden ze twee dagreizen lang landinwaarts om dat uitgebleekte en uitgekotste ventje alsnog te troosten. Als hij er zo over nadenkt, begrijpt hij niet waarom hij met het hele plan heeft ingestemd. Het moeten de raadselachtige wetten van het huwelijk zijn, waarin de grote beslissingen in goed overleg door de ander worden genomen.

De weg is eindeloos en van een ontmoedigende eentonigheid. De brede neger voorin is al in slaap gesukkeld, en het zou hem niet verbazen als Amadou met zijn ogen dicht reed en de weg vanzelf voortgaat. Ook Vic is in slaap gevallen, tegen zijn schouder. Hij probeert haar telkens voorzichtig weg te duwen, maar als een blind nestdier zoekt ze hem steeds weer op, zodat hij het maar zo laat. Hij zweet en plakt toch al aan alle kanten. Uit angst en onmacht blijft hij klaarwakker tijdens deze somnambule rit, die iedereen in de auto voor zichzelf droomt.

∞

Op advies van Jean-Luc stoppen ze ver van de dorpen. Geen vreemdelingen bij hun spullen graag. Hier in het binnenland hebben ze meer aan jou dan jij aan hen, legt hij uit. We zijn goed voorzien van water, van proviand, van benzine. Er is geen enkele reden om mensen tegen te willen komen. Als we pech hebben drinken ze ons water op. Of ze vragen geld voor diensten die niet bestaan. Tin ziet dat Vic des duivels is over deze discriminerende houding. Ze denkt nu ongetwijfeld aan Salif, die door Jean-Luc impliciet dus ook beschouwd wordt als een nutteloze profiteur. Hij ziet het aan haar ogen, die bliksemen van verontwaardiging. Maar ze gaat de discussie met hem niet aan. Tin en zij zijn afhankelijk van Jean-Luc. Zonder diens expertise blijven ze doof en blind in dit snoeihete en verlaten gebied dat wegens de naamloosheid op de kaart niet te herkennen is. Straks maken ze hem boos en laat hij hen hier alleen achter. Daar zitten ze natuurlijk ook niet op te wachten.

Het land wordt steeds onbarmhartiger. De begroeiing wordt almaar lager en kariger. Enkel stroeve bosjes, struiken. Alsof de natuur verschrompelt in de droge hitte. Ze zijn op den duur al blij met een paar sprietige palmen of een treurige acacia, die tenminste voor wat schaduw zorgen. Geen wonder dat hier niemand woont. Wat moet je hier? En hij denkt aan de jongen die ze gaan bezoeken. Het maakt hem kwaad. Wat bezielt zo'n jongen om in zo'n uitgebeend niemandsland te willen wonen? En wat bezielt Vic om zo'n jongen hierin te stimuleren door hem geld te sturen voor zijn 'ontwikkeling' – wat dat ook moge betekenen? Hij kan beter net als Amadou in Charleville een baantje proberen te vinden. Of in een andere stad. Hier is niks, dat zie je, daarvoor hoef je geen kenner te zijn.

De kenner zelf is overigens ook niet meer zo zeker van zijn zaak. Er zijn nog maar weinig oriëntatiepunten. Met moeite vinden ze voor hun tussenstop een paar bomen die genoeg schaduw geven. 'The land used to be much greener. I can't remember all this *érosion*.' Hij zegt het vooral tegen Solange, die hij het paradijs van zijn jeugd probeert binnen te leiden. Het was hier anders, deze plek is dezelfde niet meer. Het lijkt hem te verbazen – alsof hij altijd heeft gedacht dat de tijd stilstaat voor de dingen die je verloren hebt. Zo kijkt hij ook rond: alsof hij het groenere gras en de weelderigere bomen misschien over het hoofd heeft gezien.

Maar het verleden is geen land van gevonden voorwerpen, het is een verhaal dat je niet meer rond krijgt. Tin staat versteld van Jean-Lucs naïviteit. Hij heeft nog geen verlies ervaren, dat hoor je meteen. In zo'n leven ontbreekt er niets. Voor zo iemand moet de wereld steeds compleet zijn.

Solange kan het allemaal niets schelen. Verveeld ondergaat ze de trip down memory lane die haar geliefde voor haar heeft uitgestippeld. Het is het kindvrouwtje dat geen verleden nodig heeft omdat ze zelf al een lege plek is. Als ze ergens naar verlangt, dan is het dat iemand haar vindt. Haar opvult.

De zwarte mannen werpen met hun grote vochtige

ogen kansloze blikken op haar. Ze beseffen dat ze voor haar niet bestaan. Al herkennen ze instinctief de toegankelijkheid van het type.

Degene die zich tot hen richt, is Jean-Luc. Monsieur le patron, sedert generaties de baas. Als een opzichter staat hij hen te woord. Hij praat en wijst, zij knikken. Ze voeren braaf het toneelstukje op waar de toeristen voor hebben betaald. Af en toe zeggen ze iets met hun donkere, hese stemmen.

Dan gaat het weer verder. Tin betrapt zich erop dat hij met de situatie vertrouwd begint te raken. Het lijkt of er hierbuiten niets meer is. Alleen deze hete, zweterige auto met de penetrante mannenlijflucht, de sigarettenrook, de verzengende wind die door de raampjes blaast, hun uitgedroogde lippen, en het eindeloze landschap waarin zij aan het verdwijnen zijn. Ook Vic wordt steeds afweziger. Weg is haar doelgerichtheid, haar montere hoop op tastbaar resultaat. Lijdzaam laat ook zij zich meevoeren in dit onveranderlijk eentonige landschap. Ze rijden over een weg, dat is het enige houvast: dat ze, gevangen tussen horizonten, over een weg van macadam rijden die niet voor niets zal zijn aangelegd.

∞

De nacht valt hier niet, hij overvalt je, waarschuwt Jean-Luc. In een oogwenk is het donker. Daarom laat hij de Afrikanen uitkijken naar een geschikte plek om een bivak op te slaan. Het landschap is hier iets minder vlak. Het moet mogelijk zijn een plek te vinden die enige beschutting biedt. (Tegen wat eigenlijk?)

Tin beseft dat ze inmiddels volkomen afhankelijk zijn geworden van vreemden. Je gaat er niet van uit, maar stel dat ze morgenochtend stiekem zonder hen wegrijden. Dan komen ze nooit meer thuis, hier op honderden kilometers van de bewoonde wereld. Hij vraagt zich af of Vic zich dit realiseert. Hij wil haar niet ongerust maken, maar wil ook niet dat ze zich naïef in iets begeeft waar ze de consequenties niet van kan overzien. Ze is net als hij geradbraakt door het lange, eentonige rijden, ziet hij. Maar haar ogen fonkelen nog steeds. Zijn lieve, sterke Vic. Hij benijdt haar optimisme, die gave om in het donker de zon al weer te zien schijnen. Hij heeft ook met haar optimisme te doen, dat gebrek om in te zien dat ons leven zich niets van ons aantrekt. Arme, onnozele Vic, wij zijn pluisjes die onze eigen koers denken te bepalen in de wind die ons meevoert. Een alternatief heeft hij overigens niet, dat is de makke van het pessimisme, zodat hij zich laat leiden door haar, waarheen de wind haar ook blaast. En zolang je samen ergens heen wordt geblazen, heeft de willekeur nog iets van een plan.

Voor hen op de weg houdt de auto van Jean-Luc en Solange onverwachts halt. Stoom kringelt vanonder de motorkap vandaan. Hun Franse reisvriend stapt uit en gebaart wild dat de volgers hun auto ook langs de kant moeten zetten. De negers mogen hun vingers branden aan de hete klep, terwijl hij uit de achterbak een jerrycan water pakt om de radiateur bij te vullen. Drinkwater, denkt Tin. Die idioot verspilt drinkwater aan een machine. Maar hij durft er niets van te zeggen. Hij gaat ervan uit dat Jean-Luc weet wat hij doet. Met een poetsdoek draait een van de negers de schroefdop los en klotst morsend het kostbare vocht in de radiateur. Sissend wolkt stoom op. Met een truck was ons dit niet overkomen. Jean-Luc vervloekt zijn eigen beslissing. De auto is voorlopig onbruikbaar, dat is duidelijk. Het ziet ernaar uit dat ze hier, op deze onvoorziene plek, zullen moeten blijven om de nacht door te brengen. De fameuze nacht onder de sterren. Er zal wel worden volgehouden dat het allemaal zo gepland is, maar Tin weet nu dat de situatie tot stand is gekomen door toeval, pech en willekeur.

Samen met Vic loopt hij een eindje het uitgedroogde gras in, in de richting van een paar armzalige acacia's en palmen verderop. Hij voelt de stilte in zijn oren, de diepte van de ruimte. De eindeloze, onbegrijpelijke verlatenheid.

Achter hen lawaai, geroep, getoeter. 'Attention!' Amadou komt hen achternagereden, steekt zijn hoofd uit het zijraam. Het schijnt hier te krioelen van de slangen. Tin en Vic durven nauwelijks nog een voet te verzetten, laat staan een plas te doen, zoals ze van plan waren. Amadou lacht om hun angstige gezichten. 'Ne vous faites pas de soucis, Monsieur, Madame.' Zijn er nou wel of geen slangen? Maar Amadou lacht alleen zijn brede lach. Hij sleept een enorme lap tent uit de auto. Die gaan ze hier opzetten. Hier, tussen de slangen? 'Parmi des serpents?' vertaalt hij zijn eigen angst. 'Oui, Monsieur. Parmi des serpents.' Weer die parelwitte lach. De jongen laat zien hoe je slangen betrapt. Hij tilt een kei op en nog een en nog een. Zie je wel? Geen slangen.

Als Amadou teruggaat naar de auto, geeft hij Vic de kans achter een laag bosje snel te hurken. Hij kijkt erbij of hij zijn hond uitlaat. Daarna knoopt hij, staande voor het bosje, zelf zijn rits open om te wateren.

Bij het teruglopen kijken ze geconcentreerd naar de grond, alert op elke beweging.

Jean-Luc wil dat ze haast maken. Hij wil niet overrompeld worden door de nacht. Liever had hij nog iets verder van de weg af gezeten, om uit het zicht te blijven van eventuele nachtelijke passanten, maar daar is nu geen tijd meer voor. Hij wil dat er vuren worden gemaakt. *Allez vite!* Hij klapt in zijn handen. Zijn er genoeg takken? Nee, natuurlijk niet. Waar zouden ze die hier moeten vinden? Maar zonder vuren wordt het gevaarlijk. Hoe houden ze de wilde dieren dan op afstand? Hij vervloekt zichzelf en vraagt zich af hoe hij zo dom heeft kunnen zijn om niet aan de vuren te denken. Misschien moeten ze maar in de auto's gaan slapen en de Afrikanen buiten laten. 'Mais non!' roept Vic uit. Dat kun je niet maken. 'Nous sommes tous ensemble.'

Terwijl zij staan te overleggen, zijn de Afrikanen de tent aan het opzetten. Het doek klappert in de wind.

Tin voelt hoe het land groeit en hoe zij kleiner en kleiner worden onder een hemel die weldra zal zijn uitgedoofd. Hij begrijpt niet hoe Jean-Luc het in zijn hoofd heeft gehaald om hen onvoorbereid deze ontmenselijkte leegte binnen te voeren. Het opzetten van de gezamenlijke tent ziet hij met lede ogen aan. Het vooruitzicht om met deze vreemden één slapend lichaam te moeten vormen beklemt hem. Hij voelt de angst afdalen in zijn ingewanden. Hij weet niet wat hij bedreigender vindt: de aanraakbaarheid van deze andere mensen of juist het isolement in dit onafzienbare land. Het is de voldongenheid van de situatie, de onmogelijkheid om er nog aan te ontsnappen, waar hij het benauwd van krijgt. De hoek om lopen en terug naar het hotel, in het vliegtuig stappen en terugvliegen naar huis, opgelucht je eigen straat in wandelen en je sleutel alvast uit je broekzak halen. Dat zijn de oplossingen en ze zijn allemaal uitgesloten. Het enige wat er geboden wordt, is het accepteren van de opgedrongen intimiteit van zes wildvreemden in een tent van gebleekt zeildoek op een uitgedroogd stuk grond aan het begin van het einde van de wereld.

Jean-Luc wijst op de zon. Groter en roder dan bij ons, maar dat bedoelt hij niet. Hoe snel hij daalt. In Charleville was Tin dit verschijnsel niet zo opgevallen. Inderdaad: telkens als je kijkt is ie weer gezakt. Je ziet hem verdwijnen.

Iedereen schijnt te weten wat hij moet doen. De Afrikanen belasten zich met de tent, verzorgen het vuur. Jean-Luc slaat een arm om Solange en kust haar. Hij gooit iets in de vlammen en kijkt hoe het knettert. Niets aan de hand. Iedereen kent zijn rol en zijn plaats. Dat maakt dat het de normaalste zaak van de wereld lijkt om hier te zijn, op deze uitgestorven savanne waar weldra de duisternis intreedt. Zelfs Vic is in de weer, met het eten, routineus bijna, alsof ze dagelijks in de Afrikaanse *wastelands* een potje staat klaar te maken. Alleen Tin is niet in staat zich aan de situatie over te geven. Hij staat daar maar en weigert zich zomaar door de nacht op te laten slokken. Voor hem blijft het onaanvaardbaar wat er hier gebeurt. In zijn gedachten ligt het middelpunt van zijn bestaan enkele duizenden kilometers verderop.

Even is alles gloeiend rood en oranje van zonsondergang. Langzaam maar zeker vervaagt het hele land, maar het verdwijnt niet. Maar als hij wat langer in het vuur staart, is hij blind geworden voor de omgeving. Ongemerkt is het helemaal donker geworden. Buiten de kring van het smeulende vuur bestaat er ineens niets meer. Maar dan. *Regardez!* Ineens opent het zich voor hun ogen: het heelal, bespikkeld met duizenden en duizenden sterren. Hij voelt hoe Vics lichaam zijn nabijheid zoekt, met hem wil samenvallen. Hij verwelkomt haar vertrouwdheid. Ze is het enige wat hij kent. De vreemden, verderop, worden vreemder, nu hij hen vaag ziet opdoemen en wegdeemsteren in het zwak opflakkerend vuur.

Jean-Luc heeft zaklampen, een voor zichzelf en een voor hen; hij bindt hen op het hart zuinig te zijn met de batterijen. De helpers, zelf zwart als nacht, krijgen niets.

Iedereen blijft stug volhouden dat er niets is veranderd. Er worden sigaretten gerookt, die als dansende vuurvliegjes opgloeien, met rare halen onleesbare verhalen schrijven. Vic, merkt hij tot zijn verbazing, belast zich met het opscheppen van de maaltijd. De houten nappen worden aan elkaar doorgegeven. Het meegebrachte avondeten bestaat uit een lauwe prut van rijst met pindasaus waarin klonten vlees verwerkt zijn. Hij vraagt zich liever niet af van wat voor dier het is. Het verbaast hem dat Fransen, die altijd moeilijk doen over hun haute cuisine, zoiets walgelijks gewoon eten. Zelf schuift hij de vleesklonten opzij en neemt een voorzichtig hapje van de rijst. Het smaakt niet slecht, moet hij toegeven, maar aan het vlees begint hij toch maar liever niet. De Afrikanen mikken hun peuken tussen duim en wijsvinger in het vuur en geven zich over aan een uitgebreid dankgebed. Tin luistert naar de klank van hun stemmen. Hij verstaat er niets van en weet ook niet bij welk geloof het hoort. Niet dat het iets uitmaakt. Hun goden zullen wel snappen wat er wordt bedoeld. Ook Jean-Luc en Solange verzinken kort in gebed, zodat Tin begint te geloven dat Vic en hij de enigen zijn die hier op deze eindeloze vlakte door de hogere machten in de steek worden gelaten.

Veel trek heeft hij niet, daarvoor heeft hij het de hele dag veel te warm gehad. Wel dorst, en hij is er telkens attent op de veldflessen die rondgaan niet te missen. Het is mondwarm water, waar hij liever niet over nadenkt.

Het wordt snel koeler. Kil zelfs. Wie wil, mag van Jean-Luc alvast in de tent een slaapplek uitkiezen. Zelf wil de leidsman de 'cosmic experience' ondergaan: roerloos op de aarde liggen en opkijken naar het met sterren bespikkelde uitspansel. Hoe langer je kijkt, hoe meer lichtpuntjes je ziet. Met ogen open dromen, noemt hij dat. Alsof er in de duisternis gaatjes worden geprikt en je een glimp opvangt van 'the other side'. Als hij spreekt, houdt hij de zaklamp onder zijn kin, waardoor zijn gezicht sjamaanachtig oplicht. Omdat Jean-Luc op zijn plek blijft, blijft iedereen rond het smeulende kampvuur hangen. Gepraat wordt er niet, iedereen is moe. Tin voelt de gigantische massa van het onzichtbare land als een reusachtig lichaam ademen, overal om hem heen. Geschuifel, geritsel wordt hoorbaar. Vlakbij, lijkt het. Is het de wind? Hij hoopt het. Of zijn het de dieren des velds? Het klinkt of er iets naderbij sluipt of schuifelt. Is hij de enige die het hoort? Hij fluistert Vic zijn vrees in het oor, maar zij hoort niets, antwoordt ze, ze weet niet waar hij het over heeft.

'Quels animaux habitent ici?' vraagt hij hardop.

'As-tu peur?' klinkt de stem van Jean-Luc vanuit het duister. Hij grinnikt. 'Dieren? De enigen voor wie je hier bang hoeft te zijn, zijn mensen.'

Als iedereen weer zwijgt en ademt, hoort hij het geritsel opnieuw. Het is er niet de hele tijd, alsof het telkens schrikt van zijn eigen geluid en weer vergeten wil worden.

Al die sterren, en er is er niet een die ons ziet, fluistert Jean-Luc tegen Solange, die met haar hoofd op zijn buik ligt. Tin rebelleert in stilte tegen zoveel genoegzaamheid. Wat weet zo'n aansteller van de nacht en het ongezien blijven daarin? Wat weet hij, die alles heeft, van missen en verdwijnen? Het staat hem tegen dat Jean-Luc hem, en iedereen om zich heen, in zijn eigen verhaal probeert op te nemen, dat repetitieve relaas waar tijden en gebeurtenissen keurig in elkaar passen, naar elkaar verwijzen, elkaar verklaren en een onwrikbaar verband aangaan. Terwijl hij, Tin, het moet doen met vaagheden die niet uit te leggen vallen. Met onzichtbare gaten in de werkelijkheid waardoorheen vaders verdwijnen. Hij is jaloers op het gemak waarmee de ander over zijn eigen leven spreekt, alsof het iets is wat handzaam in het geheugen past en niet iets waar je reddeloos in verzuipt.

Hadden Vic en hij niet beter apart met Amadou kunnen reizen? Dan hadden ze een tussenstop kunnen maken in een stad of een plaats op de route naar het geadopteerde witte negerkind. Er zal toch wel iets bewoonds te vinden zijn onderweg? Een route langs pleisterplaatsen met bronwater en vers fruit, langs steden als die er zijn, de toeristische kamelenroute desnoods. Bij zijn weten had Vic het allemaal heel precies uitgedokterd en uitgestippeld. Ze hadden het nooit uit handen moeten geven, beseft hij. Nu zitten ze opgezadeld met deze Franse kwast en zijn obsessie voor het ongerepte Afrika uit zijn jeugdherinneringen.

De nacht beangstigt Tin meer dan hij wil toegeven. Het idee dat hij zich over moet geven aan de slaap: onverdraaglijk. Geen sprake van dat hij die tent in gaat. Desnoods blijft hij tot het ochtendgloren waken bij het vuur, of wat ervan over is. En Vic? Die kan hij toch niet tussen vreemde mannen laten liggen? Hij heeft gezien hoe de zwarten stiekem naar Solange keken. Idioot dat Jean-Luc maar één tent heeft meegebracht. Zo goed heeft hij het kennelijk allemaal ook niet geregeld.

Hij vervloekt zichzelf dat hij gemakkelijk in alles is meegegaan, in de eerste plaats met Vic en haar onzalige plan, maar ook met Jean-Luc. Hij had zelf moeten blijven nadenken. Nu zit hij hier, veroordeeld tot omstandigheden die hij had kunnen voorkomen als hij bijtijds had ingegrepen. Hij wordt overvallen door een posterieure daadkracht die nergens meer toe dient. De energie raast door zijn lijf, jagend op aanknopingspunten om de zaken anders aan te pakken, hier en nu meteen. Er ontwikkelt zich in hem een enorme wilskracht om uit de situatie weg te breken, uit deze nacht, dit continent, om de orde (welke orde?) te herstellen. Alles moet weer gewoon worden. Tegelijk mist zijn dadendrang richting. Het enige wat hij produceert, is woede. Woedend keert hij zich tegen de koude Afrikaanse sterrennacht. Hij haat 'de schoonheid van het universum' die verderop in het donker door Jean-Luc op fluistertoon wordt becommentarieerd. Voor hem is de duisternis niets dan bedreiging, zoals ook het lege land niets dan bedreiging is. Niet bang voor iets, maar bang voor het niets. Is hij de enige die doorheeft dat zij op het punt staan om te worden uitgewist? Wat baten ginds die sterren hun, wat hier dit vuur? Hij zou het willen uitschreeuwen, alleen weet hij niet tot wie. Hij zit gevangen in zichzelf, zoals zij allen gevangenzitten in dit niets. De anderen denken over genoeg attributen te beschikken om de leegte op te vullen. Met hun woorden, hun plannen, hun herinneringen, hun hoop en hun dierbaarheden fabriceren zij hun zelfbedachte uitzicht, waarvan de blauwdruk ook in het donker zichtbaar blijft. Ook hij heeft zijn eigen mogelijkheden om de leegte te lijf te gaan, de liefde voor Nikki bijvoorbeeld, maar hier, waar de leegte alom is, beschermen ze hem niet. Onvoorstelbaar is zijn andere leven geworden, er is alleen maar dit hier, dit niets. Onverdraaglijk is de zelfgenoegzame fluisterstem van Jean-Luc, die dooremmert in de nacht. Hij denkt aan het stomme wicht Solange, dat haar echtgenoot met haar hoofd op diens buik zwijgend ligt te aanbidden.

Hij hoort hoe de Afrikanen mompelend en rochelend de aftocht blazen, op de tast hun slaapplaatsen in de grote tent opzoeken. Jean-Luc beschijnt met zijn zaklamp hun parcours. Vic pakt de andere zaklamp uit Tins handen en richt op het vaalwitte tentdoek. De lichtbundels maken tunnels in het duister. Er ontstaat nu enige drukte van nachtelijke stemmen. Moeten wij ook niet gaan? vraagt Vic. Met die negers zeker. Hè Tin, waarom zeg je zulke dingen nou? Hij durft niet te zeggen dat hij bang is. Bonne nuit, zeggen de zwarten. Bonne nuit, mompelen de blanken terug. Jean-Luc oppert dat het stilletjes aan misschien voor iedereen tijd wordt. Nog even, fluistert Solange, ze wil hun geluk nog niet loslaten. En jij, wil jij ook nog even blijven genieten? vraagt Vic. Ze kruipt tegen hem aan en probeert hem te kussen. Een vreemde, denkt hij. Ze is een vreemde. Hij duwt haar geïrriteerd van zich weg. Alleen wil hij zijn. Maar ook in zichzelf houdt hij het niet uit. Zoveel leegte, en nergens een plek om te kunnen verdwijnen.

∞

Tin heeft besloten om in zijn eentje in de auto te gaan slapen. Vic heeft hem niet kunnen overtuigen, en hij haar niet. 'Ik ga me echt niet opvouwen op de achterbank, Tin, alleen omdat jij zo neurotisch doet over die tent.' Het heeft iets van een echtelijke ruzie nu, en dat is niet zijn bedoeling. Jean-Luc sust de gemoederen. 'We'll take care, Martin. Victorine will be alright with us.' Waar bemoeit die lul zich mee? Maar Tin zegt niks.

Hij vindt het vervelend haar tussen vreemde kerels te moeten achterlaten, verdwaalde locals met ongetwijfeld idiote fantasieën over vrouwen uit het welvarende Westen. Daar denkt hij liever niet te lang over na. Hij weet dat het geen zin meer heeft te proberen haar nog op andere gedachten te brengen. Het voordeel is dat hij nu even op zichzelf kan zijn, iets wat hij al in geen dagen is geweest. Het liefst zou hij even totaal verdwijnen, zoals je het licht uitdoet, een wonderbaarlijke eclips die hem verlost van de zwaarte van het hier en nu. Niet dood, maar weg. Het moet mogelijk zijn om nergens te zijn en er toch te zíjn. Zoals de slaap de droom kent, zo moet het leven toch ook iets hebben? Een soort time-out?

Als de anderen een voor een in de tent hun 'bed' opzoeken, bespringt hem de twijfel over zijn keuze. Het is gemakkelijker om met ze mee te gaan. Go with the flow, nergens over nadenken. Nu begint hij te piekeren. Gelukkig hoort hij ze nog in de tent. Gefluister, gelach. Er zigzagt ook een vaag licht over het tentdoek. Dat zal de zaklamp van Jean-Luc zijn. Een feestje kun je het niet noemen, maar het lijkt daarbinnen een stuk gezelliger dan waar hij aan is overgeleverd. Hij denkt aan Vic. Fluistert ze ook lolligheden en intimiteiten, lacht ze met de anderen mee? Niet aan denken. Voetje voor voetje laat hij zich leiden door de lichtbundel die hij op de auto richt. Het is beter dat hij zich daarop concentreert, als een koorddanser die alleen de draad ziet, niet de wegijlende diepte rondom. Zo donker heeft hij het nog nooit meegemaakt. De duisternis is zo ondoordringbaar dat ze uit materie lijkt te bestaan, iets waar hij doorheen moet wáden. Alsof hij erin opgesloten zit. Niet aan enge beesten denken, houdt hij zich voor, en dus denkt hij aan enge beesten. Hij denkt aan alle gevaren die hem kunnen bespringen, maar hij komt niet verder dan slangen en wrede nomaden met kapmessen en kromzwaarden. Met elke stap worden ze reëler.

Pas als hij op de achterbank van de auto zit en het portier heeft dichtgetrokken, beseft hij hoe zelfverzonnen zijn angst is geweest. In het binnenste van de auto is hij al weer op weg naar huis. Hij denkt: wat als we het erbij laten zitten, dat adoptiekind, de hele troep, en in het eerste morgenlicht gewoon terugrijden naar Charleville? Thuis, thuis. Hij kan niet wachten. Het liefst schudde hij Amadou nu wakker, en Vic natuurlijk. Dan reden ze meteen terug. Maar dat gaat helaas niet, de donkere nacht is een onbevaarbare zee, met nergens een baken. Hij moet genoegen nemen met het omhulsel van de Peugeot: de vervuilde, versleten bekleding en de oudehondengeur van ongewassen kleren en sigarettenpeuken. In elk geval is hij binnen; door deuren, ramen en een dak gescheiden van het naakte niets. Een kleine ruimte is een ruimte die je kunt beheersen. Als je die afsluit, hoeft de oneindige wereld niet te bestaan. Dan hebben 'hier' en 'daar' even niets met elkaar te maken. 'Hier' is hij veilig. Voor zolang als het duurt.

Af en toe schrikt hij op van een geluid. Het is verbazingwekkend hoeveel kabaal de nacht maakt. Niet alleen de cicaden, want die hoort hij al niet meer. Net zoals de verduisterde hemel naarmate je langer kijkt steeds voller met sterren raakt, zo vult de akoestiek van dit verlaten land zich voortdurend met onbekende klanken. Soms heel veraf, soms ineens vlakbij, altijd aanwezig.

Het vuur smeult na, flakkert zwakjes op als er een windvlaag overheen strijkt.

In de tent is het nu rustig. Hij hoort en ziet niets. Het vale gevaarte is opgeslokt door het onzichtbare monster van de nacht. Het zou er evengoed niet meer kunnen zijn.

Vreemd. Ofschoon hij weet dat de tent er gewoon moet staan en weet dat dit ook zo is, vertrouwt hij de situatie opeens niet. Het kan toch niet waar zijn? Stel je voor. Het is een onbekend land, hij sluit niets uit, dus ook niet de geruisloze verdwijning van tent met alle toebehoren. Hoe heeft hij Vic aan haar lot kunnen overlaten? Hij moet de situatie checken, nu meteen, hoe onredelijk deze aandrift ook moge zijn. Er kan van alles zijn gebeurd. Stel dat er stille voorbijgangers langs zijn geweest: pikzwarte wurgers onder dekking van de nacht. Er kan ook een ruimteschip zijn geland dat iedereen heeft ingeladen en meegenomen. Alles kan zolang je het niet zeker weet. Angst is grillig en inventief. Zo stil als het daar op de plek van de tent ineens is. Geen gesnurk, niks, geen geadem zelfs. Terwijl hij de raampjes van de auto heeft opengedraaid. Straks zijn ze verkracht, vermoord. De lijken versleept, van hun ringen en andere kostbaarheden ontdaan, door wilde dieren als aas aangevreten. Hij weet dat het onzin is, maar toch moet hij de auto uit, het donker in, om zijn angstfantasie te logenstraffen.

Als hij uit de auto stommelt en met de lichtkegel van

zijn zaklamp de tent zoekt, voelt hij zich meteen al volstrekt belachelijk. De tent staat er nog, natuurlijk, waarom zou hij er niet staan. Toch kan hij niet anders dan erheen gaan. Met zijn lamp zoekt hij de opening. Hij is bang dat hij iemand wakker zal maken, maar hij is nog banger dat er niemand meer is.

Zodra hij de rits heeft gevonden en die met veel lawaai opentrekt, weet hij dat hij dit beter niet had kunnen doen. Er klinkt een schreeuw, van schrik. En nog een. En vervolgens schreeuwt hij zelf, want er is iemand op hem gesprongen. Of wordt hij geslagen? Godverdomme. Hij weet niet wat er gebeurt. Er wordt met een verblindend licht in zijn ogen geschenen. 'Arrête! C'est Martin, regarde, imbécile!' De man die op hem ligt, ziet het en laat hem los. Er heerst complete duisternis om hem heen. Waar is de zaklamp waarmee hij in zijn ogen geschenen werd? Of is hij verblind geraakt en ziet hij het licht niet meer?

'Vic, waar ben je?' Het komt er bangelijker en bezorgder uit dan hij zich voelt. Een blinde die zijn begeleider zoekt.

'Ik ben hier, Tin. Zie je dat niet?'

Langzaam raken zijn ogen weer gewend, al ziet hij haar niet. Het ruikt naar mensen in de benauwde tent. Naar ongewassen mannen. Naar negers, eerlijk gezegd. Hoe houdt ze het hier uit? Eindelijk, als door Jean-Luc een zaklamp op haar wordt gericht, ziet hij haar. O, ben je daar, lieverd. Maar hij zegt niets, hij wil de mannen niets van zijn gevoelens tonen.

'Nu zie ik je,' zegt hij.

'You scared the hell out of us, my dear Martin.' Jean-Luc richt de lamp van onderen op zijn eigen gezicht. Hij grijnst als een duivel. De Afrikanen lachen en beginnen met hun hese stemmen in het donker luidruchtig door elkaar te praten.

Tin voelt zich belachelijk. Hij snapt niet wat hem heeft bezield om de tent binnen te vallen en iedereen wakker te maken. Om zich een houding te geven, doet hij net of hij Vic komt halen. 'I was looking for my wife.' Jean-Luc barst in lachen uit. 'I'm sure you don't trust her with all these men.' Als de andere mannen met hem mee lachen, lacht hij nog harder.

Nu kan hij niet meer terug. Vic, kom je mee? wil hij zeggen, maar tot zijn verwondering zegt hij: 'Vic, kom mee.'

'Maar Tin, ik...'

'Vic, kom mee.' Weer die botte imperatief. Nu hij het al een keer gezegd heeft, maakt het niet meer uit. 'Kom,' herhaalt hij, alsof ze een hond is die niet gehoorzaamt.

Ze komt overeind, stommelt zijn kant op. Hij gaat alvast naar buiten en wacht daar op haar, in de kille, zich eindeloos boven hem uitstrekkende nacht. 'Si elle veut dormir dans la voiture, d'accord,' hoort hij Jean-Luc binnen zeggen. 'I don't mind.'

Vic begrijpt er niks van. Hij begrijpt er zelf ook niks van. Geïrriteerd zwijgen ze elkaar toe. Nu pas denkt hij aan zijn eigen zaklamp, die hij gewoon in zijn hand heeft. Hij knipt hem aan en zoekt in het alomtegenwoordige niets de auto. In de lichtbundel doemen onmiddellijk insecten op, vleermuizen, of wat het allemaal mogen zijn. Ze drukt zich tegen hem aan, zoekt zijn bescherming. Hij imiteert veiligheid door onhandig een arm om haar heen te slaan. Het voelt vreemd en onwennig aan, alsof hij zich haar eerst moet herinneren om weer te weten wie ze is. Het komt door de gevaarlijke omgeving, dat snapt hij ook wel, ze zijn zichzelf niet hier. Hij haat zichzelf, omdat hij zich zo heeft laten gaan; hij ergert zich aan haar, omdat zij de getuige van zijn zwakheid is, de ingewijde. Het is een beklemmende situatie die hij niet kan doorbreken en die door hun aanhoudende zwijgen alleen maar erger wordt. 'Laat me los,' zegt ze. Hij heeft het al gedaan voor ze is uitgesproken.

Hij mist haar terwijl ze bij hem is, maar weet niet hoe hij haar dichter bij zich moet krijgen. Ze doet het voor mij, denkt hij, voor mij gaat ze mee, al was ze zelf liever bij de anderen in de tent gebleven.

In de auto gunt hij haar de achterbank, maar zij zegt dat hij de stoelleuningen naar achter moet klappen, zodat er twee 'bedden' ontstaan. Dat valt niet mee, in het donker, en dan dat gehannes met de zaklamp. Onder de ogen van zijn vrouw de rol te moeten vervullen van de man die niets klaarspeelt. Met meer geluk dan wijsheid slaagt hij erin om één stoel naar achteren te buigen. De tweede krijgt hij echter met geen mogelijkheid in beweging, dus laat hij het maar zo.

Hij biedt haar de ligplaats aan en neemt zelf genoegen met de bestuurdersstoel.

'Tin, dit wordt niks, ik ga wel weer terug naar de tent, dan kun jij hier liggen. Kom, breng me terug.'

Het wordt steeds gênanter voor hem. Nu weer terug

naar die meurende tent om haar terug te geven aan dat ongeregelde zootje snurkende en zwetende kerels. Jean-Luc ziet hem al aankomen. Nederlaag van de echtgenoot. Hoe heet dat ook al weer in het Frans? Enfin. Er zit niets anders op. *Le mari cocu* komt op kousenvoetjes bij de ingang zijn bruid afleveren. Lachen voor die Fransen en die negers. Een man die zijn vrouw niet kan beschermen, is dat nog wel een man?

Als hij haar heeft weggebracht, mist hij haar. Hij is nu helemaal alleen. Met de cicaden, de nacht en de onzichtbare slangen, dat wel. En met de schorpioenen niet te vergeten, die achterwaartse stekers, die er pas zijn als je ze niet hebt gezien. Hij gaat op de plek van Vic liggen en probeert nergens aan te denken.

∞

Met het eerste licht wordt hij wakker, verbaasd dat hij toch nog geslapen blijkt te hebben. Het is een achteloze zonsopgang die het zandlandschap vuil en lusteloos aan hem teruggeeft. De afwezigheid van Vic ligt hem als een steen op de maag; het liefst zou hij zich omdraaien op zijn andere zij en weer uitkomen bij de vorige avond. Hij haat zichzelf, zou zich willen uitwissen.

De tent gaat open en de een na de ander komen ze naar buiten, zich uitrekkend, lachend, een sigaret opstekend. Jean-Luc staat meteen al weer aanwijzingen te geven. Waar is Vic? Tin denkt aan vroeger, toen hij in het begin niet van haar af kon blijven. Hij kan dat nog steeds zien in haar, dat onweerstaanbare, in zijn gedachten althans, en hij kan ook zien dat andere mannen het soms nog steeds in haar ontdekken. Een vreemd soort onbereikbaarheid is het, waar hij onder lijdt: niet door afstand, maar door tijd van elkaar gescheiden. Iets waar de mannen die vannacht naast haar hebben gelegen, geen last van hebben gehad. Niet aan denken! Die hadden slechts enkele centimeters ter overbrugging, en misschien zelfs die niet. Niet aan denken! maant hij zich nogmaals. Zolang het niet gedacht is, is het niet gebeurd.

Als hij uit de auto stapt, wordt hij met open armen door Jean-Luc onthaald. 'Mon ami! Welcome! Did you sleep well?'

Vic is er nog steeds niet, hij wordt nu toch bezorgd. 'Where is Vic?' vraagt hij plompverloren, beseffend dat hij nodeloos paniekerig overkomt. Jean-Luc heeft nog steeds een arm om hem heen geslagen, alsof hij van plan is een korte rondleiding door de omgeving te verzorgen in afwachting van het ontbijt. Zo ging het ongetwijfeld in de koloniale tijd van zijn vader, toen de blanke heren promeneerden en de inheemse bedienden het werk mochten opknappen. 'Your wife is still a bit sleepy, I guess.' De nonchalance is onuitstaanbaar. Tin bevrijdt zich van de arm om zelf poolshoogte te gaan nemen.

Daar komt Vic de tent al uit, ongekamd en ongewassen, wat niets voor haar is. Ze wankelt en knippert tegen de zon. De herinnering aan de kille nacht en de melkachtige dageraad is weggevaagd. De verzengende zon lijkt nu al weer eeuwig. Verderop zijn ze bezig met de auto die het gisteravond begaf. Jean-Luc stapt naar voren. 'Madame, the day has waited for you!' Hij imiteert een elegant buiginkje. Tin passeert hem en neemt haar in zijn armen. Hij is blij dat hij haar weer voelt. Ze ziet er moe en onuitgeslapen uit en worstelt zich uit zijn omhelzing los. 'Ik zou me dolgraag even wassen, Tin.' Alsof er hier een deur is die hij maar hoeft open te doen om haar binnen te laten. Hij maakt een hulpeloos gebaar, waarna haar blik op zoek gaat naar een bruikbaarder iemand. Jean-Luc ziet het en lacht. 'Les femmes! Le continent inconnu.' Wat een kwal, denkt Tin. Maar hij is niet in staat hem van repliek te dienen.

Als Vic Solange ontwaart, gaat ze meteen op haar af. Tin camoufleert zijn nutteloosheid door bij de Afrikanen te gaan staan kijken. Dat doen ze zelf ook, kijken. En roken. Af en toe zegt een van hen iets. Dan praten ze even druk door elkaar, in een taal die hem niets zegt. Het afhankelijk zijn van al deze mensen benauwt hem, hij begrijpt niet dat Vic hem in zijn wantrouwen niet wat meer steunt. Hij staat enkel bij de mannen om zich een houding te geven, om als dissident niet op te vallen. Ze slaan geen acht op hem, ze voelen zich vrij in hun eigen taal. Over zijn schouder ziet hij dat Vic met Solange terug de tent in gaat. De discretie der vrouwen. Ooit heeft hij dat opwindend gevonden. Nu duurt het nog langer eer ze hun eindeloze omweg naar huis kunnen voortzetten.

∞

De auto's rijden weer. Het geeft Tin een gevoel van opwinding. Vandaag zullen ze het verste punt van hun reis bereiken: het dorp van 'Salif', wiens naam hij tussen aanhalingstekens plaatst omdat het voor hem een fictieve figuur blijft. De hele reis blijft voor hem fictie, waarin hij braaf zijn onnozele rolletje speelt om Vic een plezier te doen. Voor haar is het allemaal echt, deze 'reis van haar leven'.

De mannen voorin overleggen. Amadou draait zich naar hen om. 'Ce n'est plus loin. Quatre-vingt kilomètres, peut-être. À midi nous serons là.'

Het geeft hem vertrouwen dat Amadou de leiding heeft genomen en niet de man naast hem, van wie hij nog steeds de naam niet heeft verstaan. Dat ook Amadou een vreemde voor hem is, vergeet hij liever. Hij heeft een naam, dat stelt gerust.

Vic zit stil naast hem; de nabijheid van het einddoel lijkt haar niets te doen. In het zijraampje passeert het landschap in identieke beelden. Er is iets met haar, denkt Tin. Hij zou degene moeten zijn die verveeld de karige savanne aan zich voorbij laat trekken. Zij hoort zich te verheugen, daar is deze hele reis om begonnen, daar heeft hij zich voor opgeofferd. En nu is godbetert hij degene die, met het einddoel in zicht, een beetje zin in de hele toestand begint te krijgen.

Honderd meter achter hen rijdt de auto met Jean-Luc en Solange. Vanwege de panne met de radiateur is er kennelijk van positie gewisseld. Iets triomfantelijks kan Tin niet onderdrukken. Het kinderlijke gevoel: we rijden voorop, we gaan winnen. Nu gas geven, hen lossen. We hebben hen niet meer nodig, we rijden recht op de albino af.

3

Het is er begroeider dan hij had gedacht. Overal struiken en bomen, in groepjes, en daartussen het bekende hooiachtige, verschroeide gras. Alleen wordt de weg er niet beter op. Tin begint te begrijpen waarom Jean-Luc liever een truck had gehad dan deze twee personenauto's. Ze moeten bijna stapvoets rijden, en dan nog worden ze door elkaar geschud. Tin vreest dat de auto de schokken niet aankan. Als er iets ergs gebeurt, de as breekt of zo, hij bedenkt maar wat, zijn ze verkocht. Dan komen ze hier nooit meer weg. Amadou vloekt elke keer als ze in een onvoorziene kuil rijden. De ander, die Papa Boubou schijnt te heten, stelt iedereen gerust. 'C'est pas trop loin. On y sera bientôt.'

Vic begint weer op te leven. 'The land seems much more fertile here. Le pays,' verbetert ze zich. 'Plus fertile.'

Tin ergert zich aan haar inspanning om voor 'haar' Salif het beste te willen, nu weer vruchtbaarheid, die nota bene bij haarzelf zo schraal gezaaid bleek. En Nikki dan? schreeuwt het in hem. Waarom prijs je je niet gelukkig met wat je hebt? Enfin, de albino is het substituut van de jongen die ze zelf nooit kreeg. Het is hard om zo te denken, maar het is niet anders. Wie leeft, is bezig een gemis of tekort goed te maken. Een inhaalrace met de dood als finish. Succes iedereen! Hij ziet nu precies waar haar gedrevenheid vandaan komt: het is een surplus aan zorg, waar één enkel schamel kind niet aan kan voldoen. Een klas vol heeft ze nodig, en een adoptiegeval op de koop toe.

Papa Boubou draait zich om. 'Madame, c'est une des régions les plus riches.'

Ze ontvangt het als een compliment, alsof het haar persoonlijke verdienste is dat het kind dat ze zich heeft toegeëigend, onder zulke relatief gunstige omstandigheden opgroeit.

Daar is het weer: het blinde vertrouwen, in alles een aansporing willen zien, die merkwaardige wil om 'vooruit te komen in het leven'. Iets wat hem vreemd is. Enfin, als je dat bij elkaar optelt en van elkaar aftrekt, blijft alles precies gelijk. Ze is zo blij dat het goed gaat met 'haar' adoptiezoon dat hij, Tin dus, spontaan een zoen krijgt. Dat belooft wat voor straks, als de jongen aan hen zal worden voorgesteld. Hij merkt dat haar optimisme aanstekelijk werkt. Ook hij begint warempel te geloven in een goede afloop. Beelden van blije negers en zij als goden, gezonden uit een betere wereld, om hen te helpen in hun armzalige bestaan: de koningin en haar prinsgemaal op staatsbezoek. Geamuseerd onderwerpt hij zich aan de goede bedoelingen die op dit moment duidelijk aan de winnende hand zijn.

En dan blijken ze er te zijn. Ook Vic schrikt ervan.

Waar dan? Er is niets of niemand te zien. Amadou heeft de auto aan de kant van het pad geparkeerd en wacht op de anderen. Hij wil eerst met Jean-Luc overleggen, zegt hij. Papa Boubou knikt ernstig. Wat is dit, wordt er iets voor hen achtergehouden? Waarom laten ze zich niet hartelijk verwelkomen door de toegestroomde dorpelingen, zoals het in zulke contreien betaamt, als je de jongensboeken mag geloven? Het is om af te leggen zo heet in de auto, nu die stilstaat, maar de zwarten voorin schijnen er geen last van te hebben. Ze roken en wachten tot de andere Peugeot in de achteruitkijkspiegels verschijnt. Pas dan stappen ze uit.

Buiten is de hitte niet minder. Zelfs in de schaduw van de bomen is geen verkoeling te vinden.

Jean-Luc heeft zijn geweer meegenomen. Vic en Tin kijken elkaar aan. Hij ziet haar bezorgdheid, maar wil die niet vermeerderen met de zijne. Het is maar een geweer, drukt hij met zijn blik uit. Hij houdt zich voor dat het voor hun eigen veiligheid is. De Fransman ernaar vragen durft hij niet; hij is bang dat hij het dan alleen maar erger maakt. Papa Boubou houdt trouwens ook een geweer vast, dat van Amadou.

Bij het overleg tussen de mannen wordt Tin niet betrokken. Met Vic en Solange staat hij te wachten tot er afgesproken is wat er gaat gebeuren. Een overleg kun je het niet noemen: Jean-Luc praat en de negers knikken. Alleen Papa Boubou vindt – vanwege zijn geweer – dat hij ook iets mag zeggen, waarop ze allemaal door elkaar beginnen te praten en Jean-Luc hen tot kalmte maant. 'Sssssh! Pas de bruit.'

De auto's worden tussen de struiken geparkeerd, een eindje van het pad af.

'Allons-y!' Jean-Luc steekt zijn geweer met één hand in de hoogte. Het lijkt wel alsof het dorp niet bezocht, maar veroverd moet worden. Alle handelingen blijken voorzorgsmaatregelen. Een van de helpers van Jean-Luc en Solange blijft bij de auto's, met het geweer van Amadou, die het met tegenzin afstaat. De achterblijver wordt omhelsd alsof het afscheid voor eeuwig is. De mannen die vooruitsnellen, zijn opgewonden als matrozen die aan land gaan. Af en toe werpen ze een blik over hun schouder, om te zien waar 'de vrouwen' (plus Tin) blijven. Ze mogen niet te ver achteropraken, het is belangrijk dat de groep bijeen blijft, heeft Jean-Luc gezegd. Niemand mag afgezonderd raken.

Tin lijkt het allemaal wat overdreven, dit machtsvertoon, maar het zal wel ergens goed voor zijn, houdt hij zich voor. Hij beseft dat hij lijdt aan de denkfout van onzekere mensen, die ervan uitgaan dat anderen wél weten wat ze doen en daarom liever op anderen vertrouwen dan op zichzelf.

Het is verder dan hij had gehoopt. Er is gekozen voor een sluiproute door het hoge struikgewas, waar ze minder kans lopen snel te worden opgemerkt. Niemand had hun vooraf verteld dat het bezoek aan de witte neger geváárlijk zou kunnen zijn. Vic denkt dat de voorzichtigheid die in acht wordt genomen, te maken heeft met de duistere krachten die hier in het binnenland aan albino's worden toegekend. Tin weet niet hoe hij zich dat moet voorstellen. Alsof zij eropuit zijn de zwarten te beroven van hun witte afgodje. Tin kan zich niet indenken dat mensen, ook Afrikanen niet, serieus in zulke onzin geloven. Regendansen, rare vereringen, voodoo en dergelijke zijn in zijn ogen enkel toeristische attracties om westerlingen een plezier te doen. Heel dit Afrika waarin ze nu al dagenlang rondtoeren komt hem voor als een decor. Dat uitgestrekte landschap, die droogte en stoffigheid overal, waar zij doorheen stuiven. Zelfs de hitte is overdreven. Het is dat hij er is, anders zou hij het niet kunnen geloven. Voor Vic is het anders. Zij voelt geen afstand. Voor haar is de werkelijkheid heel simpel iets wat je aan kunt raken. Zij is waar zij is. En waar ze is, is alles zoals het is. Hij benijdt haar om die ongecompliceerde onmiddellijkheid, die hij nooit heeft gekend dan wel gaandeweg is kwijtgeraakt, waardoor zijn aanwezigheid geen antwoord meer is maar een vraag.

Hij loopt achter degene aan die voor hem loopt, probeert niet aan de hitte te denken of aan zijn dorst. De zon brandt zo heftig dat het pijn doet aan het gezicht en de handen: de onbedekte huid. Opletten doet hij niet. Hij zou niet weten op wie of op wat.

Ineens zijn ze in het dorp terechtgekomen. Zegt Jean-Luc. Overal schieten kippen voor hun voeten weg. Ze lijken wel *The Magnificent Seven*, op zoek naar gerechtigheid. Jean-Luc met zijn geweer voorop en drie ingehuurde Afrikanen (Amadou, Papa Boubou en een van de andere twee) uit de straten van Charleville er als adjudanten achteraan. Daarachter Tin en de beide vrouwen, samen en toch alleen. Een hele delegatie is het, waar Tin zich een beetje voor geneert. Een enkele dorpeling die zich laat zien, gaapt hen debielig aan. Pas als ze voorbij zijn, komen er telkens kinderen tevoorschijn. Ze volgen hen voorzichtig en op veilige afstand. Een hele sliert is het. Als de blanken zich omdraaien, duiken ze weg. Een albino zit er niet tussen.

Vic probeert iets van haar goede werken te ontwaren in deze achterlijke negorij, waar het stinkt naar geitenpis en kamelenstront. Van de 'rijkdom' en 'vruchtbaarheid' die ze zo graag in het landschap had willen lezen, is hier weinig terug te vinden. Het geld dat al jarenlang braaf is overgemaakt naar de Foster Parents-organisatie moet toch ergens zijn terechtgekomen? Een wit geverfd schooltje, een huisartsenpost, iets van westerse beschaving moet hier toch te ontdekken zijn? Maar het enige wat ze ziet, zijn voorhistorische lemen hutten met palmtakkendaken, geiten, kippen en een paar kamelen in hun eigen stront, alles nog precies zo als God het een paar duizend jaar geleden onverrichter zake heeft achtergelaten.

En vliegen, die zijn er ook, vieze kriebelaars die op hun lippen, hun neus, hun oogleden, hun bezwete huid proberen neer te strijken. Iedereen maait met z'n armen in het rond, maar dat haalt niets uit.

'It's a sign of the fertility and the relative richness over here,' legt Jean-Luc uit. 'Where is *abondance* of food, there is *abondance* of shit. And where there is shit, there are flies.'

Tin is bang voor ziektes die aan die strontpootjes kleven, maar niemand lijkt zich druk te maken over besmettingsgevaar.

Ze komen nu in een soort hoofdstraat, tenminste aan de twee vervallen stenen gebouwtjes te oordelen. Op het ene valt nog vaag de schaduw van ÉCOLE te ontwaren, op het andere doen de laatste sierletters van HÔT L DE V LLE hun best de vergetelheid te ontlopen. Jean-Luc wijst, alsof ze de bronnen van de Nijl hebben gevonden. Beschaving! Hij ziet er ineens idioot uit, met dat geweer van hem. Tin denkt: van al dat geld dat Vics school heeft gestuurd, hadden ze die vervallen meuk best een likje verf mogen geven.

Vic loopt hoopvol naar wat het schooltje moet zijn, met in gedachten stralende kinderen die zingend de hoofdsteden van de wereld opzeggen. De ruiten zijn uit de sponningen geslagen, binnen is alles kapot en vuil. Het meurt er naar pis en kadavers en mensenstront. Vliegen bespringen haar, zodra ze haar hoofd naar binnen steekt, bezoedelen ze haar met hun gore pootjes. Ze gilt. Niet van schrik, maar omdat ze zo gauw niets anders weet om uit te drukken dat ze hier niet meer wil zijn.

'They seem to use the school as their shithouse.' Jean-Luc vindt het wel amusant. 'Africa is full of miracles.'

Vic vraagt zich af of dit wel het juiste dorp is. Het lijkt in niets op wat ze wil zien. Het klopt niet met de brieven die ze heeft gekregen. Of is er misschien nog een andere school in dit dorp? Tin zou haar willen helpen, maar hij weet niet hoe. Hij heeft dit altijd al geweten. De wereld is helaas wat wij ons ervan voorstellen. Het komt hem daarom voor dat hij haar droom van schone negerkinderen die in een wit schoolgebouwtje zingen van levensvreugde heeft verpletterd onder zijn eigen zwartgallige realiteitsbesef. Alsof hij met zijn ontluisterende gedachten de schuld draagt van haar ontgoocheling. Hij zou haar haar blije vooruitzicht willen teruggeven, maar hij zou niet weten hoe. Optimisme is niet zijn sterke kant. Het enige wat hij op dit moment kan denken, is: lieverd, we hebben Nikki toch, is dat niet genoeg? En meteen mist hij zijn dochter en enig kind, en vervloekt hij deze stinkend hete strontvliegentroep. Hij haat de stompzinnige armoede die eruit spreekt. Hij haat ook de wens van Vic om zich hiermee in te laten. Het is vragen om moeilijkheden. Et voilà. Jarenlang geld geïnvesteerd in een openbare schijtplaats. Stank voor dank. Het hele eind hierheen gekomen om deze vuiligheid te zien – en te ruiken.

Jean-Luc legt haar uit dat ze zich waarschijnlijk heeft laten beetnemen.

'Mais ses lettres...?' Vic kan er niet over uit dat het beeld dat zij zich van haar Salif, de uitverkoren witte neger, heeft gevormd, alleen in haar hoofd bestaat.

Niemand kan haar antwoord geven. Tin slaat een arm om haar heen. Meteen voelt hij het zweet door de mouw van zijn overhemd heen sijpelen. Of is het haar zweet? Niet te zeggen. Met zijn vrije hand wappert hij de vliegen weg bij haar gezicht, wat haar irriteert. Ze rukt zich los.

'Il faut chercher Salif. We have to find him. Tin, zeg jij ook eens iets.'

Maar lieve Vic, hij bestáát niet: hij krijgt de woorden niet over zijn lippen. 'Maybe he's somewhere else,' mompelt hij tegen Jean-Luc, in een poging haar woorden nog wat extra kracht mee te geven. 'Somewhere else': het is de ultieme remedie van alle geloven waar ook ter wereld, dus wie weet komt het ook hier te pas.

'Il me paraît que les escrocs l'ont inventé.' Jean-Luc poneert zijn conclusie zonder haar aan te kijken.

Ze staart hem verwilderd aan.

Hij denkt dat ze hem niet goed heeft verstaan. 'I'm afraid, my dear,' vertaalt hij, 'that the crooks have made him up for you.' En nu kijkt hij haar wel aan, alsof hij voorzichtig de schade wil opnemen.

'Bullshit. Why would they do that? I've known him for years.' Ze is het hele eind hiernaartoe gekomen om hem te helpen, ze gaat hem nu echt niet zomaar opgeven. 'And furthermore, who are "they"? I have letters to prove that Salif really exists.'

Jean-Luc schudt zijn hoofd in onbegrip. Begrijpen deze toeristen dan helemaal niets? De Fransman kijkt Papa Boubou en Amadou vragend aan.

Tin ziet het. 'Vic, we zijn erin geluisd, snap dat dan. Laten we deze ellende gewoon onder ogen zien en rustig terugrijden naar de kust. Misschien kunnen we in Charleville nog iets leuks gaan doen voordat we terugvliegen.' Naar huis, naar huis! jubelt het in hem. Eindelijk! Maar hij beseft dat hij zijn opluchting voor Vic nog even verborgen moet houden. 'Ik begrijp dat het moeilijk voor je is...'

'Moeilijk voor mij? Waar heb je het over? Ik vind het helemaal niet moeilijk, ik ga gewoon verder zoeken. Venez.'

'Où va-t-elle?' Iedereen kijkt Tin vragend aan.

'She goes back to the cars.' Hij neemt gelaten de rol van

explicateur op zich. ‘She wants to continue our search for the boy.’

‘But where do we have to search this non-existing boy?’

Tin ergert zich aan het sarcasme in Jean-Lucs stem. Die arrogante zak heeft het recht niet om Vic te bespotten, hoe bespottelijk ze momenteel ook is.

∞

Het moet zijn dat ze niet hebben opgelet, want ineens blijken ze omringd door folkloristische krijgers, sommige zelfs met speer. Zeker een man of tien, vijftien. Het biedt een wonderlijke aanblik, iets uit een boek of een film. Een toeristisch tafereel om hun ‘het verdwenen Afrika’ te laten zien, zo komt het hem voor. Maar aan de reactie van de anderen merkt hij dat hij zich vergist.

En meteen boezemt het primitieve vertoon hem angst in. Ze zijn niet als wij. Hij wordt misselijk van angst om zoveel onverklaarbaarheid en onredelijkheid. Hij wil nog gauw achter Vic aanrennen, maar het is al te laat. Vic is op haar eentje vooruit naar de auto’s. Ze zijn ingesloten: Jean-Luc, Solange en hij. En de drie helpers natuurlijk. Ze komen er niet meer doorheen, ze wagen het er althans niet op. Liever wachten ze tot het voorbij is.

Tin wil tegen beter weten in dat het vertoon nog steeds iets toeristisch is om hun wat geld uit de zak te kloppen. De inboorlingen zien er indrukwekkend uit in hun kleurige uitdossingen, met hun speren en hun trommels. Hij kijkt opzij naar Jean-Luc, die dit vast en zeker nog van vroeger kent. Maar de Fransman kijkt bepaald niet opgetogen. Voor de zekerheid heeft hij Solange tegen zich aan getrokken en met zijn vrije hand omklemt hij het geweer. Ook Amadou, Papa Boubou en die andere die ze uit Charleville hebben meegenomen, staan er bedrukt en defensief bij. Het kan zijn dat het hele vertoon niets met hen heeft uit te staan, dat zij hier toevallig lopen op het moment dat dit gedoe wordt uitgevoerd, voor een of andere feestdag of heiligendag of de afsmeking van regen of gewoon omdat ze er zin in hebben. Maar het kan evengoed zijn dat zij straks met grote kapmessen in bloederige mootjes worden gehakt. Wie zal het zeggen? Ook Jean-Luc weet niet wat het gaat worden. Weg is zijn grote bek. En dat is misschien nog het meest onrustbarende: dat niemand snapt wat hier gebeurt. Het liefst zou hij snel langs die feestelijke vechtnegers wegglippen, Vic achterna. Maar daarvoor is hun uitdossing net iets te agressief, met die manshoge speren.

Er begint een eindeloos wachten, als gedwongen toeschouwers bij een onbegrijpelijke dreiging.

Hoe langer ze stilstaan, des te onbarmhartiger voelen ze de zon op zich inwerken. De leren band van die idiote tropenhelm plakt aan zijn voorhoofd, zijn haar is nat van het zweet. Zijn lippen zijn droog en hard. Hij is zo duizelig dat hij bang is dat hij zal omvallen. Hij denkt aan Vic en waar zij nu zou zijn. Op hen staan te wachten bij de auto's, hoopt hij. In haar eentje, met die ene helper die daar voor de bewaking is achtergebleven. Het voelt niet goed dat hij haar aan haar lot heeft overgelaten. Haar afwezigheid opent een gapend gat in zijn duistere ingewand. Niet weer, bidt hij. Laat mij niet alleen. O God, niet nog een keer.

Twee mannen treden naar voren. Ze dragen geen wapens, strekken hun armen uit. Het is niet duidelijk of ze iets aanbieden of iets eisen. De trommels roffelen woedend hun woordloze taal.

Jean-Luc kijkt Tin aan, lacht zenuwachtig. Moet hij ze een lesje leren of kan hij zich beter onderwerpen aan deze folklore? Tin hoopt vurig dat hij zich beheerst. Wat maakt het uit? Laat ze toch. De koloniale periode is voorbij, Jean-Luc, de mensen hier mogen nu doen wat ze willen. Onze bagage jatten, ja, ons bedreigen, maar dat zegt hij niet. Als je ze kwaad maakt, zijn we helemaal ver van huis. Laat ze nou, dan kunnen we zo meteen weer verder. Naar Vic. Naar huis, naar Nikki.

De twee mannen hebben het op Jean-Lucs geweer voorzien. Dat moet hij bij hen inleveren, gebaren ze.

Jean-Luc piekert er niet over. Hij houdt het wapen tegen zijn borst om te laten zien dat het van hem is.

Ineens zwijgen de trommels. Er treedt een stilte in die misschien nog onheilspellender is dan het kabaal van daarnet. Er is alleen het slijpgeruis van de cicaden.

Geef dat geweer nou maar, haal de patronen eruit en laat ze er lekker mee spelen, Jean-Luc, jongen, toe, ga nu niet moeilijk doen. Tin snapt niet waar die eikel mee bezig is. Solange heeft zich van hem losgemaakt en is stilletjes opzij gestapt. Als hij gaat, gaat hij maar alleen. Zij zal hem niet redden.

Het is Papa Boubou die het woord neemt. Veel vreemde klanken. Meteen begint iedereen door elkaar te schreeuwen. Triomf der onverstaanbaarheid. In het gedrang dat ontstaat wordt Jean-Luc omvergeduwd. Solange begint te gillen. Tin weet niets beters dan ervandoor te gaan. Zijn mond is droog, zijn keel zit dicht, slikken lukt niet meer. Hij loopt al, als het geen rennen is. In de hitte is het bijna niet te doen, maar het moet. Terug naar waar ze de auto's hebben achtergelaten en waar Vic hopelijk ook is. Het is een laffe vlucht, waar hij geen goed gevoel over heeft. Maar ja, het vege lijf. Hij hoort Solange nog steeds gillen, boven de Afrikaanse drukte uit. Weg hier, wegwezen. Hij houdt zich voor dat hij in zekere zin hulp aan het halen is. Wat kan hij anders? Als hij blijft, helpt hij niemand. Iemand moet toch ontsnappen om anderen te kunnen waarschuwen wat er aan de hand is? Hij gelooft zijn eigen leugen al. Niemand komt hem achterna. Of toch. Hij durft niet om te kijken. Als hij kijkt, wordt hij medeplichtig. Dan kan het niet meer ongedaan worden gemaakt.

'Monsieur! Attendez, s'il vous plaît.' Het is Amadou, die hem achterna is gerend, soepel als een atleet. Zouden de anderen ook...? Nee, de jongen is de enige.

Eerst denkt hij dat de jongen hem terug wil sturen. Hij probeert hem daarom uit te leggen dat hij hulp aan het halen is, twijfelt of hij daarvoor 'aide' of 'secours' moet gebruiken. Maar praten gaat niet, zijn tong en keel zijn zo droog dat ze aanvoelen als brokken die hij niet krijgt doorgeslikt. Hij gebaart dat hij haast heeft.

Amadou trekt hem mee. Hij heeft nog meer haast dan hij, meer kracht ook. Tins benen zijn moe en zwaar, de hitte dik en traag. De wonderbaarlijke jongen sleurt hem mee langs de armoedige hutten, de kippen, de stront, de geiten. Dezelfde vuiligheid als net. Vliegen duiken telkens in zoemende zwermen op hem, hij voelt het niet, wil het niet voelen. Hij jaagt ze niet weg. Nu pas merkt Tin hoe bang hij is. Waarvoor weet hij niet eens. Voor alles waar hij geen woorden voor heeft. Voor geweld dat van hem, van Vic, van hen allemaal een ding maakt, waarmee gespeeld mag worden. Hij is panisch bezorgd om Vic, die van niks weet en die nu misschien door het dorp dwaalt om haar niet-bestaande Salif te redden. Fixeren wil hij haar met zijn gedachten, bezweren dat zij bij de auto's moet blijven, beschermd door de achtergebleven helper wiens naam hij niet kent.

Hij weet dat hij zich zorgen hoort te maken over Jean-Luc en Solange en ook over Papa Boubou en die andere. Maar hij voelt niets. Het enige wat hij kan denken is: Vic, laat me niet in de steek, zorg dat je er bent.

∞

Vic is niet op de plek waar ze zou moeten zijn. De man die bij de auto's is gebleven, heeft haar niet gezien, zegt hij. 'Personne n'a été ici, Monsieur. Je n'ai vu personne, Monsieur.'

En hoe nadrukkelijker hij haar aanwezigheid ontkent, des te leger wordt de plek.

Tin heeft zin om de man aan te vliegen, hem tot de orde te roepen, ook al is hij fysiek niet tegen hem opgewassen. Het kan niet wat hij zegt, hij moet daarmee ophouden. De hele situatie is onaanvaardbaar geworden, hij wil dat het nu ophoudt en weer normaal wordt. Vic is deze kant op gelopen, dat heeft iedereen kunnen zien. Ze hoort hier te zijn, dat kan niet anders. Misschien heeft die neger liggen dutten. Even weggedommeld in de traagmakende hitte, dat kan toch?

'Est-ce que vous avez dormi un peu?' Zeg op, geef toe. Hij merkt dat hij hem zou willen schoppen, zo onuitstaanbaar langzaam is die vent.

'Dormi, Monsieur? Moi? Mais non, Monsieur. J'ai gardé les voitures, comme on m'a dit, Monsieur.'

Amadou trekt hem voorzichtig aan zijn mouw. Dit heeft geen zin. Ze moeten haar ergens anders gaan zoeken, niet hier.

Het getrek aan zijn kleren irriteert hem. Tot hem te binnen schiet dat Vic helemaal niet terug naar de auto's is gegaan. Hij kijkt de jongen recht in zijn grote glanzende zwarte ogen. Dat was wat hij zélf wilde, híj wilde terug. Zij niet, zij ging de albino zoeken, dat was wat ze riep, nu weet hij het weer. Haar Salif, haar schatje. Wat bezielt haar? Erger nog: wat heeft ze zich op de hals gehaald?

Amadou kijkt hem aan met een wijsheid die hem ontgaat. Wat nu? Maar de jongen spreekt al met zijn handen, zijn voeten, zijn hele lichaam.

Tin weet niet anders te doen dan te gehoorzamen. Hij gaat achter in de Peugeot zitten, als een passagier die instapt voor een taxiritje. Amadou slaat het portier achter hem dicht en springt achter het stuur. Even later wolkt het rode stof hoog op en rijden ze in de richting van het dorp waaruit ze zo-even hard zijn weggerend.

Wat gebeurt er, wat zijn we aan het doen? Hij doet zijn best om niet gek te worden. Door het stof heen probeert hij iets te zien. Het zou kunnen zijn dat ze Vic gewoon even aan het oppikken zijn. Waarom niet? Het is niet uitgesloten dat ze ergens in dit primitieve negerdorp op de taxi staat te wachten, toch? Joehoe, ik sta hier. Hè hè, zijn jullie daar eindelijk. Hij hapt naar adem, want hij stikt bijna van de zenuwen. Amadou roept in zijn opwinding allerlei dingen die hij niet verstaat. Tin weet echter niets anders te verzinnen dan op hem te vertrouwen. Een andere mogelijkheid is er niet.

Tegelijk krijgt hij achter in de auto zo langzamerhand de gewaarwording dat het hem niet meer aangaat. Het gebeurt allemaal buiten hem om. Hij is de passagier, de toeschouwer. Het spektakel, dat zijn de anderen. Toch is het zijn vrouw, zijn leven dat hier op het spel staat. Het is waar, waarschijnlijk, hij kan het alleen niet geloven. Hij blijft uitgaan van de normale situatie, en daar komt dit allemaal niet in voor.

Er wordt hard op het dak geslagen als ze voorbijrijden. Door het opstuivende stof kan hij niet zien wie het zijn. Of zijn het stenen die naar hen worden gegooid? Wat hebben ze hier ook te zoeken? 'Qu'est-ce qu'on fait?' roept hij. Hij hoort dat zijn stem schel en paniekerig klinkt. Maar ook dat gebeurt buiten hem om. Iets of iemand heeft zijn lichaam overgenomen, zelf is hij er niet meer bij. Zelf is hij in gedachten bij Vic. Ze moeten naar huis, Vic en hij, terug naar Nikki. Dat is wat telt. Dus Vic, kom maar gauw, dan kunnen we gaan. Laat die albino toch zitten, die hoort niet bij ons, hij bestaat niet eens, alleen in jouw hoofd. En op de bankrekening van het plaatselijke stamhoofd, daar wordt hij maandelijks bijgeschreven met twee of drie nullen achter zijn naam. Het is nu genoeg, echt, je hebt je best gedaan, nu moeten we gaan, naar huis, waar het echte leven op ons wacht. Het kan niet anders dan dat ze straks plotseling voor hem staat. O, was je daar. Kom, stap maar gauw in, we zijn al aan de late kant.

En weer die bonken op het dak, op de motorkap. Vuisten, stenen.

'Il est devenu trop dangereux ici, Monsieur. Il faut retourner aux autres.'

Oké, rijd maar terug dan, denkt hij mat. Misschien is ze daar. Hier is ze in elk geval niet, hier zijn ze allemaal gek geworden.

∞

Als ze terugkomen, is de andere auto weg. Zijn eerste gedachte is: de verraders, ze hebben ons in de steek gelaten. Meteen beseft hij dat hij degene geweest is die de anderen heeft laten stikken. Maar Vic dan? Het is onwaarschijnlijk dat ze Vic bij zich hebben. De klootzakken. Zonder Vic vertrokken. En nu, wat nu? Hij kijkt naar Amadou, die zijn blik ontwijkt. Ze kunnen moeilijk weer het dorp binnendringen waar ze zo ruw uit zijn verjaagd. Nu komt het erop aan, hij voelt het, nu is het moment aangebroken dat hij moet tonen wat hij waard is. Niemand kan hem helpen want er is niemand, hij is helemaal alleen, verdwaald in een wereld waar hij nooit is geweest, en als hij nu niets verzint, is zijn leven compleet waardeloos geworden, dat weet hij. Hij weet het zonder woorden, hij voelt het in zijn vermoeide, bezwete lichaam, hij móét handelen. Niets doen is uitgesloten.

Amadou wil dat ze de anderen achternagaan, in westelijke richting, weg van hier, terug naar Charleville. Ze kunnen het hier niet alleen af, ze zullen hulp moeten halen. C'est dommage, maar er zal heus een oplossing worden verzonnen voor Madame. Door wie en wanneer, dat is hem nog niet bekend. 'Je suis désolé, Monsieur. Il faut fuir, Monsieur. C'est devenu trop dangereux ici.'

Gevaarlijk, hoezo gevaarlijk? Ineens heeft hij erg veel zin om het met Amadou oneens te zijn. Hij heeft zin om het met iedereen oneens te zijn. Die paar klappen op de carrosserie, moeten ze daarvan schrikken? 'Ces coups sur la carrosserie?' hoont hij. 'Ce n'est qu'un jeu.' Dat is toch alleen het spel van een stel kwajongens die zich vervelen. 'Pas une chose grave.'

Amadou kijkt hem in de spiegel ongelovig aan. Wordt hij in de maling genomen of heeft de blanke een zonnesteek opgelopen? Tin is in de commotie zijn tropenhelm kwijtgeraakt en zit nu met een roodverbrand, natgezweet hoofd te raaskallen op de achterbank. Wat moet de jongen daarvan denken? Zo zitten ze samen in de Peugeot, zonder te weten wat te doen.

Dit is mijn beslissende moment, raast het door Tins hoofd, en ik weet niet wat ik moet doen. Dit kan niet. Niet weer, in godsnaam niet weer.

Hoe langer de auto stilstaat, des te heter het binnen in de coupé wordt, het is bijna niet uit te houden. En hoe langer ze met hun bezwete ruggen en benen zitten te koken op de kunstleren bekleding, des te aannemelijker het wordt dat Vic wellicht toch met Jean-Luc en de anderen mee is. Het lijkt in elk geval waarschijnlijker dan dat zij in haar eentje tussen die wildemannen in het dorp is achtergebleven.

Het is gek hoe Vic steeds meer een gedachte aan het worden is.

Amadou wil hier weg, hij geeft gas en hult hen beiden in een wolk die hen gelijk de Griekse godheid terug naar Ithaka zal voeren. Tin voelt het onherroepelijke tot in zijn maag en lager, in zijn darmen. Het is niet goed, hij weet het, maar hij weet niet wat wél goed is. Vic, wat doe je me aan? En hij kan het niet helpen, hij voelt een gigantische woede opkomen om haar onvoorzichtigheid, haar gedweep met die verzonnen albino, en sowieso haar heilloze plan om naar Afrika te vliegen. Hij haat haar onnozelheid. Het is jammer dat ze er niet is, anders had hij haar de waarheid kunnen zeggen. Hij kan wel janken van woede. Maar diep vanbinnen weet hij dat het zijn eigen schuld is. Hij heeft haar laten lopen, hij is niet met haar meegegaan toen dat nog kon. Waarom? Waarom in godsnaam is hij daar blijven staan? In gedachten ziet hij haar weglopen, het beeld uit, zijn leven uit. Hij zou nu, op de achterbank, het idee kunnen hebben dat ze met hoge snelheid proberen haar in te halen, maar hij weet dat hij zich in werkelijkheid uit de voeten maakt. Op de vlucht voor zijn eigen noodlot. Onzichtbaar – maar niet voor de goden – in zijn wolk van stof.

∞

Het kan zijn dat iedereen zich vergist heeft en de albino toch bestaat. Dan heeft Vic hem nu gevonden en zit ze in zijn lemen hut zijn schoolvorderingen met hem te bespreken. Waarschijnlijk is het niet, maar het is mogelijk. En omdat het mogelijk is, heeft hij zin om het te denken. Het stelt hem gerust haar in dit positieve beeld voor zich te zien. Op deze manier durft hij haar tenminste achter te laten. Veilig opgeborgen in een plooi van de tijd, net als hij. De tijd die je denkt, kan niet op klokken worden weggetikt. Wie denkt, staat stil. Die laat de wereld even lopen. Men is er even niet. En zolang men er niet is, kan er niets gebeuren.

∞

In de verte zien ze de andere Peugeot. Door de luchtspiegeling weten ze het eerst niet zeker. Maar het is hem echt. Amadou gilt het uit van vreugde. Het duurt een moment eer het tot Tin doordringt dat ze de anderen nodig hebben: vanwege de jerrycans met extra benzine. En de anderen hen – vanwege het water. Zonder elkaar zijn ze verloren. En hij wist van niks. Hij liep op een koord over een ravijn en hij wist het niet. Hij schrikt van zijn eigen onwetendheid en neemt zich voor nu echt op te gaan letten. Vic, ik beloof het je. Nog steeds koestert hij dat vredige beeld van Vic die in kleermakerszit tegenover de dankbare Salif is gezeten, een vroom prentje dat hem moet verzoenen met zijn passiviteit in deze panische situatie waarin elke seconde telt.

Het zijn de anderen die de radeloosheid bij hem terugbrengen, zo druk als ze door elkaar staan te praten, te schreeuwen. Hij verstaat er niets van, van hun alarm. Ze schudden hem door elkaar, trekken aan hem. Martin. Martin, wees gerust. We gaan je helpen, ze komt terug, echt waar, we laten jullie niet in de steek, jou niet en Vic zeker ook niet. We zullen haar vinden, je kunt op ons rekenen. Het is door hen dat hij geen genoegen meer durft te nemen met de situatie zoals die is en ervan overtuigd raakt dat er 'iets moet gebeuren'. Er zwelt bij hem een daadkracht op die alleen nog maar een daad nodig heeft om tot uitbarsting te komen.

Jean-Luc is hem voor. Hij zegt dat ze terug moeten om Vic te bevrijden. Hoe? Dat zien we daar wel. 'Don't worry. Inside the car we will be safe.' De benzine, de proviand, het water, de tent, alles moet worden uitgeladen, niets mag in vijandelijke handen vallen. Een van de mannen blijft bij Solange wachten tot ze terug zijn. Ze gaan met de stationcar: hij, Tin, Papa Boubou, Amadou en de andere Afrikaan.

Het gaat zo snel dat Tin geen tijd heeft om zich zorgen te maken. Wat hij eerst hield voor paniek, lijkt nu meer op opwinding. Er heerst in de auto het opgefokte sfeertje van mannen die gezamenlijk iets gaan doen wat ze apart niet durven.

Eindelijk, er gaat iets gebeuren. Dankzij mij, denkt Tin. Hij ziet zijn dadendrang als sturende kracht. Ze hebben Jean-Luc en de anderen opgehaald en nu gaan ze eropaf. In zijn hoofd begint zijn reddingsplan steeds meer samenhang te vertonen. Jean-Luc omhelst Solange, die bezorgd kijkt zoals het een vrouw betaamt. Allez, let's go. In hun gedachten zijn ze al weg. Actie!

∞

Als ze in het dorp terugkeren, is het helemaal verlaten. Voor hun veiligheid hebben ze de raampjes dichtgedraaid. Alleen Jean-Luc, op de bijrijdersstoel, heeft het zijne opengelaten om zijn geweer naar buiten te kunnen steken. Zo rijden ze stapvoets tussen de hutten door, als jagers loerend op de minste of geringste beweging. *Dit is niet waar,* denkt Tin, *dit gebeurt niet.*

Ergens in deze hutten zou Vic moeten zijn, dat is het idee. Hier ergens wordt zij vastgehouden, zegt Jean-Luc. Maar waarom, waarom in godsnaam? Het kan evengoed zijn dat ze is weggelopen, dat ze buiten het dorp ronddwaalt, op zoek naar de auto's. Wie zegt dat het niet zo is? Jean-Luc is er echter van overtuigd dat ze haar hebben gekidnapt en nu uit zijn op geld. Hij wekt de indruk dat hij dit soort dingen vaker heeft meegemaakt, zodat Tin hem niet durft tegen te spreken.

Met tegenzin schikt hij zich naar Jean-Luc en diens zelfverzekerde houding, die wordt geaccentueerd door dat geweer dat nonchalant uit het open raam steekt en telkens opwipt wanneer ze door een kuil rijden. Zijn eigen dadendrang van daarnet is compleet vervluchtigd. Hij is speelbal van de gebeurtenissen. Hij zit op de achterbank, hevig zwetend tussen Papa Boubou en de andere Afrikaan in. Zijn kleren zijn doorweekt. Het beste zou zijn dat Vic aanstonds uit een van deze hutten tevoorschijn komt, met dat verbaasde, onderdrukt geërgerde gezicht dat hij zo goed van haar kent: waar blééf je nou? Als Jean-Luc zeker weet dat ze hier verborgen wordt gehouden, dan kan het beter ook zo zijn. Dan moet hij maar zorgen dat ze gauw tevoorschijn komt.

Hoe langer het duurt, des te onwaarschijnlijker het wordt. Er moet nu iets gedaan worden, vindt ook Jean-Luc. Hij sommeert Amadou halt te houden, maar ook hij durft niet uit te stappen, bang dat de dorpelingen vanuit een hinderlaag op hen zitten te wachten. Vanuit de auto, door het open raam, spreekt hij hen toe. 'Il y a quelqu'un? Nous voulons parler.'

De taal is autoritair, maar er is al iets smekends in zijn stem geslopen, merkt Tin. Zeker wanneer hij zijn aanbod in het lege middaglicht op goed geluk herhaalt.

In de stilstaande auto zitten ze langzaam te stikken van de hitte. Het enige geluid wordt geproduceerd door de stationair draaiende motor en het trillen van het dashboard. Hoewel niemand weet wat nu te doen, wordt het onvermijdelijk dat er iets in beweging wordt gezet. Het zijn hun lichamen die nu spreken, die zelf de knoop gaan doorhakken. Tin voelt de spanning van de Afrikanen tussen wie hij ingeklemd zit door hem heen trillen. Alsof ze eropuit zijn om samen één gemeenschappelijk lichaam te vormen.

Overlegd wordt er niet, hoe hoopvol hij ook naar Jean-Luc kijkt. Iedereen weet blijkbaar wat hem te doen staat. Alleen hij is erbuiten gehouden. Jean-Luc ontgrendelt zijn geweer. Tin hoort althans een klik. Nu gaat het gebeuren, hij weet het zeker. Hij voelt in zijn hoofd, in zijn maag dat de duizelingwekkende tuimeling al is ingezet. Angst is het ongetwijfeld, doodgewone doodsangst – maar daarachter gloort de verlossing. Hoopt hij. Eerst durven vallen, dan komt het zweven vanzelf.

Het is Jean-Luc die als eerste de auto uit durft te gaan. Hij is de leider, hij geeft het signaal. Nu ziet Tin pas hoe jong en lenig hij is. Geen man en geen vader. Een jongen nog. Zijn hardheid is een gewoonte, een persoonlijke stijl. Voor hem is dit een spannend verzetje. Hij beseft vast niet dat het voor de medetoerist die hij te hulp schiet, diens léven is dat op het spel wordt gezet: het lot van zijn huwelijk, zijn familie, zijn kind. Soepel als een soldaat tijgert Jean-Luc achter de auto langs. Kennelijk heeft hij de dichtstbijzijnde hut op de korrel. Tin ziet hem niet meer, maar Amadou volgt hem via de buitenspiegel en doet nogal gewichtig verslag. 'Maintenant le chef est situé en arrière.' Het is duidelijk dat hij indruk probeert te maken op Tin.

De hele situatie komt Tin belachelijk voor. Hij weet zeker dat het mogelijk moet zijn om met de dorpelingen te praten. Waarom zouden ze Vic iets willen aandoen? Hij moet denken aan hun aankomst op het vliegveld van Charleville. Ook daar ging het alleen om geld. Om spullen en om geld. Het enige verschil is dat er nu niemand is om mee te onderhandelen. Dat is lastig, dat geeft hij toe. En bovendien: die spullen heeft hij nooit teruggekregen.

Buiten klinkt een schreeuw. Tin weet niet wat hem overkomt. In de auto beginnen ze ook te schreeuwen, de drie Afrikanen, het doet pijn aan zijn oren. Het duurt even eer hij doorheeft dat hij zelf net zo hard meeschreeuwt. Hij schrikt ervan. Het is een geluid dat hij niet van zichzelf kent. Dan pas ziet hij dat Jean-Luc naar de hut is gelopen en met het geweer naar binnen richt. Dit kan toch niet waar zijn? Ze zijn met vakantie, niet op een militaire expeditie. Wat is dit voor een vertoning? Vic is misschien binnen. Is hij soms gek geworden? Dit kan echt niet. Voor hij het weet, is hij uit de auto gesprongen.

'Jean-Luc, godverdomme, stop it!' Of hoe heet het? 'Arrêtez!' Ja, dat is het. 'Jean-Luc, arrêtez!'

Jean-Luc hoort hem al niet meer. Hij gaat helemaal op in zijn missie. Hij schreeuwt, maar niet naar Tin, hij hoopt dat er iemand uit de hut tevoorschijn komt, hij kijkt niet eens om. Tin staat daar maar, achter hem, en weet niet meer wat hij zal doen. Hij veegt vliegen uit zijn gezicht, zweet van zijn voorhoofd, maar het helpt niet. Papa Boubou en de andere Afrikaan zijn nu ook uit de auto gestapt. Jean-Luc knikt in de richting van de auto. Een speciaal teken, zo lijkt het. Wat gebeurt hier, welke regie wordt hier gevolgd? En waarom weet ik van niks? In Tin leeft nog steeds de overtuiging dat met redelijkheid alles kan worden opgelost. Hij merkt de opwinding bij de anderen, hun ogen zien al niet meer, hun oren horen al niet meer.

'Attendez. Ecoutez. Jean-Luc. Please.'

De Afrikanen hebben een jerrycan benzine uit de achterbak gehaald en sjouwen die naar Jean-Luc.

Er is iets desastreus en fataals in werking gezet, beseft

Tin. Hij is nu banger voor de eigen mensen dan voor de xenofobe dorpelingen. Zonder te weten waarom rent hij naar de hut toe. Gegil van vrouwen. Vic? Door het withete zonlicht wordt hij verblind en kan hij niet naar binnen kijken. Maar er komt ook niemand tevoorschijn om hem aan te vallen. Het duurt even voor hij begrijpt dat zich binnen alleen vrouwen en kinderen en een enkel oudje schuilhouden. Als er mannen waren geweest, hadden ze zich allang aangediend. De mannen zijn er niet, die zijn op zoek naar hen, de indringers. Er zijn alleen weerlozen in het dorp achtergebleven die zich hebben verstopt voor de blanke man met het geweer. Waar is Vic? Waar is Vic verdomme?

'Où sont les hommes?' Jean-Luc veegt snel met één hand zweet en vliegen uit zijn gezicht en richt zijn geweer op het zwarte gat van de hutopening.

Tin ziet dat hij trilt. Niet dat het hem oplucht. Gek genoeg maakt deze geopenbaarde onzekerheid hem juist banger. Jean-Luc weet niet wat hij doet.

'Jean-Luc. Please. Don't.'

De Fransman kijkt hem een beetje slaperig aan, alsof hij niet helemaal wakker is en niet weet wie tegen hem spreekt.

'Ne faites pas ça. Jean-Luc? S'il vous plaît?' Het komt er smekender uit dan zijn bedoeling is.

Weer kijkt Jean-Luc hem verstrooid aan, alsof zijn gezicht hem vaag bekend voorkomt. 'I'm trying to help you, can't you see? The crooks have kidnapped your wife. I'm trying to get her free, you *imbécile*. You better go out of my way.'

Tin heeft de indruk naar een vreemde te kijken, een onberekenbare idioot bij wie hij maar beter uit de buurt kan blijven. Wat is er met deze man gebeurd? Was Vic er maar, dan konden ze dit hier achter zich laten. Amadou zoekt vragend zijn blik met zijn vochtig glanzende koeienogen. De jerrycan staat naast hem in het zand. Tin schudt zijn hoofd. Foute boel. Ook Amadou schudt voorzichtig zijn hoofd. Er moet iets gebeuren, maar hoe langer het moment duurt, des te meer het op eeuwigheid begint te lijken. Oftewel: afwezigheid. Ze zitten gevangen in dit moment en kunnen er niet meer uit weg.

'Allez, Martin, call your wife.'

En dan? denkt hij. Als ze zich niet laat horen, wat doe je dan? De boel in de hens steken?

Voorzichtig roept hij haar naam. 'Vic?' En dan, iets luider: 'Victorine, waar ben je?'

Dat is Duits, legt iemand uit.

'Peut-être elle est ailleurs.' Het is de diep resonerende stem van Papa Boubou.

Merci, Papa Boubou, denkt Tin. Inderdaad, we kunnen beter ook op andere plekken zoeken. 'We have to look in other places as well,' roept Tin opgelucht. Hij kijkt om zich heen. 'Papa Boubou a raison.' En de benzine, denkt hij erachteraan, die jij wou verknoeien, Jean-Luc, hebben we hard genoeg nodig om terug te kunnen keren naar Charleville. Maar dat zegt hij niet. Het lijkt hem verstandiger om de zelfbenoemde leidsman niet tegen te spreken. Hij denkt aan Vic. Geen geweld uitlokken, alsjeblieft. Het gevaar is van zichzelf al groot genoeg.

Hij loopt met Papa Boubou naar de volgende hut. Het idee dat ze daar, in zo'n donker hol, verborgen zou kunnen zitten, komt hem ongerijmd voor. Het hele idee dat ze weg zou zijn, wil maar niet tot hem doordringen. Het heeft iets van een verzinsel. Het enige wat hij kan bedenken is dat Salif bestaat en zij zich bij hem bevindt. Hij maakt Papa Boubou deelgenoot van zijn vermoeden. Vinden ze de jongen, dan vinden ze haar.

'Salif? Il s'appelle Salif? On peut le demander.' Hij gaat al naar binnen. Tin hoort zijn diepe hese bas in het donker van de hut de vraag opwerpen. 'Est-ce que quelqu'un connaît un garçon qui s'appelle Salif?'

Opgetogen komt hij naar buiten, het withete, schaduwloze zonlicht in. Hij slaat de vliegen van zich af. Ze kennen een Salif. Een jongen toch? Tin knikt. Twee vrouwen komen schichtig tevoorschijn, giechelen alsof hun een oneerbaar voorstel is gedaan en lopen voor hen uit, kijken steeds giechelend om. Tin en Papa Boubou lopen achter hen aan, ook Amadou loopt met hen mee. De macht der zachte krachten. Jean-Luc blijft bij de auto achter met de andere helper, het is zijn plan niet, het kan hem niet boeien wat er gebeurt.

Alles is anders ineens. Er komen meer vrouwen tevoorschijn, kinderen ook. Iedereen schijnt Salif te kennen. Tin begrijpt het niet. Waarom kan het nu wel normaal en met Jean-Luc erbij niet? Het is alsof de werkelijkheid wordt overgedaan en nu goed. *Jammer dat Vic er nu niet bij is.* Dit is de juiste versie. Onthaald door inheemsen en behulpzaam naar de albino gebracht worden. Onwennig achter een stel heupwiegende vrouwen aan. En niet met een geweer in een auto hier binnen komen crossen, de mensen de stuipen op het lijf jagen met je blanke blufsuprematie om iets – ja wat eigenlijk, Jean-Luc? – af te dwingen. Het verbaast hem dat hij in het bestaan van Salif is gaan geloven. Misschien dat hij door hem in de ongedeerde aanwezigheid van Vic kan blijven geloven. Als zelfs deze onwaarschijnlijke albino bestaat, dan moet zij er ook nog zijn. Hij kijkt over zijn schouder, bang dat Jean-Luc achter hen aan komt, de betovering verbreekt. Maar de Fransman staat nog steeds bij de Peugeot en zwaait flauwtjes in zijn richting, met zo'n cynisch lachje dat voor mannelijk moet doorgaan. Het is zeker de bedoeling dat hij zich moet schamen voor zijn naïviteit. Dat moge zo zijn. Hij is bereid om álles te geloven als hij daarmee Vic terugkrijgt. Hij is tot alles bereid, als hij maar niet in de afgrond hoeft te kijken.

∞

Er wordt een kralengordijn opzijgeschoven en daarbinnen, in het schemerdonker, licht de albino op, de meest zichtbare in de volle, verrassend koele hut. Hij bestáát, verrek, hij bestaat echt. Iedereen praat door elkaar, het is een vrouwengekakel van jewelste. Tin kan, ook door zijn vrees in het donker het hoofd te stoten, niets anders doen dan een buiging maken. Voor wie, voor wat? Voor de albino misschien. Het enige wat hij kan denken is: Vic, waarom heb ik je niet meteen geloofd? Maar waar is Vic dan? Als de jongen hier is, zou zij hier ook moeten zijn.

'Où est ma femme?' Hij vraagt het niet, merkt hij, hij

schreeuwt het. Het gekakel verstomt direct. 'She is not here. Where is she?' Het is geen vraag, maar een aanklacht.

Salif kijkt hem niet-begrijpend aan. De anderen in de hut ontwijken zijn blik, vluchten weg in de stilte. Buiten breidt de stilte zich uit, stelt hij zich voor, over de hutten, boven het dorp, tot in het ondoordringbare blauw waar niemand is. 'Where is my wife, god damn it!' Hij schreeuwt het uit.

De enige die hem hoort, is Jean-Luc, die komt aangesneld alsof hij hierop heeft gewacht. Wijdbeens staat hij in de deuropening, als een levensgrote zonsverduistering. 'Où est-elle? Où ont-ils caché la femme blanche?'

Tin kan het niet zien, maar het lijkt erop dat hij zijn geweer op de jongen richt. Het kan hem ineens niet meer schelen als er iets gebeurt. Ze móéten zeggen waar Vic is, ze móéten hem helpen. Hij merkt dat hij het de albino kwalijk neemt dat Vic zoek is. Het is zijn schuld, dat sowieso. Hij haat deze jongen, hij kent hem niet, maar hij kan het niet uitstaan dat hij bestaat en hier zo onbewogen zit te zitten in deze schemerdonkere hut, waar het ruikt naar vegetarische stront en stro.

Jean-Luc begint met zijn vrije hand aan de jongen te trekken. Met zijn andere hand houdt hij het geweer vast. Hij wil de albino naar buiten sleuren, het onbarmhartige licht in.

'Ayez pitié, Monsieur, je vous en prie,' smeekt de jongen. Niemand begrijpt dat hij doelt op zijn kwetsbare huid, die het Afrikaanse zonlicht niet kan verdragen. Niemand kan het ook iets schelen.

Tin wil dat er iets gebeurt, desnoods iets ergs. Juist iets ergs. Een grens overgaan. We zijn hier nu toch al. Hij is ervan overtuigd dat de smekende jongen precies weet waar Vic gevangen wordt gehouden. Ze houden hem allemaal voor de gek, deze jongen ook. Die Foster Parentslul hoort beter te weten, hij vooral, na alles wat Vic voor hem heeft gedaan. Die witte ellendeling. Hier een beetje de vermoorde onschuld spelen. Hij zou om te beginnen wat dankbaarder mogen zijn jegens zijn weldoeners.

'You better have pity for me, instead of pitying yourself, don't you think?'

Tin merkt dat hij van ongeduld onbeheerst aan het worden is. Hij wil ergens doorheen breken, een façade slopen. Jean-Luc grinnikt, waardoor hij tot zijn schrik ook in de lach schiet. Van de zenuwen. Staan ze daar met z'n tweeën keihard die doodsbange krijtwitte jongen uit te lachen. Het klopt niet, maar niks klopt hier in dit klotedorp. Zo lang gereisd, door de lucht, over land, om hier te eindigen, in dit bedrog. Dat kan toch niet? Ze móéten het goedmaken, die zwijgende primitievelingen met hun primitieve witte prinsje. Ze móéten Vic teruggeven.

'They are different,' legt Jean-Luc uit. 'They do not feel the way we do.' Hij hijgt tijdens het praten, want het lukt hem niet om de jongen ondertussen met één hand naar buiten te sleuren. Hij gebaart dat Tin moet helpen. Als verlamd ondergaat Salif het geweld van de twee blanke mannen, te murw om zich tegen het onrecht te verzetten. Het lijkt daarom dat hij zich gewillig naar buiten laat sleuren, het moordende zonlicht in.

Vic had zich het bezoek aan de adoptiezoon anders voorgesteld, ongetwijfeld. Tin ook, als hij zich er al iets bij had voorgesteld. Het zal me toch niet overkomen hè, dat ze weg is? Elke keer als haar afwezigheid hem te binnen schiet, kolkt hij van woede. Het kán toch niet, wat er hier gebeurt? Het is toch onmogelijk dat dit werkelijk aan het gebeuren is?

De jongen zit voor hun voeten, zijn armen om zijn hoofd om eventuele klappen af te weren.

Tin bekijkt hem zonder deernis. Een lichaam, meer is het niet wat hij ziet. De witte huid is niet egaal, als bij een blanke. Het is meer alsof hij slordig in de grondverf is gezet, met een paar haastige vegen. Lange halen, snel thuis. Het resultaat is een slecht gewitte neger die totaal niet op een blanke lijkt. Door de huid trekt een siddering, van angst waarschijnlijk, maar het kan ook komen door de vliegen die op het mislukte wit neerstrijken en die de jongen niet durft te verjagen. En weer die oplaaiende woede. Tin haat deze situatie, die speciaal voor hem gefabriceerd lijkt. Het is allemaal bedrog, ze worden er ingeluisd. Vic, waar ben je godverdomme? De waarheid uit hem slaan. Die rotjongen. Hem net zo lang slaan tot hij vanzelf de waarheid zegt. De woorden er een voor een uit rammen.

Jean-Luc zegt dat ze Salif als gijzelaar moeten meenemen. Tin denkt eerst dat hij het niet verstaat. 'Otage?' vraagt hij. Wat betekent dat? 'Yes, we take him as a hostage. Le garçon sera notre troc.' Troc? Tin verstaat het nog steeds niet. 'He is gonna be our eh... change. Can you say that in English?'

Hij bedoelt waarschijnlijk 'exchange', denkt Tin, maar hij verbetert hem niet.

Jean-Luc weet steeds de indruk te wekken dat hij dit soort situaties al vaker heeft meegemaakt en Tin kan niets anders dan hem geloven. De jongen loopt zelfstandig met hen mee naar de auto. Het lijkt of het zo hoort allemaal. Iedereen staat te kijken zonder in te grijpen. Niemand bekommert zich kennelijk om het lot van de albino. Tin gaat voorin. Salif moet met Papa Boubou en de twee anderen op de achterbank in de snoeihete coupé. Zijn drie 'begeleiders' zijn op hoge toon aan het bakkeleien over wie waar mag zitten. Als ze er eindelijk uit zijn en hun krappe plaatsen hebben ingenomen en ook de jerrycan weer is ingeladen, start Jean-Luc de motor en rijden ze stapvoets tussen opstuivende kippen het dorp uit.

Nu pas ziet Tin hoe 'pittoresk' en 'authentiek' het hier is, een plaatje uit een reisgids.

Jean-Luc geeft vol gas. Stof stuift op. Het maakt hem niet uit. Hij weet kennelijk waar hij heen moet. Tin zit ongemakkelijk met het geweer tussen zijn benen, waarbij hij ervoor zorgt dat de loop niet op zichzelf is gericht. Eén hobbel en zo'n ding kan zomaar afgaan. Hij probeert iets geruststellends over Vic te bedenken, maar dat lukt hem niet. Nu de albino achter in de auto zit, weet Tin zeker dat Vic ergens is waar ze niet hoort te zijn. Ergens: in de buurt van nergens. Ergens verloren in dit eindeloze, onherbergzame gebied. Samen met een stel wilde negers die blanken haten. Dat komt ervan als je ze geld stuurt, schampert hij. Dan gaan ze je haten. Daarom haat hij hen terug, hij hoopt dat zijn haat de hunne zal verslaan. Wie het laatst haat, haat het best. Hij kijkt opzij naar Jean-Luc, die met overtuigende stuurmanskunst ergens heen crosst. Tin durft niet te vragen waarheen. Zelf weet hij het even niet meer. Hij houdt daarom graag de illusie in stand dat Jean-Luc het wel weet. Diens daadkracht geeft hem in elk geval het vertrouwen dat er iets gaat gebéúren. Vanzelf gaat dit niet meer goedkomen. De enige oplossing is een daad.

∞

Ze komen bij de andere auto, waar Solange met de andere Afrikaan is achtergebleven. Tin merkt dat hij het slecht verdraagt dat Solange er gewoon nog is. In plaats van Vic. En nog ondankbaar zijn ook over zoveel geluk, dat verwende kreng. Ze keert zich bozig van haar man af als die haar in het voorbijgaan een vluchtige kus wil geven. Jean-Luc negeert haar kribbigheid en deelt met vanzelfsprekende mannelijkheid nieuwe orders uit. Hij wil dat de negers bij elkaar in de auto gaan zitten en dat Solange bij hen plaatsneemt. Dan hebben zij, de blanken, de meeste bevoorrading bij zich. Dat scheelt, zegt Jean-Luc. Je weet maar nooit hoe het loopt.

Het plan is nu dat ze een nieuwe schuilplaats gaan zoeken en daar wachten tot de krijgers zullen terugkeren naar het dorp. Wachten? denkt Tin. Maar we zouden toch juist iets gaan dóén? Als de mannen erachter komen dat de albino hun gijzelaar is, zullen ze vanzelf willen onderhandelen, beweert Jean-Luc. De albino is hun kip met de gouden eieren. Zonder hem krijgen ze geen geld uit Europa opgestuurd. Geld? Wat kan hun geld schelen? Misschien vegen ze met de toegestuurde bankbiljetten elke dag na het kakken hun reten schoon. Tin raast van woede, maar hij zegt niets. Hij weet dat hij het niet weet. Hij wil nog steeds niet geloven dat het waar is wat hier gebeurt. Hij sluit nog steeds niet uit dat het allemaal een misverstand zal blijken te zijn.

Het is te heet om in de stilstaande auto's te blijven zitten wachten op de terugkeer van de krijgers. Verder rijden dus. Jean-Luc wil dat ze een nieuwe plek uitkiezen. En Vic dan? Stel dat ze ontsnapt is en hen gaat zoeken. Dan ziet ze dat de auto's weg zijn en concludeert ze dat ze zonder haar vertrokken zijn. Volgens Jean-Luc is dat onzin. Ze kan niet op haar eentje zijn. Waar zou ze dan heen zijn gegaan? Nee, ze is door de mannen meegenomen. Een blanke betekent voor hen geld, en verder niets.

Maar is een blanke vrouw dan niet meer waard dan een albino? wil Tin weten. Wij hebben alleen die waardeloze jongen bij ons, denkt hij erachteraan.

Jean-Luc haalt zijn schouders op. 'Je ne sais pas.' Hij weet het ook niet meer.

Vanaf de achterbank klinkt Solanges iele hoge stemmetje. Of Vic en Tin al lang samen waren, vraagt ze terwijl ze met haar vingers in haar haar speelt.

Waarom zegt ze 'waren', die trut? Waarom gebruikt ze de verleden tijd? Maar Tin corrigeert haar niet. Zonder zich om te draaien antwoordt hij dat hij Vic niet los van zichzelf kan zien. 'I can't imagine that there was a time when we were *not* together.' Het is waar: hij voelt zich met haar verbonden als met niemand anders, zozeer zelfs dat hij soms moeite heeft om haar te zíén. Ze is een deel van hem geworden dat niet los kan bestaan. Een verlengstuk van hemzelf. Wat er nu gebeurt is dan ook onbestaanbaar. Het tast ook hemzelf aan: alsof hij nu een ander iemand is. 'Without her,' zegt hij, 'I feel like a different person.'

Hij voelt zich een jongen aan de overkant van de nachtrivier die zijn vader nergens meer kan vinden.

Solange legt, alsof er ook maar enige intimiteit tussen hen bestaat, een hand op zijn schouder. 'I'm convinced we will find her soon.'

Zelf begint hij het onvoorstelbaar te vinden dat Vic hier ergens zou zijn. Hij kent deze situatie, hij weet het weer. Hij is aan de overkant. Terug naar het dorp, dat is beter, zegt hij daarom. Terug in de tijd, bedoelt hij daarmee. Terug naar de hoop, en haar daar terugvinden. 'She's not here, Jean-Luc.' Niet in dit niemandsland, niet in deze eindeloosheid. 'We better go back to the village.' Hoop is het enige wat hij heeft. Die mag hij niet ook nog verliezen. 'Please, Jean-Luc. Do me a favour. Turn around.'

Jean-Luc lijkt hem niet te horen en rijdt stug door. Tin heeft al zin om ruzie te gaan maken. Dan, alsof het zijn eigen besluit is, remt Jean-Luc. Tien meter achter hen remt ook de andere auto.

Wanneer hij de auto keert en terugrijdt, stopt Jean-Luc even bij de andere auto. Verwarring bij de zwarten, die allemaal hun hoofd uit de twee raampjes willen steken. Alleen de albino laat zich niet zien. 'Qu'est-ce qui se passe?' roepen ze door elkaar. Wat gebeurt er allemaal?

We gaan terug naar het dorp, verzucht Jean-Luc. Hij knikt naar de man naast hem, Tin, ten teken dat die het heeft bedacht. De laatste suggestie dat er een strategie wordt uitgevoerd, is hiermee vervallen.

∞

Natuurlijk is ze niet in het dorp.

Het lijkt of ze de tijd steeds opnieuw proberen af te spelen, in de hoop dat ze haar nu wel op het juiste punt weten in te starten. Net als toen, aan de rivier. Ook toen zocht hij telkens een ander begin, want zolang iets nog voor het eerst gebeurt, kan alles nog goedkomen. Pas in herhaling wordt het hopeloos. En dat is wat er nu gebeurt. Weer dit dorp, weer is ze er niet. Maar nu definitief. Zo ontstaat het raadsel dat 'ergens' na twee keer kijken 'nergens' is geworden. Dat was natuurlijk de reden dat Jean-Luc eerst niet terug wou. Door het over te doen, wis je het uit. Jean-Luc wilde liever iets nieuws verzinnen, de mogelijkheden openlaten. Stom, het is dus zijn schuld dat ze in herhaling vervallen.

Ze rijden met hun auto's tot aan de plek waar ze haar voor het laatst hebben gezien. Daar waar de al dan niet toeristisch bedoelde krijgers hen omsingelden. Weer stappen ze uit, weer neemt Jean-Luc zijn geweer mee. Net als de vorige keer laat niemand zich zien. Alleen de strontvliegen zijn present.

Het heeft iets nagespeelds nu. Ze zijn bezig met een slechte imitatie van zichzelf. Niemand begrijpt waarom het gebeurt. Maar omdat het een herhaling betreft, heeft iedereen een soort routine over zich. Men hoeft niet meer op te letten, men vertrouwt de situatie op voorhand.

Wanneer de jerrycan met benzine tevoorschijn wordt gehaald, schrikt Tin daar niet meer van.

Het enige wat er veranderd is, is het gezelschap van de albino. Alsof Tin het slachtoffer is geworden van een wisseltruc. En nu moeten ze die sukkel tegen Vic zien terug te ruilen.

Voorlopig komt er niemand tevoorschijn die hem opeist. Ze zetten hem daarom terug in de auto. Het is daar nog heter dan buiten, maar het is beter voor zijn kwetsbare huid. Als hij verbrandt in de vrijwel schaduwloze zonnehel is hij straks helemaal niks meer waard. Of zou de jongen ook op Vic zitten wachten? Je weet maar nooit. Misschien heeft hij wel god weet wat ontleend aan de brieven van die buitenlandse mevrouw, denkt hij nu dat ze hem komen halen. Mee naar het Blanke Paradijs, gewassen worden in een bad met gouden kranen, slapen tussen krakend schone lakens en je buikje vol schransen tot je ervan boert.

Ze staan in de onbarmhartige hitte te wachten, maar waarop, op wie? Dat wordt steeds onduidelijker. Ze drinken wat, ze eten wat, ze roken hun sigaretten. En ze wachten.

Tin vreest het moment dat ze zullen moeten vertrekken, want dat moment zal aanbreken. Deze dag is eindig, er zal een beslissing moeten worden genomen over de nacht, die niet op zich laat wachten. Hier geen lengende schaduwen en zachtjes neerdalende schemering waarin nog wat gemijmerd kan worden. Er zullen voorzieningen moeten worden getroffen, afwegingen worden gemaakt. De voorraden zijn beperkt, dus de terugreis naar Charleville zal al snel onvermijdelijk worden geacht. Voor Jean-Luc en de anderen is Vic uiteindelijk gewoon 'een vrouw', weliswaar een Europese, en in die zin meer waard dan de inheemse levens, maar ze blijft iemand die ze niet zullen missen. Ze weten dat hij niet zonder haar verder kan. Dus zullen ze hem op andere gedachten proberen te brengen. Dat er in Charleville hulp gezocht moet worden. Hij weet echter dat je het futiele beter in eigen hand kunt houden. Het is al zo weinig, je moet het niet nog verder opdelen.

'Il faut retourner à Charleville. Demain.' De nacht wil hij in de tent doorbrengen, ergens onder de eindeloze hemel. Hij kijkt Tin pas aan als hij is uitgesproken.

Het stoort hem dat Jean-Luc, die aanvankelijk met zoveel misbaar het negerdorp kwam binnenvallen, er nu zo stilletjes vandoor wil sluipen. Zonder Vic, godverdomme! Is hij gek geworden of zo? Zie hem daar eens staan met dat geweer van hem. En die jerrycan. Het Franse haantje. Maar als het erop aankomt, vlucht hij weg voor de gevolgen. Hulp halen in Charleville? Bij wie dan? Hij denkt aan de geüniformeerde zonnebrillen die zijn portemonnee 'vorderden'. Als er iets gedaan moet worden, kunnen ze het hier beter zelf doen.

'We stay here till we've found Vic.' Hij staat verbaasd over zijn eigen fermheid, die er ineens zomaar is.

Doordat de anderen er steeds minder in geloven, ontwikkelt zich bij hem het besef dat hij in zijn eentje de verantwoordelijkheid draagt. Het lot van Vic hangt van hem af, en van hem alleen. Nog nooit waren ze zo één als nu, nu ze zo wreed van elkaar zijn gescheiden. Hij is ervan overtuigd dat Vic het ook zo voelt, waar ze ook is. Nooit eerder was ze zo afhankelijk van hem. Het is of hij haar kracht erbij heeft gekregen, in bruikleen, om haar uit haar weerloosheid te verlossen. Haar leven is nu van hem. Haar redding is in zijn handen. Een duizelingwekkende sensatie die hem een fantastisch gevoel geeft. Waar hij dan weer een beetje van schrikt. Hij hoort bedrukt te zijn en bezorgd, bang dat haar iets overkomt. En in plaats daarvan voelt hij zich vrij zweven boven de ontzagwekkende afgrond, zonder ballast, zonder angst, zonder gewicht. Nu alles toch al verloren is, kan hij alleen nog maar winnen.

'Martin, what do you mean? She's not here. Everybody can tell you that.'

Dat kan wel waar zijn, maar Tin weet zeker dat hij hier niet weggaat zonder Vic. Die zekerheid geeft hem de kracht van de onverslaanbare. Zijn hele leven is een voorbereiding geweest op dit moment. Nu komt het erop aan. Dat neemt Jean-Luc hem niet af. Hij is geen jongen meer, hij laat zich niet meer onverrichter zake naar huis sturen. Vic kan op hem rekenen. En Nikki. Ach, Nikki, ze weet van niets. Ze mag niets weten, o god nee. En ook daarom móét het goedkomen. Hoe dan ook. Hij mag zijn vrouw en zijn dochter niet teleurstellen. Hij mag de lijn niet loslaten. Dat is uitgesloten. En dat gaat dus ook niet gebeuren.

Tin merkt dat zijn almachtige gevoel in de kern een

negatief gevoel is, samengesteld uit een keten van ontkenningen. Nu hij Jean-Luc heeft tegengesproken, kan hij het er niet bij laten zitten. Hij zal met iets moeten komen. Iets negatiefs desnoods. Als het maar íéts is.

Maar wat?

Als hij terugdenkt aan de nachtrivier, denkt hij aan de tijd die verstreek waar hij bij stond, die vloot als het onzichtbare water, dat hij alleen hoorde lispelen en klotsen. Het geluid van afwezigheid. Zo ver nu, zo onvoorstelbaar ver. En toch is er een gelijkenis. De tijd hier, aan de andere kant, kent dezelfde slaperige traagheid, dezelfde droomachtige ondoordringbaarheid. Hier is het niet de rivier, maar zijn het de cicaden die haar voortstuwen met hun razende monotonie, onzichtbare verkondigers van een tijd die geen einde kent en waarin alles valt en blijft vallen tot het verdwijnt.

∞

In het dorp komt het leven weer op gang. Het zijn de voorbereidingen voor de nacht. Stemmen, gerammel van potten, eerst in de hutten, even later ook buiten. Er lopen vrouwen af en aan, met potten en kruiken op hun hoofd, in hun prachtige, veelkleurige gewaden. En het is meteen of deze bedrijvigheid er al die tijd is geweest, ze het alleen even waren vergeten.

Ze staan daar nog, in het strooilicht onder een boom, de albino zit te dutten op de achterbank van de auto. Het kan zijn dat ze er nog steeds maar een paar minuten staan, het kan ook zijn dat er al uren zijn verstreken.

Meetbaar is de tijd allang niet meer. Tin herinnert zich zijn daadkracht, glashelder zelfs, en begrijpt niet wat ermee gebeurd is. Jean-Luc, Solange, de Afrikanen, iedereen rookt zijn sigaretten, maar geen van hen zou kunnen vertellen hoeveel het er zijn geweest. Ook hier is de tel van geen belang.

Toch gaan ze niet weg. Dat heeft Tin in elk geval bereikt. Van een ontvoering is inmiddels geen sprake meer. Niemand komt de jongen opeisen. Zelf maakt de jongen geen aanstalten om de auto te verlaten. Al moet het niet uit te houden zo heet zijn daarbinnen. Het is in de schaduw, dat wel. Vrees boezemen ze kennelijk niet in. De vrouwen en kinderen lopen nu overal rond, blijven ook nieuwsgierig naar hen staan kijken, komen zelfs heel dichtbij, zo dichtbij dat de mannen hen met bot gesis moeten wegjagen, als dieren. Dan doen ze één stapje opzij, meer niet.

Jean-Luc vraagt aan Tin of hij soms van plan is ook de nacht in dit dorp door te brengen. Solange kijkt haar man verschrikt aan, en dan kijkt ze naar Tin.

'I don't know,' zegt Tin ten slotte, meer tegen zichzelf dan tegen hen. Als het nodig is, dan wel. De tijd is oneindig, voor zolang als het duurt tenminste. Ze blijven hier tot Vic terecht is, dat is het enige wat hij weet.

Het was ook geen vraag van Jean-Luc, maar een verwijt. Het liefst zou hij weggaan, het probleem voor zichzelf oplossen door zich eraan te onttrekken, dat voelt Tin heel goed. Als het zijn vrouw was geweest, had hij hetzelfde gedaan. Vic en hij zijn ballast voor hem geworden. Zijn hele optreden is slechts vertoon geweest. Hij heeft geen moment overwogen tot het uiterste te gaan. En nu Tin dat wel doet, deinst hij terug. Begrijpelijk, hij heeft zijn charmante vrouwtje aan zijn zijde, zijn leven is nog intact. Hij kan zich onbeschadigd uit de voeten maken en er zal voor hem niets veranderd zijn. Hij haat hem, merkt hij, zoals hij alle mensen haat die geen krasje of butsje hebben opgelopen en voor wie het leven steeds nieuw blijft als het laatste model dat ze zojuist hebben aangeschaft.

De enige reden dat hij blijft, is ongetwijfeld het voorkomen van gezichtsverlies. Ervandoor gaan is onmannelijk. On-Frans. De heroïek vereist dat er iets wordt afgedwongen, iets wat voor een overwinning kan doorgaan. Hij had daarvoor zijn geweer, maar wat moet hij daar nu nog mee? Om hem heen heerst de bedrijvigheid van vrouwen die zich voorbereiden op de nacht: met hout voor het vuur, met potten voor het eten, met water uit de put. Hij kan toch bezwaarlijk het geweer op deze mensen richten? Of op de albino, die nog steeds in de auto zit, reikhalzend naar zijn ontsnapping uit deze kansloze achterlijkheid? Af en toe blijven vrouwen staan, kijken hen uitnodigend aan en lachen alsof er iets ontzettend grappigs gaande is.

∞

Onverwacht keren de krijgers terug. Ze zijn opeens overal. Maar zonder Vic. Twee mannen dragen een tak waaraan een reebok aan zijn poten is opgehangen. Er ontstaat een enorme commotie. Er wordt gejoeld, gezongen, er wordt gebonkt en getrommeld, volgens een oeroude partituur die in hun lichamen wordt bewaard. Dat de indringers nog steeds of opnieuw in het dorp zijn, lijkt hen niet te deren. Ze hebben er schijnbaar geen oog voor, ofschoon de bezoekers met z'n zevenen zijn. Te druk met thuiskomen zijn ze en met het tonen van de buit. Het zijn mannen met verhalen: hun onrustige lichamen vertellen het. Maar waar is Vic, verdomme? Waar houden ze haar verborgen?

Tin durft zich niet te verroeren, hij wil geen agressie oproepen. Onzeker loert hij naar Jean-Luc, hopend dat die zich koest zal houden. Maar tot zijn verbazing worden zij totaal met rust gelaten. Genegeerd, zou je ook kunnen zeggen.

Gaandeweg vat hij weer moed. Hij kan niet anders, zijn onzekerheid laat hem geen keuze. Zonder er verder over na te denken stapt hij naar voren, loopt op de eerste de beste jager af. Geef haar terug, zeggen zijn ogen. De vastbeslotenheid van de kansloze. Verschrikt deinst de man achteruit, waar Tin dan weer van schrikt. Met zijn hand maakt hij een sussend gebaar. Misschien betekent die hand hier wel iets heel anders. Nu kijkt iedereen naar hem, en even valt het stil. Alles om hem heen verdwijnt in een onzichtbaar gat.

'Où est ma femme?' Het komt er zo zwakjes uit dat hij het moet herhalen. 'Où est-elle? Dites-moi, s'il vous plaît.'

Wat betekent het dat deze mannen allemaal zijn teruggekeerd en Vic niet? Ze hebben haar toch niet zomaar ergens achtergelaten? Waar is ze, godverdomme?

'La femme blanche,' zegt de man die hij heeft aangesproken. De witte vrouw. 'Ta femme?' Hij priemt twee vingers tegen zijn borst. Hij lacht de incomplete tandenrijen van zijn gebit tevoorschijn. 'Est-ce qu'elle est ta femme?' Weer die twee benige vingers tegen zijn ribben.

Hij kent haar, denkt Tin verheugd. Hij weet waar ze is. Hij gaat het oplossen. Alles komt goed. Het crescendo van verwachtingen is niet te stuiten. Het jubelt in zijn binnenste. Vic, maak je geen zorgen. Ik kom eraan.

De aangesproken Afrikaan heeft een kop van leer, verweerd en versleten. Hij zal wel de dorpsoudste zijn of zo'n soort iemand. Ergens in dat antediluviaanse hoofd, waarin Tin uit alle macht betekenissen probeert te lezen, spookt zij dus rond. Onthutsende gedachte. Hij moet het verlangen onderdrukken de vreemde man door elkaar te schudden, desnoods aan zijn pezige enkels op te tillen, in de hoop dat zij eruit komt rollen. Het is niet te verdragen hoe hij blijft grijnzen en vol ongeloof blijft herhalen dat 'de witte vrouw' zijn vrouw is. Tin kan zich niet voorstellen wat daar zo grappig aan zou kunnen zijn.

Waar is ze, man? Zeg 't. Snel. 'Dis-moi. Où est-elle?' Maar het lukt hem niet een werkelijk gesprek op gang te brengen. De man zegt steeds hetzelfde en ook hijzelf zegt steeds hetzelfde.

Het heeft er de schijn van dat de oude hem in de maling zit te nemen. Is het sluwheid of achterlijkheid? Dat is moeilijk uit te maken. Op het fossiele gezicht kan hij alleen de jaren aflezen en de droge seizoenen en de zandstormen en de dood die alles uitveegt.

Jean-Luc, verderop, heeft geen fiducie in de kwestie. Hij doet geen enkele moeite zich erin te mengen. En zo glipt zijn daadkracht tussen zijn vingers door, zonder dat hij ook maar enige greep krijgt op de situatie. De afwezigheid van Vic begint steeds meer een feit te worden.

Dan komen er twee mannen naar voren. Ze bieden hem een roestig ijzeren mes aan met een schitterend hoornen heft. Hij kijkt naar Jean-Luc. Zijn blik vraagt: wat betekent dit? Leg het me uit. Maar ook Jean-Luc is de regie kwijt. Hij haalt zijn schouders op. De twee mannen, jongens nog, trekken Tin aan de mouw van zijn bezwete, verkreukelde jasje. Het mes dragen zij. Hij kijkt over zijn schouder, met een hulpbehoevende blik. Maar niemand maakt zich druk. Zelf kan hij alleen aan Vic denken. Aan Vic en aan het mes. Het verbaast hem dat dit gebeurt, dat hij gewoon meeloopt. Of zou hij zelf ook afwezig zijn? Wakker geworden in een droom en denken dat dit echt gebeurt?

Achter een grote hut zijn ze bezig het beest aan stukken te snijden. Het hangt aan een boom en is al van onder tot boven opengereten. De vliegen zijn massaal op het opengewerkte karkas neergestreken, niemand die ze verjaagt. In platte, gevlochten manden liggen organen: lever, nieren, magen, alles onder de vliegen, net zoals de glibberige prut van darmen die als afval in het zand is gesmeten.

Eerst begrijpt Tin niet wat ze van hem willen. Hij krijgt het mes overhandigd. Hij wil het meteen teruggeven. Iedereen lachen. Het is de bedoeling dat hij het hart en de longen eruit snijdt. Hij krijgt de indruk dat het een eer is om dit te mogen doen. Willen ze hem hiermee op hun ongearticuleerde wijze troosten? Een geslachte reebok als de geschatte tegenwaarde van zijn verlies? Bij primitieve mensen ga je uit van primitieve gedachten. Magische bezweringen van het grote onbekende. Wellicht denken ze niet eens aan Vic, zien ze in hem enkel de oudste der blanke afgezanten en als zodanig de aangewezene om het beest te ontweien. Om ervan af te zijn steekt hij het mes erin, maar zo gemakkelijk gaat dat niet. Het lemmet ketst af op iets hards, een bot of zo. Hij moet er eerst met zijn hand in, in de weke massa, het hart omvatten en het dan proberen los te snijden. Het spul is taaier dan je zou denken, het is al een ding geworden. Als hij de slag te pakken heeft, laat het toch vrij snel los. Een laatste aanhechting doorsnijden en hij heeft het. Operatie geslaagd. Gejuich en gejoel van de omstanders. Het mes en het hart worden uit zijn handen genomen. Was het nou een ritueel of gewoon een grap? Lachen met die rare blanke. En daar staat hij dan, de vergeten meester van een onbekend offerritueel. Op zijn besmeurde handen strijken vliegen neer. Het heeft geen zin om ze te verjagen, ze komen telkens terug.

Nu moeten ze hem naar Vic brengen, godverdomme. Het heeft nu lang genoeg geduurd. Hij is er ineens van overtuigd dat er met hem een grap wordt uitgehaald.

Jean-Luc komt hem halen. ‘Venez, Martin. Vite.’ Een van de mannen heeft hem verteld dat hij haar heeft gezien. Misschien. Misschien is zij het geweest. Ze is de andere kant op gegaan. De verkeerde kant. Vlug. Als we snel zijn, zijn we misschien nog op tijd. 'Dépêchez-vous! La nuit tombe vite.'

Tins hart springt op. Dus toch. Ze is er. Hier, daar, hier in de buurt. Jean-Luc zegt het. Zijn woorden worden vanzelf waar in het ongeduld waarmee ze erop afgaan. Niet eens in de auto's, gewoon te voet, want ver kan ze niet zijn.

∞

Voor hen uit gaat degene die zegt haar te hebben gezien. Een jongen is het nog, met grote schichtige ogen die wegdraaien zodra je hem aankijkt. Eerder een prooi dan een jager. Een dier dat ontkomt, met dat soepele lichaam van hem dat stroomt als water, dat beweegt als een blad in de wind, zo licht, zo vanzelfsprekend. Iedereen is mee, ook hun 'eigen' zwarten. Inclusief de albino, die het er zelf niet mee eens is, ondankbaar object van Vics zorg. En nog praatjes hebben ook. Van iemand heeft hij een doek gekregen om althans zijn hoofd te bedekken. Hoe meer mensen hoe beter. Het is te gevaarlijk om op dit tijdstip alleen de bush in te gaan, beweert Jean-Luc, die alles weer het allerbeste weet van iedereen. *En Vic dan? Zij is daar toch alleen?* Maar Tin vraagt het niet, hij durft het antwoord niet te weten. Hij klampt zich liever vast aan de gedachte dat ze hier ergens is, zoals gezegd is, hij wil zijn optimisme niet verliezen. Zolang hij denkt dat het goed gaat, gaat het ook goed. Onwetendheid is de voedingsbodem van de hoop.

Het valt hem alleen tegen hoe ontzagwekkend leeg het

land is, hoe ontzagwekkend. Een zee van land, met alleen de horizon om het te begrenzen. Mensen bestaan hier niet. Dat was hij even vergeten. Op de een of andere manier had hij verwacht haar meteen te zullen zien staan, bij het eerste het beste schrale bosje, met die vragende, licht verwijtende blik van haar: hè hè, ben je daar eindelijk, was je me soms vergeten, oen? Maar het is meteen al onvoorstelbaar dat ze hier zou staan. Het landschap zwijgt zoals alleen een landschap dat kan, van alle kanten blijft het bovenmenselijk stil. Er is enkel nabijheid in het kraken van droge takjes en dor gras onder hun zolen, het hijgen van hun droge mond, het in leven zijn van hun lichamen. En zo worden zij meegevoerd langs een pad dat eigenlijk geen pad is, maar onderdeel van de leegte.

Ook de albino verzet zich niet meer en laat hulpeloos zijn tere huid verbranden in het witte licht.

Waar dan? Waar was het dan? hamert het in Tins hoofd. Want als het hier niet is, dan is het nergens. Ze móét hier zijn. Dat kan niet anders. Dat mag niet anders. En tegelijk vindt hij het onbegrijpelijk dat ze hier zou zijn, in deze redeloze bush, nu al uren- en urenlang. Gelooft er nog iemand in of doen ze het voor hem? Maar ook hij weet niets anders te verzinnen dan in haar aanwezigheid hier te geloven. Gelaten houdt hij zich vast aan de gedachte dat ze vlakbij moet zijn. Tegelijk lukt het hem niet eens meer zich haar voor de geest te halen. Panisch beseft hij dat hij niet meer weet hoe ze eruitziet. Op de losse vragen kan hij antwoord geven: de kleur van haar ogen, haar haar, haar lengte. Kleren, schoenen? Ja, zij het met de gebruikelijke moeite. De onderdelen kloppen, maar het geheel ontbreekt, hij kan er geen plaatje meer van maken. Er komt geen herinnering in hem op, geen enkele. Het zal een black-out zijn, veroorzaakt door de stress. Natuurlijk weet hij hoe ze eruitziet. Alleen nu even niet. Waarom zou hij zich haar moeten herinneren? Haar aanwezigheid is een vanzelfsprekendheid. Alleen, die ervaart hij niet, niet op dit moment. Omdat ze weg is, haha. Er is, stelt hij verwonderd vast, helemaal niets. Alsof er ook niets verdwenen is.

In plaats daarvan denkt hij aan Nikki. Met schaamte en vrees. Hij móét Vic terugvinden, klote klote klote godverdomme, anders kan hij niet thuiskomen. Dit kan hij haar niet aandoen, zijn allerliefste kleine meid. Terugkeren zonder haar mama: onmogelijk, onbestaanbaar. Nu pas beseft hij hoe schandelijk het is wat er is gebeurd. Vic in haar eentje laten weglopen en haar niet meteen achternagaan, haar beschermen, haar behoeden. Hij ja, hij zelf ja. Hoe heeft hij het kunnen laten gebeuren? Hij begrijpt het niet. Hij denkt terug aan het moment. Maar hij moet constateren dat het hem niet is opgevallen. Het laatste moment dat hij Vic zag, en hem is niets opgevallen. Dat kan toch niet, zo'n belangrijk moment, en het dan niet zien. Daarom ook moet ze er gewoon nog zijn. Hem is niets opgevallen omdat er niets bijzonders aan de hand was. Dat moet het zijn. Hij kan Nikki alvast geruststellen: alles gaat goed komen. Nikki, geloof je papa nou maar. Als jij onvoorwaardelijk in je papa blijft geloven, dan kan hij misschien ook proberen om in zichzelf te gaan geloven. In plaats van zich te schamen dat hij heeft gefaald, alweer. Niets geleerd, gewoon weer niet opgelet. Pas iets zien als het te laat is. Nikki, geloof in mij, zeg dat het niet waar is, laat me mezelf niet haten.

Nikki, zijn meisje, zijn alles, zijn kind, verschijnt aan hem in heel haar blonde stralendheid, alsof zij van binnenuit wordt verlicht. Een ochtend die vanzelf aanbreekt. Maar Vic krijgt hij almaar niet voor de geest. Terwijl ze bij wijze van spreken nog naast hem loopt. Dat klopt toch niet? Alsof ze een bepaald woord is dat hem steeds niet te binnen wil schieten. Langzaam begint hij te vrezen dat er iets ergs is gebeurd, iets wat hij niet durft te denken. Iets wat hij niet kán denken, omdat het onbestaanbaar is. Een woord op het puntje van zijn tong dat hij maar beter niet kán weten. Als het er eenmaal is, kan het niet meer worden weggedacht. Tegelijk is het niet voor te stellen dat Vic hier ergens zou zijn, 'om de hoek' bij wijze van spreken, in dit onherbergzame gebied. Wat moet ze hier, veel en veel te lang in deze onmenselijke hitte, alleen? Nee nee nee, niet denken, denkt hij.

De jongen die blootsvoets voor hen uit gaat, lenig als een dier, denkt niet. Dat doet zijn lichaam voor hem, als het dat al doet. Het leeft, dat is wat het doet. Het is één met het landschap waarin het zich beweegt. Anders dan hij, plompe westerling, die het landschap achter zich probeert te krijgen, zich er op wilskracht doorheen probeert te slaan. Het liefst zou hij het wegscheuren om zicht te krijgen op wat er werkelijk aan de hand is. De jonge gids niet, hij is als een jager onderweg naar zijn prooi. Eén met zijn prooi, nu al. Met elkaar verbonden door de natuur die zij beiden zijn. Daarvan niet te scheiden, niet door afstand, niet door tijd. Beiden onderdeel van één groot organisme, waarvan onder anderen zij het weefsel vormen. Tin bewondert zijn ranke gestalte, onkwetsbaar voor de omgeving, want deel van die omgeving. Hij is aan- en afwezig tegelijk. Wat hij is, is waar hij is. Als je even niet zou opletten, vind je hem in het landschap niet meer terug.

∞

In een bocht in de weg, bij een groepje bomen, is er iets. Hij verslikt zich van schrik. De tijd staat stil. Niets beweegt, hij althans niet. Zou het dan toch? Hij heeft er nooit aan getwijfeld dat ze hier is, houdt hij zich voor, maar tegelijk weet hij dat het niet waar is. Zelfs in zijn gedachten vindt hij haar niet. Het is een rare lege plek. Hij moet naar voren komen, haar herkennen, omhelzen, de vanzelfsprekendheid terugvinden. Maar hij zit gevangen in zijn lichaam en kan er niet uit. Iemand roept hem, er wordt aan hem getrokken. Dus zo ziet het moment eruit. Het verbaast hem. Hij denkt aan zijn vader, de onvoorstelbare, die nooit gevonden werd, en die hij op den duur ook niet meer wílde vinden, omdat die in z'n doorleefde afwezigheid het veiligst was. Veilig en geborgen. Hem vinden kon op den duur niets goeds meer betekenen. Dagen en weken en maanden en jaren heeft Tin dat langverbeide moment gevreesd. Gemeden. Jaar in jaar uit zat hij er niet op te wachten. Als er door onbekenden werd aangebeld, deed hij niet open. Als papa het wil, weet hij mij heus wel te vinden. Daar heeft hij geen onbekende boodschappers voor nodig. Laat hem toch. Het was zijn moeder die hem per se terug wilde vinden, die het niet kon verdragen dat hij nu nergens was. Het kwam door de oorlog dat hij niet opgedregd was, beweerde ze. Rivierlijken worden altijd gevonden, dat wist iedereen. Op een dag spoelen ze aan, als oneetbare vissen. Hij moet overgeven als hij aan zo'n opgezwollen rivierlijk denkt. Liever denkt hij aan het onmogelijke, aan waar hij zich geen voorstelling van kan maken. Hij haat zijn moeder, die koste wat kost de dood wil bewijzen. Die haar zoon de schuld geeft, maar in werkelijkheid zelf haar man heeft dood gewenst. Tin hoort de stemmen van Papa Boubou, van Jean-Luc, van Amadou. Hij laat zijn vader weer ontglippen en keert terug naar de drukte om zich heen.

'Martin, regardez! Elle vit encore. Come on, hurry.' Ze begrijpen niet dat hij zo treuzelt.

Zolang hij Vic niet ziet, is er nog niets aan de hand. Hij is bang voor wat hij te zien zal krijgen. Een paar dagen geleden waren ze nog thuis met Nikki, met het hele gezin. Onvoorstelbare, onbereikbare harmonie.

Hij vindt een opening tussen de grote, zwetende mannenlijven en deinst terug. Ze is het. Daar schrikt hij van. Niets aan de hand, gelukkig, geen verwonding, niets. Ze ligt daar te slapen. Slapen!? Waarom ligt ze daar te slapen, in the middle of nowhere, met een stel kerels over zich heen gebogen?

'Vic! Vic?' roept hij. Hij wil aan haar schouder trekken, maar iemand weerhoudt hem daarvan.

Ze ligt in een rare houding, ziet hij nu. De hele situatie frustreert hem. Hij is doodsbang voor iets onherroepelijks, maar bovenal haat hij het dat deze situatie er is. Het liefst zou hij de schuld ervoor afschuiven op de verantwoordelijken en zelf verschoond van alles met Vic wegwandelen. Maar degene die hiervoor verantwoordelijk is, is zijzelf. En hij kan haar moeilijk gaan staan uitfoeteren terwijl ze zo hulpeloos aan zijn voeten ligt.

'Can somebody help me, please?' Liefje verdomme, kijk nou toch wat je gedaan hebt. Nu moet ik het weer helemaal goed proberen te maken. Hij wil haar optillen, dragen, in veiligheid brengen. Iets doen. Haar redden. Hoe zou hij niet weten.

Weer een hand op zijn onderarm. Het is Jean-Luc. 'Please, Martin, *attendez, s'il vous plaît.*' Hij spreekt met zachte stem. 'It is better to let her drink first, she got dehydrated, all day out in the sun.'

Natuurlijk, ze is uitgeput, de schat. 'Y a-t-il quelqu'un avec de l'eau?'

Zijn paniek is niet nodig. Jean-Luc heeft zijn veldfles al bij haar mond. Tin pakt die van hem af. 'Laisse-moi, please. Let me do it.' Verbouwereerd laat Jean-Luc zich wegduwen. Het water gutst over haar gezicht. 'Sorry, liefje.' Maar ze reageert niet, al dringt dat niet tot hem door. Met twee vingers probeert hij haar mond open te houden en zo het water voorzichtig naar binnen te gieten. Voorzichtig. Straks stikt ze erin.

Ze is belachelijk warm. Hij kijkt verwilderd om zich heen. 'She seems terribly hot. Ça n'est pas normal, quoi?'

Hij voelt het duizelen, het begint te tollen, hij gaat vallen en in de diepte te pletter slaan. Wat tot zijn verbazing niet gebeurt. In plaats daarvan zit hij geknield in het midden van deze onbevattelijke situatie, die hij niet herkent omdat het echt is. Net als bij de geboorte van Nikki. Hij kan het niet geloven omdat hij zichzelf niet kan geloven. Hij kan niet geloven dat híj waar is. Hij kan deze situatie niet geloven omdat híj erin voorkomt. En Vic. Wat doen zij hier, ze horen dit niet te doen. Toen ze Nikki uit zich aan het persen was, had hij ook het gevoel dat ze doodging. Hij wil haar beschermen, maar hij zou niet weten hoe. Hij zou haar willen omarmen, haar met kussen overdekken. Net als toen, tijdens het baren. Maar ze heeft juist afkoeling nodig. Ze heeft hem níét nodig, dat is wat ze nodig heeft. Zelfs het water dat hij over haar gezicht gemorst heeft, is warm. Alles is hier te warm in dit godverlaten oord.

Hij hoort het woord 'coup de soleil' om zich heen. Coup de soleil? Wat betekent dat ook al weer? Zonnesteek, toch? Hij kent alleen het woord, niet de betekenis. 'She has a heat stroke.' Het is Solange, die naast hem staat en de commotie voor hem vertaalt. Iedereen praat nu door elkaar. Iedereen snapt waar het over gaat. Hij niet, hij moet het doen met het toegeworpen woord, dat hij bedremmeld in ontvangst heeft genomen en waarmee hij niets weet aan te vangen.

Vic ligt daar maar. Ineens slaat ze haar ogen op, hij vangt haar gloeiende, koortsige blik, ze brandt zich bij hem naar binnen. Hij ziet haar weer zoals hij haar vergeten was. Die verwildering. Het is iets tussen smeken en vrezen in. Net als de eerste keer met haar. Na het klaarkomen zag hij haar pas echt, zoals ze was. Hij moest eerst 'door haar heen'. Hij, de zogenaamde veroveraar, die in werkelijkheid zelf verloren ging. Zij die hem doorboort met haar blik. Dan sluit ze haar ogen weer en vindt hij haar niet meer terug. Wordt ze weer iemand die hij de hele tijd moet zien te herkennen, een vaag lichaam dat hem vreemd vertrouwd voorkomt. Maar hij weet het weer, hij weet wat hij aan het verliezen is. 'Vic!' roept hij haar na, maar zij hoort hem niet.

'Elle perd sa conscience. She's losing consciousness.'

Door de situatie onder woorden te brengen lijkt ze normaal te worden. Vic verliest haar bewustzijn. Het zou een triviale mededeling kunnen zijn, een feitelijke constatering. Tin vervloekt Jean-Lucs quasi-geruststellende pseudo-diagnostiek. 'Vic!' roept hij weer, hij sjort aan haar schouder, als om haar terug te halen uit de duizelingwekkende put waarin zij wegtuimelt, weg te graaien voor die onaardse afgrond.

Jean-Luc verbiedt hem zo ruw met haar om te springen. Ze lijdt aan oververhitting door een acute zonnesteek. Elke beweging, elke opwinding drijft haar temperatuur enkel verder op.

Hoe komt hij erbij? Ze zweet helemaal niet, haar huid is kurkdroog. 'She doesn't sweat at all. Look at her, Jean-Luc.'

'That's what I'm trying to explain to you, my dear Martin. She can't get rid of the heat inside her body.'

Hoe weet hij zulke dingen? Wie zegt dat er niet iets anders aan de hand is? Hij kan dit niet overlaten aan Jean-Luc. De stelligheid waarmee die de diagnose stelt, duidt op een pijnlijke kortzichtigheid. Het gemak waarmee hij oordeelt, komt voort uit zijn onverschilligheid. Het is zijn vrouw niet, hij heeft makkelijk praten. Ze moet professionele hulp krijgen. Maar waar? Het kan van alles zijn. Iets verkeerds gegeten. Vergiftiging. Een slang! Ja, ze kan gebeten zijn door een slang. In ieder geval moet ze hiervandaan.

'We have to carry her to the car, bring her to a hospital.' Terwijl hij de zin uitspreekt, beseft hij de belachelijkheid ervan.

Tot zijn verbazing luistert Jean-Luc naar hem. We moeten haar in de auto leggen en naar Charleville brengen. 'Il faut l'amener à Charleville,' wordt er meteen geroepen. 'Let's drive her back to town as fast as we can.'

Het valt hem tegen dat Jean-Luc niets beters weet te verzinnen dan wat hij zelf heeft bedacht. Nu kan hij hem volstrekt niet serieus meer nemen. En omdat Jean-Luc het zo'n goed idee vindt, vindt hij het een slecht idee. Maar er is helaas geen ander idee.

De jonge gids gebaart hun dat ze haar beter hier kunnen laten liggen. Tot het vanzelf overgaat zeker. Niemand neemt hem serieus. Hij en zijn dorpsgenoten hebben haar al te lang hier laten liggen, hij heeft haar immers tijdens de jacht al gezien. Had haar toen gered, klootzak.

Nee, ze gaat mee. Dat staat vast. Tin is opgelucht dat hij zich met logistieke kwesties moet bezighouden, dat verlost hem in elk geval van de machteloze confrontatie met de onheilspellende toestand waarin Vic verkeert. Liever denkt hij na over de vraag of ze een auto hierheen halen of dat ze haar naar het dorp zullen dragen. En als ze haar dragen, hoe ze dat zullen doen. Hoe ver is het eigenlijk, hoe lang hebben ze erover gedaan om hier te komen? Tin voorvoelt de hopeloosheid van de hele onderneming, hij moet zich dwingen nauwkeurig na te denken. Er zal een draagbaar geïmproviseerd moeten worden. Hij moet het stapje voor stapje blijven doen, één ding tegelijk. Wat is 'draagbaar' in het Frans? Of in het Engels?

Brancard, wordt er geroepen. Ach natuurlijk, hij had het kunnen weten. Hij heeft gelijk, wordt er gezegd. We moeten een brancard zien te fabriceren. Van takken en twijgen, zoals het in *The Jungle Book* beschreven staat.

Van niks iets maken, het is hem nooit gelukt. Van iets niks maken, daarentegen, is zijn specialiteit haha. Nee, niet doen. Hij moet erin blijven geloven, hij kan niet opgeven, dat is uitgesloten. Hopeloos is het uitgangspunt, het kan alleen maar beter worden. Dood zijn we al, we kunnen hoogstens gaan leven. En weer golft verdriet in hem op als hij denkt aan Nikki die nietsvermoedend thuiszit. Sorry meisje, sorry sorry dat ik je zo vreselijk teleur moet stellen.

Het lukt niet om geschikte takken te vinden. Het gaat sowieso te lang duren om een geschikte draagbaar te fabriceren. De gids komt met een andere oplossing. Samen met Papa Boubou heeft hij een jong boompje losgetrokken. Als ze Vic op de bladeren leggen, kunnen ze haar slepen.

Vic merkt van dit alles niets. Ze ligt zo doodstil, en in zo'n verkrampte houding, dat Tin aarzelend aan haar arm trekt om te kijken of ze nog leeft. Goddank. Hij durft haar niet stevig in zijn armen te nemen, wat hij het liefst zou doen, zelfs met al deze vreemde mensen erbij. Hij moet haar vrij laten ademen, vanwege de oververhitting, want zo is het met overgrote meerderheid van stemmen besloten. Dus niet zachtjes haar haren strelen, haar met de kleinste kusjes overdekken, zodat ze papa's veilige meisje kan zijn dat niet bang hoeft te zijn in het donker. Hij denkt daarbij aan Nikki, die niet zonder haar moeder mag komen te zitten. Dat kan hij haar niet aandoen. Nikki, ik zal je redden. Vic, ik breng je thuis, dat beloof ik je.

Vic is op de bladerkroon getild, en de mannen proberen nu of er veilig kan worden gesleept.

∞

Het wil niet tot hem doordringen wat hier gebeurt, dus doet hij maar of het normaal is. Vics lichaam glijdt elke keer weg. Hij moet ernaast lopen, bukkend, om haar hand vast te houden, Jean-Luc, aan de andere kant, houdt haar andere hand vast, met als gevolg dat haar hoofd achterover hangt in een onbedoeld dramatische pose. Ze wekken de indruk of ze haar aan haar armen voortslepen en die boom onder haar, voortgetrokken door Papa Boubou en Amadou, ertoe dient om het spoor terug uit te wissen. Voorop gaan de jonge gids en de stille neger wiens naam hij niet kent. Achteraan, in zijn eentje, slentert met tegenzin de albino, alsof hij er niet bij wil horen, terwijl hij toch de veroorzaker is van alle ellende.

Het sjouwen is zwaarder dan hij wil erkennen. Hij

zweet zich kapot, hij moet iets drinken, maar het water dat ze bij zich hadden is al op. Hij heeft er niets van gehad, verdomme. En Vic dan, is er niks overgelaten voor Vic? Het interesseert niemand. Iedereen vecht tegen de hitte, de vermoeidheid, tegen zijn eigen lichaam.

Jean-Luc wijst Tin erop dat de nacht niet ver is, dat ze in of vlak buiten het dorp hun tent moeten opzetten.

Maar hebben ze zoveel tijd dan dat ze een dag kunnen vermorsen? Tin kijkt omlaag naar Vic. Hij kan niet geloven dat zij het is die hier wordt voortgesleept, door hem nog wel. Ze is zo wit en stil. Het is of ze er al niet meer is. Daarom moeten ze opschieten, niks tent opzetten, ze moeten terug naar de bewoonde wereld, of wat ervoor doorgaat. We kunnen toch 's nachts rijden? Zo ver is het niet als we in één ruk doorrijden. Blinde wilskracht, zonder wegen dwars door de nacht heen razen. Hij moet de neiging onderdrukken haar huilend te omhelzen. Doorzetten nu, niet kijken. Doen. Doorgaan. Laat haar nu maar even, het is zo al erg genoeg, laat ik het nu niet erger maken. Ik, de grote verpester. Het had haar grote reis moeten zijn, haar heldhaftige onderneming. Allemaal ter wille van die verrekte albino. Hij kijkt niet om, hij wil het mislukte creatuur niet aanzien. Het minste wat hij voor haar kan doen, is haar redden. Dat is hij aan haar verplicht. Dus moet hij ook de jongen sparen.

De terugweg is korter dan de heenweg, ze kunnen het dorp zien liggen.

Vic raakt steeds onder het stof, ook haar gezicht. Hij laat af en toe stoppen om dan, gehurkt, teder het fijnzand van haar oogleden, haar lippen te blazen. Met zijn vingertoppen veegt hij het van haar wangen, haar voorhoofd, haar kin. Hij hoopt dat ze haar ogen opent, dankbaar, vol liefde, maar dat doet ze niet. Ze heeft haar krachten binnen nodig, dat begrijpt hij wel, binnen in de duisternis van haar lichaam. Toe maar, liefje, rust maar uit.

En voort gaat het weer, het hele peloton zet zich weer in beweging, de hele uitgeputte meute. Met voorop die hertachtige jongen, dat prooiachtige jagerskind.

Nooit heeft hij het zo zwaar gehad. Dit is de proef. Op leven en dood. Hier komt het op aan. Het beslissende moment. Of is het net geweest, heeft hij het op het nippertje gemist en is het al te laat, dwaalt hij nu in het hopeloze? Te moe is hij om goed na te denken. Waar hij zich aan vasthoudt, is het dorp verderop. Vlakbij nu. Als ze het dorp hebben gehaald – de auto's! – zijn ze al een heel eind.

∞

Jean-Luc zegt dat ze in het dorp moeten blijven. Het heeft geen zin om nu nog aan de reis te beginnen. Hij knikt naar Vic, die nog steeds roerloos op haar waaier van stoffige bladeren ligt. Iedereen doet alsof het zo hoort. 'She's stable now. There is not much we can do for her at the moment.' Wat weet hij ervan? Hij richt zich exclusief tot Tin, de enige die hij moet zien te overtuigen. De anderen vinden alles best. 'On reste ici,' concludeert hij als niemand iets zegt.

'Non!' schreeuwt Tin. Hij vecht voor haar leven. Hier

gaat ze niet gered worden, dat staat vast. Als ze dwars door de nacht terugrijden naar de stad, hebben ze een kans. Ze is nu al zo lang bewusteloos, dat is niet goed. Moet hij haar niet juist wakker zien te houden? Is ze al in coma, hoe werkt dat eigenlijk? Hij weet het niet. Onbekende, onheilspellende terminologie. Alles wat hij zou kunnen doen om haar toestand te verlichten, kan ook verkeerd uitpakken. Het is volstrekt noodzakelijk een dokter te vinden, al is dat misschien wel meer dan twaalf uur rijden, als het niet veel langer duurt in het donker. Een dokter, in dit apenland? Maar toch. Hier is zeker niets. Daarginds is tenminste íéts. Iets ondernemen is beter dan machteloos wachten.

'We have to depart. Right now, Jean-Luc. Immédiatement. Qui vient avec moi?' Hij kijkt rond, triomfantelijk en toch ook smekend. Toe nou, wie gaat er met mij mee? Het is slecht voorbereid, dat moet hij toegeven, maar er zal toch wel iemand met hem mee willen gaan? Het blijft stil rondom.

'Moi, Monsieur, si vous voulez, Monsieur.' Het is de albino die ten slotte zijn hand opsteekt, alsof hij braaf op zijn beurt heeft gewacht.

Wat moet hij daar nou weer mee? Er wordt al besmuikt gegrinnikt, dat ziet hij heus wel. Hij negeert de jongen en wendt zich tot Amadou. 'Et toi, Amadou, veux-tu m'aider?'

Maar de albino geeft niet op. Hij meent het, hij wil mee. Hij heeft alles voor zijn blanke meester over, zegt hij.

Tin negeert hem. Hij blijft de blik van Amadou zoeken.

Die kijkt onzeker naar de grond en dan pas naar Tin. 'Bien sûr, Monsieur. Quand vous voulez, Monsieur.'

'Et moi, Monsieur? Maître Martin, s'il vous plaît? Je vous en prie.' De albino is op zijn knieën gevallen en smeekt hem met gevouwen handen.

Rot toch op, zeg. Hij pakt de handen van Amadou met beide handen beet. 'Merci, Amadou.' Hoe zeg je dat ook al weer in het Frans? O ja. 'Je suis obligé.'

Hij weet zelf ook dat het gekkenwerk is, maar dat trekt hem juist aan. Het vallen is begonnen, hij hoeft alleen nog de bodem zien te raken. Spring! Het nadenken is ingekort tot een wilsbesluit, een samenballing van zijn laatste krachten. Ogen dicht en gaan. Als ze de macadamweg bereiken voor de duisternis intreedt, zijn ze al een heel eind. Hij gelooft daarin. Nu hij geen keuze heeft, wordt alles duidelijk. Eenvoudig haast. Met een ook voor hemzelf verbazingwekkende assertiviteit gebaart hij Amadou dat hij de auto moet halen, zodat ze Vic voorzichtig op de achterbank kunnen installeren. Weg is de dodelijke vermoeienis. Alleen de dorst, die blijft, ook al is hij aan de leerachtige uitgedroogdheid van zijn mondholte gewend geraakt. Zijn tong is tweemaal zo dik geworden, zijn mondholte is dichtgegroeid. In de kofferbak ligt drinkwater, herinnert hij zich. Drinkwater en benzine, daar moet hij op letten straks, voordat ze weggaan. Ervoor zorgen dat Jean-Luc niet alle jerrycans inpikt. En eten, hij sterft van de honger, merkt hij nu, nu alles helder is geworden. Er is iets van hem afgevallen, er resteert slechts onmiddellijkheid. Dorst, honger, doodsangst. Zekerheid. En liefde. Hij denkt aan Vic, aan Nikki. Het enige wat telt. Dit is wat het is. Een nachtelijke terugweg door niemandsland. Er is niets anders. Terug naar huis.

Jean-Luc probeert hem nog halfslachtig van zijn 'onzalige plan' te weerhouden, houdt hem voor dat het 'verstandiger' is 'rustig te blijven', maar het sterkt Tin juist in zijn besluit. Om dwars door het zwart van de nacht te jakkeren en aan de andere kant, stralend in het ochtendlicht, zijn vorige leven terug te vinden.

Onverwacht krijgt hij steun van Solange, die ruzie begint te maken met Jean-Luc. Laat hem, zegt ze. Respecteer hem. Hij gelooft tenminste nog ergens in, zie je dat niet? Ze vindt dat Jean-Luc en zij mee zouden moeten, de nacht in. Meteen beseft hij dat hij liever zonder hen vertrekt. Samen met Amadou voelt beter. Hun beider onervarenheid zal hen redden, terwijl de routine van Jean-Luc hun enkel ongeluk heeft gebracht. In feite is het diens schuld dat ze Vic uit het oog zijn verloren. Zonder dat gezwaai met dat idiote geweer van hem was er weinig aan de hand geweest. Dan hadden ze om te beginnen geen gevaar gezien waar het niet was. Jagers voor krijgers aanzien. Ja, het is Jean-Lucs schuld. De willekeurigheid van die man, die ongevraagd zo'n grote, misschien beslissende rol in hun leven speelt: hij haat het, hij zou op hem willen spugen. Als die eikel mee zou gaan, zou dat vast en zeker nog meer ellende betekenen. Alleen door onschuld en onervarenheid kunnen ze ontkomen, dat voelt hij gewoon. De onwetendheid zal hen beschermen als een wolk.

∞

Terwijl ze de bloedhete auto aan het gereedmaken zijn, oliepeil, waterpeil, benzinetank bijvullen, weet Jean-Luc toch nog de albino aan hen op te dringen. Tin heeft zich in de schaduw van een boom over Vic ontfermd, strijkt zachtjes door haar haren om haar onrustig heen en weer bewegende hoofd tot bedaren te brengen. Salif is haar adoptiezoon, zegt Jean-Luc, vanwege de jongen heeft je onfortuinlijke vrouw zich dit allemaal op de hals gehaald. Hij moet mee, dat ben je aan haar verplicht. 'Martin, you have to do this for her. It would be a crime to forsake. If you want to save her, you have to save the boy too.'

Tin kan er niet goed naar luisteren. Hij probeert het verhitte, onhandelbare lichaam van Vic in een gemakkelijke houding te leggen, zodat ze een beetje op adem kan komen, maar steeds voelt hij haar verzet. Er is iets in dat lichaam wat eruit moet, maar niet kan. Ze schudt krampachtig met haar hoofd. 'Rustig maar liefje, ik ben bij je, probeer maar wat te slapen.' Het slaat nergens op, dat weet hij ook wel, maar wat moet hij anders? Het is alsof hij het tegen Nikki heeft, zoals vroeger, wanneer de kleine meid koorts had of een nachtmerrie en hij 's nachts in haar meisjeskamer almachtig groot en goeiig vaderlijk de kinderdemonen kwam verjagen. Oeroude magie waarvan hij het geheim inmiddels vergeten is. Hij doet zijn best de formule zo goed mogelijk te imiteren.

Niets werkt, hij wordt er gek van. Laat er iets gebeuren,

snel. Gelukkig is Amadou klaar voor vertrek. Papa Boubou geeft hem omstandig enkele laatste raadgevingen, maar de jongen zwijgt en lijkt niet te luisteren.

Ze moeten eerst wat eten, zeggen de dorpelingen, die zich er ook mee zijn gaan bemoeien. De tunnel van de nacht is lang en hopeloos, daar kan men niet onvoorbereid in binnengaan. Er is ook een oude vrouw die vochtige bladeren op Vics gezicht wil leggen. Tin laat het toe. Hij weet niet hoe te weigeren. Als ze Vics lijf wil gaan ontbloten, om ook daar, op haar stille bleke huid, het kompres van bladeren aan te brengen, heeft hij dat liever niet, zeker niet met al die mannen om haar heen. Met een opgestoken wijsvinger verbiedt hij haar verder te gaan. Ze kijkt hem aan alsof hij een levensreddende operatie weigert.

'Pourquoi pas, Martin?' vraagt Jean-Luc verbaasd. 'C'est rafraîchissant.'

De jongen die hen in de wildernis naar Vic heeft teruggeleid, komt met een stuk vlees aanzetten. Het is meer verbrand dan gegrild. Tin moet haast kokhalzen van het idee dit te moeten eten. Uit beleefdheid dankt hij de jongen met een hoofdknik. Amadou neemt het gore gebraad voor hem aan en brengt het slaafs naar de auto.

Ondertussen heeft de oude vrouw Vics bovenlijf ontbloot en staat iedereen naar haar wezenloze witte borsten te kijken, totdat ze met zorgzame precisie onder een dek van natte blaadjes zijn verdwenen. Een geschubd onderwaterwezen dat op deze droge aarde niet thuishoort.

Het heeft iets onverwacht geruststellends, dit zinloze

ritueel. Vic wordt er kalmer van. Het hoofdschudden is in elk geval opgehouden. Het moet te maken hebben met die toegewijde handen van de oude vrouw, het onwankelbare geloof dat erin uitgedrukt wordt. Het is iets wat zijn eigen handen ontberen. Ook hij zou wel door geneeskrachtige bladeren overdekt willen worden, realiseert hij zich. Zich overgeven aan de magie van het onbegrijpelijke, vertrouwen op onbekende goden en op wonderbaarlijke wijze worden gered.

In plaats daarvan moet hij het doen met een oude, gedeukte Peugeot 403, die hem met zijn sonore cilinderdreun aanspoort nu gauw te vertrekken.

∞

Blijkbaar is Salif toch gewoon ingestapt. Trekt zich niets aan van de afkeer die hij oproept, de schooier. Hij zit voorin, naast Amadou. Tin is te murw om nog te protesteren. De temperatuur in de auto moet rond de vijftig graden zijn. Hij zit op de achterbank, naast Vic, die half zit, half ligt, met haar hoofd op zijn schoot, wat onaangenaam zweterig is, maar het kan niet anders. Dit gaat niets worden, dit ga ik niet volhouden. Vic lijkt het niet te merken, die is al zo heet, die kan dit er nog wel bij hebben. Hij leest de hopeloosheid van de hele onderneming ook in de ogen van de achterblijvers die zich rondom de auto hebben verzameld. Het tweetal voorin heeft er gelukkig alle vertrouwen in, ze verheugen zich op de reis, op het onbekende. Kinderen zullen hen geleiden door de duisternis, het is niet anders. Hij laat zijn blik over Vic gaan. De heilige onnozelheid zal hen bewaren. Laten we gaan, bidt hij. Laten we dit achter de rug hebben.

Er worden handen door de open raampjes gestoken, Papa Boubou slaat op de motorkap, iemand roffelt op het dak als ze voorzichtig optrekken. Links en rechts en voor hen uit blijft men echter met hen mee oplopen, zodat de drukte als het ware aan de auto kleeft en ze stapvoets moeten blijven rijden. Er springt zelfs iemand op de motorkap, waardoor Amadou even niet ziet waar hij rijdt. Hij stampt op de rem en stapt boos uit om iedereen te verjagen. Schaapachtig laat de meute zich verspreiden. Idioten, mompelt hij als hij weer instapt.

Als hij geïrriteerd optrekt, werpen de achterwielen grote stofwolken op. Maar vooruit is het zicht vrij. Het land ligt open tot aan de onbenaderbare horizon.

∞

Het verbaast hem dat Amadou de weg nog kent, als je dit een weg wilt noemen, deze hobbels en kuilen, dit stof. Weg: een woord dat hen moet behoeden voor wat daarbuiten is: niets. Het is dat hij Vic bij zich heeft, anders zou hij doodsangsten uitstaan. Nu niet. Nu moet er gehandeld worden. Als het al niet te laat is. Hij durft niet goed naar Vic te kijken. Stel je voor. Hij durft het niet eens goed te denken. Stel je voor dat ze dood is. Deze hele situatie kan niet waar zijn. En daarom boezemt zij hem geen angst in. Dit bestaat niet, dit gebeurt niet, zij zijn allemaal afwezig. Niet alleen Vic.

Na een tijdje krijgt hij door dat het in werkelijkheid Salif is die hen leidt. Met zelfverzekerde hoofdknikjes geeft die telkens de juiste richting aan. Amadou volgt blind zijn suggesties op. De albino kent hier elke struik en elke boom, hij leest de lucht als een landkaart, ze kunnen blind van hem op aan. Tussendoor informeert hij naar het welzijn van Vic, die hem echt ter harte lijkt te gaan. 'Madame Victorine' noemt hij haar steeds, met die nadrukkelijke koloniale onderdanigheid die je ook arrogant kunt vinden. Zouden ze dan echt hebben gecorrespondeerd, heeft haar overzeese aandacht werkelijk iets voor hen betekend? Arme, lieve Vic, met je grote hart waar heel Afrika in past. Mensenredder, brenger van hoop. En nu lig je hier op apegapen. Geroerd strijkt hij door haar haren; hij schrikt ervan hoe ze aanvoelt. Zo heet, zo onnatuurlijk heet. En zo droog. Zonder één enkel zweetdruppeltje. Ze móét iets drinken, denkt hij. Haar lippen zijn hard en gebarsten.

Hij giet voorzichtig wat in haar mond. Maar ze slikt niet, het druipt langs haar kin op haar borst. Hij probeert het niet opnieuw, wil het water niet verspillen. Laat maar, denkt hij, laat haar maar even.

Het is al erg genoeg. Hij is in elk geval opgelucht dat hij van Jean-Luc en Solange af is, met hun voorbarige gevolgtrekkingen. Hoe minder er over de toestand van Vic gepraat wordt, des te liever het hem is. Hij wil het niet horen, hij wil het niet weten. Geen namen alsjeblieft, geen definities. Laat hem, bidt hij, in het ongewisse. Daarom negeert hij Salif wanneer die er weer over begint. Rien a changé, beste jongen, alles stabiel. Zolang we het er niet over hebben, kan het ook niet verslechteren. Je moet het onheil misleiden, je moet het niet de juiste woorden geven. Zodra het een naam heeft, wordt het een feit. Zie het dan nog maar weg te krijgen. Beter kan eerst de nacht vallen en de tijd uitvagen. Er is nu toch niets wat ze kunnen doen. Beter is het om even nergens aan te denken, zodat het ook niet aan jou denkt. Doorrijden maar, en hopen dat het niet waar is. Laat de nacht over ons komen en alles oplossen, zodat we wie weet morgen ons leven ongeschonden terug zullen vinden.

∞

Nog voordat het zover is, moeten ze in paniek de auto aan de kant zetten. Vics lichaam begint raar te doen. Het schokt, ze spartelt. Alsof ze eruit wil. Hij slaat zijn armen om haar heen, probeert haar te omklemmen, maar de convulsies blijven komen, als een autonome kracht waar zij zelf niets mee te maken heeft. Het lijkt op een epileptische aanval, of wat hij zich daarbij voorstelt. Victorine, meisje, wat is er met je aan de hand? Met tranen in zijn ogen houdt hij haar ternauwernood in bedwang. Hoe zijn we hier met ons tweeën in terechtgekomen? Onder hem woelt ze en worstelt ze. Misschien krijgt ze geen adem, hij schrikt. Laat haar vrij verdomme! Laat haar ademen. Waarop ze haar gespartel in alle hevigheid hervat. Hij kan er niet naar kijken. Haar geopende, nietsziende ogen, de verbeten stilte waarin zij tekeergaat. De totale afwezigheid waarin dit gebeurt. Hij kan het niet aanzien, maar weggaan kan hij ook niet. Hij moet dit uitzitten, hopen dat het vanzelf overgaat.

De jongens zitten voorin druk te praten, tegen elkaar. Hem – en Vic – vermijden ze. Ze praten opzettelijk luid om het doodsstrijdachtige gezwoeg op de achterbank niet te hoeven horen. Ze overleggen als twee monteurs of timmerlui die samen tot de juiste aanpak en werkwijze moeten zien te komen. Twee kapotte blanken die ze weer aan de praat zullen moeten krijgen. Nou ja, één kapotte en één waar je niks aan hebt.

Amadou stapt uit en steekt een sigaret op. Verveeld opent hij de achterklep, ook daar is de oplossing niet te vinden. Hij hoort het zwijgende gespartel en slaat de achterklep weer dicht. Ook Salif is uitgestapt. Amadou biedt hem een sigaret aan uit zijn pakje, de jongen weigert beleefd.

Binnen vraagt Tin zich af waar hij aan begonnen is, al is hij zelf nergens aan begonnen, het is vanzelf begonnen en hij is meegegaan, en nu zit hij hier, in deze dertiendehandse Peugeot-Afrikaanse-stijl die tot stilstand is gekomen, en probeert hij niet te kijken hoe Vic niet meer uit haar lichaam kan komen. Tot gek wordens toe opgesloten in dat machteloze lijf. Hij benijdt de beide jongens, die buiten kunnen zijn, buiten de situatie ook. Misschien zou hij nu ook een sigaret moeten gaan roken, net als Amadou, één hand in de zak, met kalme wolkjes de boze geesten verdrijven, maar hij heeft het nooit gekund, hij vindt het vies en moet ervan hoesten en kokhalzen, al trekt de rokershouding hem zeer: de volmaakte naar binnen gerichtheid ervan, die elke buitenwereld, ook de bedreigende, tot decor en achtergrond weet te reduceren. Nu is hij overgeleverd aan vormeloosheid. De wanhoop regisseert zijn gebaren. Er is geen mogelijkheid om buiten deze situatie te geraken en ook haar eruit te trekken. De als-varianten dringen zich op. Als hij naar Jean-Luc had geluisterd en in het dorp was gebleven. Als ze met z'n allen waren vertrokken en de tent mee hadden genomen. Als hij eerder achter haar aan was gegaan. Als ze bezorgder om Nikki waren geweest en niet naar zo'n ver land op reis hadden durven gaan. Als ze dit hele rampscenario van tevoren hadden gekend. Maar de situatie is onweerlegbaar en geeft geen krimp.

Amadou trapt zijn sigaret uit en kruipt weer achter het stuur, start de motor. Salif stapt ook in, kijkt met zijn grote kinderogen naar het onterende tafereel op de achterbank, van de vrouw die probeert uit haar zinkende lichaam weg te zwemmen en de man ernaast die niet weet wat hij moet doen. Draait zich dan beduusd om, trekt snel het portier dicht. Ze rijden weer.

∞

Geleidelijk aan kalmeert Vic, zodat ook Tin kan ontspannen. Door de opwinding zijn zijn kleren doorweekt van het zweet. Alleen zijn mond is droog.

Heel heel moe voelt hij zich nu, terwijl hij weet dat hij wakker moet blijven. Als een drenkeling probeert hij houvast te vinden, uit de zee van de slaap weg te zwemmen. Maar het geronk van de motor, het razen van de wind door de open ramen, het schudden van de auto overweldigen hem. Hij zinkt langzaam weg, droombeeld na droombeeld, tot het oppervlak zich boven hem sluit.

∞

Als hij wakker schrikt, is het nacht. Vic! Met een schok valt hij terug op de bodem van zijn bestaan. De motor raast, de auto hotseknotst door kuilen. Of zijn ze al op de macadamweg? Liefste, waar ben je? Hij tast voorzichtig naar haar lichaam, botst op zachte obstakels. Bovenbeen? Buik? Schouder? Hij streelt haar haar, voelt haar oor. Het is zo ondoordringbaar donker dat hij haar contouren niet ontwaart. Ze voelt ook anders aan. Vreemder. Doordat hij haar niet ziet, denkt hij. Het schudden van de auto maakt het onmogelijk haar voorzichtig aan te raken, steeds is hij bang dat hij haar per ongeluk een beuk verkoopt, zijn zieke vogeltje, zijn doodzieke vogeltje.

Door de voorruit ziet hij de tunnel van licht waar ze doorheen rijden. In de auto is de dashboardverlichting te zwak om de jongens voorin meer dan een vermoeden te laten worden. Ze zijn zo stil dat hij bang is dat ze slapen en de auto zich nu op eigen kracht een weg baant door het naamloze niets. Weet iemand nog of ze de goede kant op gaan? Schimmen zijn ze geworden, met z'n allen, ronddobberend in de duisternis, onherkenbaar voor de wereld die hen verlaten heeft, op weg naar een einde dat ze misschien allang hebben bereikt.

Ineens is hij bang dat Vic al dood is. Hij wil haar wakker schudden, bedenkt zich. Op de tast zoekt hij de binnenverlichting. Kut, hoe werkt dat? Vraagt aan de jongens vuur: lucifers, een aansteker, ze roken toch? Hij schrikt van de stem, die niet van hemzelf lijkt te zijn. Het plotselinge geluid vernielt het verzamelde zwijgen. Pardon, auriez-vous du feu? Maar meteen daarop is het zwijgen er weer – of is het er nog steeds? – en is hij er al niet meer zeker van dat hij het werkelijk heeft gezegd. Misschien heeft hij het alleen gedacht. Dus zegt hij het voor de zekerheid nog een keer. Kort en duidelijk. 'Mes chers garçons, avez-vous du feu?'

Nu reageren ze wel. Het is Amadou. 'Bien sûr, Monsieur. S'il vous plaît. Monsieur. Vous pouvez garder le briquet, Monsieur, s'il vous plaît, mais il est usé.'

Het vuursteentje gaat inderdaad stroef, toch ontspringt er een vlammetje. Het geeft minder licht dan hij had verwacht, en voordat hij het op Vic heeft kunnen richten, is het wieltje van de aansteker zo heet dat hij zijn duim brandt en het los moet laten.

'Attendez, Monsieur, s'il vous plaît, vous venez de vous brûler la main.'

Tin probeert het opnieuw, maar het ding is nog steeds te heet, zodat het vlammetje niet lang genoeg brandt om Vic in het duister te vinden. Amadou begrijpt eindelijk waarom hij zo zit te klungelen en knipt joyeus de binnenverlichting aan. Tin schrikt van het licht, maar meer nog schrikt hij van Vic, die er wassenbeeldachtig uitziet in het gelige schijnsel. Hij heeft nog nooit van zijn leven een lijk gezien, maar hij weet het meteen. Het beste is om het lampje weer uit te doen. Als het uit is, is het gemakkelijker vol te houden dat er niets is veranderd. Het schijnsel doet pijn aan zijn ogen, daar zijn ze niet meer aan gewend.

Nu pas, in het hervonden donker, durft hij zijn gedachten te onderzoeken. Stel je voor dat het waar is wat hij zonet heeft gezien. Dat kan toch niet, nee het mag niet. O Vic, meisje, wat ben je aan het doen, je laat me hier toch niet alleen achter, dat doe je me toch niet aan? Paniekerig tast hij naast zich, op zoek naar de vertrouwdheid van een lichaam dat hij beter kent dan het zijne. Maar de vertrouwdheid is weg, het lijkt een ander lichaam, het lijkt niet eens een lichaam wat hij voelt. Meer een ding. Hij zou weer het licht aan moeten knippen, maar dat durft hij niet. Hij wil ook de jongens voorin niet ongerust maken. Zolang ze rijden, gaan ze de goede kant op. Het is zonde om daar nu iets aan te veranderen.

Voor hem uit de tunnel van melkwit licht. Ze rijden er steeds dieper in en toch blijft alles op zijn plaats. Het licht maakt niets zichtbaar dan zichzelf, het is er, maar het wijst nergens heen. Het is het idéé dat ze rijden dat hen vooruit doet gaan. Ze gaan ergens heen zolang ze bedenken dat ze ergens heen gaan. Aan dat bedenksel houdt hij zich vast, zoals een drenkeling zich vasthoudt aan het vlietende water. Zelfs als hij niets heeft, zal dat niets hem nog redden.

∞

Het wordt steeds kouder in de auto. De rillingen jagen door zijn lijf. Zijn knieën, zijn rug, alles is stijf. Hoe lang zit hij al in dezelfde houding? En Vic? Misschien voelt ze daarom zo vreemd aan, het is ineens zo koud geworden. 'Il est trop froid. Il faut faire quelque chose.' Hij hoort dat zijn stem paniekerig klinkt. Wat hij ook mist, is het advies van Vic. Zij weet wat je in zulke omstandigheden moet doen. Het stoort hem dat ze het hem in z'n eentje laat opknappen. De jongens voorin reageren niet. Alweer niet. Alsof de auto zich inderdaad zelfstandig door het duister boort, een schip zonder kapitein, op drift geraakt op de eindeloze zee van de woestijn. Stuurloos, richtingloos, op volle snelheid onderweg naar een doel dat niet meer bestaat. Zelfs hier gaat hij in mee, bij gebrek aan een alternatief, hij is bereid de omstandigheden te blijven volgen. Maar het wordt té koud. Il est trop froid. We moeten iets doen. Il faut faire quelque chose.

Ditmaal horen ze hem wel. 'Oui, Monsieur, vous avez raison. Il faut s'arrêter.'

En het onwerkelijke gebeurt: ze stoppen. De motor slaat af en zijn oren worden verdoofd door een gewatteerde stilte. Zijn lichaam rijdt nog even door, hij voelt het naschokken en natrillen van de auto in zijn benen, zijn hoofd. Buiten razen de cicaden, hoort hij nu. Het is een kolereherrie. Ook voelt hij de wind die onbarmhartig de cabine binnen jakkert. Amadou en Salif zijn al uitgestapt, ze hebben het achterportier aan Vics kant opengetrokken en ontfermen zich nu over haar.

Hij hoort de jongens gejaagd fluisteren, en meteen daarop begint Salif hartverscheurend te huilen.

Het irriteert Tin dat een ander zo onbeschaamd het verdriet ventileert dat voor hem gereserveerd zou moeten zijn. Alsof het hem wordt afgenomen. Hierdoor kan hij zijn eigen verdriet niet meer vinden, er is alleen dit andere, en dat is niet van hem. In hem is een verstening aan de gang, hij wordt steen voor steen ingemetseld in zijn eigen gevoelloosheid. Hij kan wat hier gebeurt wel bedenken, maar niet geloven.

Salif is ontroostbaar. Hij heeft zich op Vic geworpen en snikt met grote halen. Een kind dat zijn gestorven moeder beweent, omgekeerde pietà. Tin betrapt zich erop dat hij ernaar kijkt als naar twee vreemden, hij moet zich eerst inprenten dat het Vic is om het te geloven. Alsof het hem telkens ontschiet en hij het zich weer herinnert. Hij weet dat het Vic is en hij weet dat ze dood is, maar dat besef verdwijnt steeds weer. Het keert ook steeds terug: als wasem op een beslagen ruit.

En als hij er al in slaagt de waarheid onder ogen te zien, denkt hij niet aan Vic zelf maar aan Nikki. Arm kind. Dat komt ook door de onbeschaamde vertoning van de witte pseudo-pleegzoon hier, die Nikki's verdriet helemaal voor zichzelf lijkt op te eisen. Hij denkt aan haar meisjeskamer, waar het nu ook nacht is, maar een andere: eentje vol dromen en verwachtingen. Meisjesdingen, vrouwenzaken, waar hij geen geduld voor heeft. Vic en Nikki zijn onafscheidelijk. Waren, bedoelt hij. Hij wil er niet aan denken wat zijn kind zal moeten doormaken. Papa, waarom heb je niks gedaan? Wat had ik moeten doen? Alles, begrijp je dat niet, alles! Het is gek genoeg de stem van zijn moeder die hij nu hoort. Nog steeds is zijn vader niet boven water gekomen. Elk rivierlijk dat later opgedregd werd, was hij niet. Zijn ongestorvenheid is er alleen maar groter door geworden. Een mythische figuur. De Man Die Ontkwam. Hij is niet zozeer in het water verdwenen als in de tijd. De tijd stroomt voort, met hem erin. Met Vic is het anders. Zij ligt naast hem, bedolven onder het verdriet van een onbekende Afrikaanse jongen. Hij voelt haar nog, al voelt zij anders. Hij ruikt haar nog, maar haar geur is veranderd, niet meer van haar.

Amadou zegt dat ze haar het beste snel kunnen begraven. Het leidt tot een doodse stilte. Salif stelt, door zijn tranen heen, voor om door te rijden naar de stad. Om haar te redden, zegt hij pathetisch. Volgens Amadou zullen ze in Charleville problemen met de autoriteiten krijgen. Tin denkt aan zijn ervaringen op het vliegveld. Over de grens is het gemakkelijker, zegt Amadou. 'Au-delà il n'y a pas de Loi.'

Hoe langer ze stilstaan in de koude nacht, des te sterker de verlatenheid hem in de greep krijgt. Maar huilen kan hij niet, die zwakte staat hij zich niet toe. Salif is door zijn verdriet heen en is weer op zijn eigen plaats gaan zitten, een donkere schim. Amadou is het gloeiende puntje van een sigaret. Tin begint buiten geluiden te horen: gesnuif, gehijg. Het kan de wind zijn, maar ook iets anders. Hij trekt zijn portier alvast dicht. Doorrijden, beslist hij zonder nadenken, de grens over. Nooit opgeven als het niet nodig is.

Hij heeft het gevoel dat hij hiermee in de geest van Vic handelt. Redden wat er te redden valt. Anders hoeft hij bij Nikki niet meer aan te komen. Hij merkt dat hij bezig is er een verhaal van te maken: hoe hij alles op alles zette om Vic veilig thuis te krijgen. Een verhaal dat je kunt navertellen is een verhaal dat je begrijpt. En dat is wat hij hier in al zijn vergeefse heroïek probeert: het onbegrijpelijke van zich af te schudden en terug te keren in een overzichtelijk geheel met een kop en een staart. Hij betrapt zich erop dat hij bezig is de tijd over te doen, onschadelijk te maken in een versie die te controleren valt, om er straks, als hij thuis is, met Vic samen op terug te kunnen kijken.

∞

Als ze de grens al zijn overgegaan, is het ongemerkt gebeurd. Alles is nog hetzelfde. Het blijft buiten even donker. Hij moet weer in slaap gevallen zijn, hij weet niet voor hoe lang. De tijd bestaat niet. Als hij Vic aanraakt, schrikt hij. Het is voor het eerst dat hij een lijk aanraakt. Toch voelt het als Vic, dat wil hij. Ze is toch niet ineens een ander geworden? Al moet hij erkennen dat hij eerst iets moet overwinnen. Ze is het, nog steeds, maar dat moet hij wel eerst bedenken. Hij zit met haar op de achterbank. Samen. Zo wil hij het weten. Samen reizen ze terug naar huis, om aan Nikki te vertellen dat mama onderweg helaas gestorven is. Hij mist Vic niet. Hij zou niet weten hoe dat moet, met haar er nog bij. Als hij iemand mist, dan is het Nikki. Hij kan haar niet onder ogen komen, beseft hij. Was híj maar gestorven, dat was voor iedereen beter geweest. Nutteloze, overbodige die hij is. Dat lieten ze hem ook merken toen hij als overlevende terugkeerde en niet zijn vader. Waarom jij? En hij niet? Toen begreep hij het niet, de afwijzing van zijn bestaansrecht. Nu wel. Nu hij Nikki het lijk van haar moeder komt brengen, ziet hij in dat hij van hun tweeën de dode had behoren te zijn. Vic en Nikki zijn twee handen op één buik, ze zijn ondenkbaar zonder elkaar. In elkaar zien ze zichzelf. Hij hoort nergens bij. Ja, bij Vic en Nikki, natuurlijk, als een soort aanhangsel, maar als het erop aankomt, doet hij er niet toe. Zoals nu, nu hij in de nacht met het lijk van Vic onder zijn hoede zomaar op goed geluk een onbekende grens oversteekt, op weg naar huis – maar waar is thuis? Ook nu een bijfiguur die per ongeluk in de hoofdrol verzeild is geraakt. Tin, hoe kóm je erbij? Hij hoort het haar zeggen. Wat bezielt je, ben je gek geworden? Hij zou het niet weten. Schat, ik weet het niet. Hij doet maar wat, hij weet niet wat hij doet.

Amadou zet de auto aan de kant. 'C'est trop dangereux.' Hij kent het hier niet, hij weet ook niet of ze nog op een weg rijden. Zijn plan om de grens over te steken was misschien voorbarig. Ze kunnen beter tot de ochtend wachten. Precies zoals Jean-Luc heeft gezegd, denkt Tin. 's Nachts rijden is onverantwoord. Ook is hij moe, Amadou, hij heeft de tocht onderschat. Als hij even zijn ogen dicht zou mogen doen, s'il vous plaît, Monsieur, is hij er zo weer bovenop.

Tin vreest de stilstand. Het opgeslokt worden door de stilte, de leegte, de nacht. Hij vreest ook het stille lichaam naast hem. Het is wel erg dood nu. Plotseling begint hij te gillen, naar adem te happen, zijn hart probeert zich door zijn borstkas heen naar buiten te persen, een gevangen dier dat de hekken in vliegt. Het is of ook hijzelf in een lijk opgesloten zit en niet naar buiten kan. Vic, wat gebeurt er met ons? Ze hebben ons in een lijk opgesloten. Het maakt hem razend dat hij vastzit in zijn lichaam, hij zou zich ervan willen ontdoen als van een jas – en dan? Rijden, roept hij, doorrijden. Of denkt hij het alleen? Hij wordt gek van de ruimte om hem heen, de krankzinnige afstanden, die alleen maar lijken uit te dijen. Rijden heeft geen zin. Grenzen gaan ze over, maar zijn huis komt niet dichterbij, zijn huis met Nikki erin, en Vic, die op hem zitten te wachten, zijn arme meisjes, zitten te wachten tot dit gekloot in het niets eindelijk afgelopen zal zijn. Hij brult, het is een geluid dat hij nog nooit heeft gehoord. Is het van hem? Of heeft hij er zelf al niets meer over te zeggen? Het brullen is een weten dat van ver komt, van ver voor zijn tijd.

De jongens zijn erg geschrokken van zijn uitbarsting. Waar zijn ze eigenlijk gebleven? 'Amadou, où es-tu?' Hij probeert beheerst te klinken. Het maakt niet uit, zijn stem slaat dood onder de almachtige nachthemel.

Bang is hij niet, vreemd genoeg. Nu niet meer. Zijn schreeuw heeft hem bevrijd. Hij is dood – dat moet het zijn. Dood, maar nog niet gestorven. Zijn lichaam doet het nog, vandaar, maar in gedachten heeft hij het al verlaten. Hij beschouwt het van een afstand: een ding, net als het lijk van Vic. Zij is alleen verder dan hij, dat is alles. Zij is weg. Net als zijn vader. Het komt hem volkomen onverklaarbaar voor dat hij zonet heeft geschreeuwd. Dat moet een ander zijn geweest. Hem kan het allemaal niets meer schelen. Een dode trekt zich nergens meer iets van aan. Hoogstens mist hij iemand die hij moet zijn geweest. Een man die schreeuwde tegen de hemel, een jongen die iets zocht wat niet meer bestond.

Toen hij zijn vader had gezocht aan de oevers van de nachtrivier, kon hij almaar niet begrijpen dat zijn vader in staat zou zijn om te sterven. Dat ging er bij hem niet in. Een zwemmer komt altijd boven, met zijn krachtige slag bereikt hij altijd de kant. Dat beweerde hij zelf. Je bent zo dichtbij, dan geef je niet op. Nu, dertig jaar later, beseft hij de onoverbrugbaarheid van een seconde. De eeuwigheid duurt niet onvoorstelbaar lang, zij duurt onvoorstelbaar kort. Zij kent geen duur, om precies te zijn. Voor altijd nooit meer. Overal nergens meer te vinden. Vandaar dat hij de nabijheid van zijn vader op de Afrikaanse rivier zo aan den lijve ervoer: ook daar was hij bijna, het scheelde minder dan een seconde. Bijna was hij boven, bijna kon hij weer ademen. Een seconde is niks. Maar niks wordt alles en op slag veranderen alle mogelijkheden in onmogelijkheden, wijken de oevers en stroomt de rivier voor eeuwig naar de zee.

De jongens zijn opgelucht dat hij weer gekalmeerd is. 'Ne vous faites pas de soucis, Monsieur. Tout ira bien, Monsieur.' Amadou steekt zijn duizendste sigaret op. Nee, belooft Tin, hij zal zich geen zorgen maken. Alles komt goed. We zijn dood, maar verder is er niets aan de hand.

4

De zon zet de ochtend meteen in lichterlaaie. Het onbekende land is exact hetzelfde als waar ze vandaan zijn gekomen. In het volle licht ziet Vic er beroerd uit. Hij moet ervan huilen. Kort en heftig. Het is iets onbeheersts wat hem ontsnapt, iets wat zijn lichaam produceert. De jongens delen wat van het meegebrachte eten, ze bieden ook hem iets aan. Vic niets, alsof zij niet bestaat. Hoewel de honger zijn maag opvreet, slaat hij het aanbod af. Eten is leven zonder je ervoor te schamen. Hij vindt het obsceen om haar met z'n allen te negeren. Ze is dood, maar dat hoeven ze haar toch niet de hele tijd te laten merken? Ze kunnen ook respect voor haar proberen op te brengen. Haar te zien, bijvoorbeeld. Haar bestaan te erkennen.

Niemand heeft eraan gedacht haar een beetje ordentelijk neer te leggen. Door de lijkverstijving is ze in een buitengewoon onhandige vorm terechtgekomen. Tin schrikt hoe snel dat gaat. Er zitten ook rare vlekken op haar gezicht, haar hals, haar handen; die zaten er eerst niet. Hij wil haar in een comfortabelere positie brengen, maar hij merkt dat het lichaam al onhandelbaar is geworden. Toch huivert hij niet, hij wil haar door het vreemd geworden lichaam heen kunnen blijven aanraken. Ergens is zij nog, op een onoverbrugbare seconde of centimeter van hem af.

Amadou vindt dat ze haar moeten begraven. In deze temperatuur heeft het geen zin om met een lijk te gaan rondrijden. Hij wil er niet aan denken wat er gebeurt. Ontbinding, ontlasting, heel die transformatie van mens in vuilnis.

'How can you say something like that?' Uit kwaadheid heeft hij geen zin om het in het Frans te zeggen. Hoe weet hij zo zeker dat ze dood is? wil Tin weten. Amadou schrikt van zijn emotie. Natuurlijk neemt ook hij aan dat ze dood is, betoogt Tin. Of course! Maar hij weet het niet zeker. But! Zolang ze hier naast hem is, zou ze zomaar kunnen gaan leven. Why not? Ze zijn toch geen artsen? Salif schudt met bange ogen van nee. Ils ne sont pas des médecins. De gedachte om Vic hier ergens bij een struik of boom te begraven als een hond is Tin onverdraaglijk. Ze moet naar huis, hoe dan ook. Zonder haar kan hij niet bij Nikki aankomen. Daarom alleen al kan Vic onmogelijk begraven worden. Als ze haar moeder niet kan zien, gelooft het kind het gewoon niet. Ze móét terug naar huis. Dat is hij aan haar verplicht.

Salif valt hem bij. We mogen haar niet achterlaten in dit onbarmhartige land. We moeten haar thuisbrengen. Naar het land waar de mensen wonen die witter zijn dan hij.

Volgens Amadou zijn ze de grens nog niet over. Hij

weet het althans niet zeker. Als hij eerlijk is, heeft hij geen idee waar ze zijn, bekent hij. Daarvoor kent hij het binnenland niet goed genoeg.

Salif is hier beter thuis, in theorie. In de praktijk is hij nog een kind dat nooit van zijn leven in een auto heeft gezeten en dus ook nooit zo ver van huis is geweest. Een verstekeling is hij, want waar slaat het op dat hij met hen meerijdt. Hij hoort hier niet eens te zijn. Vic hoort hier te zijn. Maar het is nu te laat om hem weg te sturen. Dat betekent niet dat ze naar hem moeten luisteren. Waanzin zou dat zijn. Straks stuurt hij hen de bush in en zijn ze allemaal dood.

Er zit niets anders op dan op zichzelf te vertrouwen. Hij weet het ook niet, maar hij doet tenminste niet net alsof hij het weet.

Het eerste wat hij checkt is de benzinevoorraad. Drinkwater en brandstof, daar draait het om. Ik lijk Jean-Luc wel, denkt hij, en meteen voelt hij met een schok het gemis. Niet dat hij Jean-Luc mist, maar wel de tijd dat ze samen waren en Vic er nog was, zonder het geringste vermoeden van haar nabije dood. Een vorig leven lijkt het, een gelukkig leven dat is achtergebleven in een andere tijd, die in werkelijkheid nog geen dag achter hem ligt. Onbegrijpelijk, die nabijheid. Die onbereikbare nabijheid.

∞

Wat er nu gebeurt, is dat de afstanden worden vergroot. Elke weg die ze nemen, leidt hen onherroepelijk van haar vandaan. Hij zit naast haar op de achterbank, maar het lijk heeft steeds minder met haar te maken. Het wordt steeds meer ballast waar ze van af moeten zien te komen. Het stinkt als de ziekte, als hij eerlijk is. En waarom zou hij niet eerlijk zijn? Hij is hier helemaal alleen. Hij gelooft er allang niet meer in dat hij haar zal kunnen repatriëren. Haar veilig thuisbrengen. De douane ziet hem al aankomen, dat tuig. Amadou rijdt hem terug naar Charleville, dat is de bedoeling. Nee, niet naar het vliegveld. Er is daar een kerkhof voor Europeanen. Hij zal een foto maken van de kist en van het graf. Dat moet voor Nikki afdoende bewijs zijn. Het zijn niet de vakantiefoto's waar ze op zal zitten te wachten.

Steeds als hij aan Nikki denkt, krijgt hij het te kwaad. Als hij er met haar ogen naar kijkt, doet hij alles verkeerd.

Hij zou zo zielsgraag iets goedmaken. Iets rechtzetten. Met een verhaal terugkomen dat klopt. Maar zijn pogingen om tot een plot te komen worden elke keer verpest door hiaten. Er vallen gaten waar antwoorden zouden moeten zijn. Een geheel kan alleen worden gevonden als de witte plekken van de afwezigheid er deel van mogen uitmaken. Zo wordt zijn leven een verhaal dat bestaat uit hiaten en handelt over afwezigheid. Alle lege plekken lijken op elkaar. Vic, zijn vader, het komt allemaal op hetzelfde neer. Nooit heeft hij thuis kunnen komen. Omdat het zijn schuld was. Het is altijd zijn schuld, ook nu. Geen goden bieden zich aan om zich te laten vervloeken, geen hemel om tegen te spreken. In zijn eigen leven is hij helemaal alleen en helemaal zelf verantwoordelijk voor wat er niet is. Dus als hij het noodlot wil keren, zal hij het zelf moeten doen. Er is in hem steeds de gedachte dat aan de overkant de normale toestand heerst. Hij hoeft de rivier maar over te steken, het vliegtuig maar te nemen – terug in de tijd – en alles zal bij het oude zijn gebleven. Aan de overkant zit zijn vader onder de lamp op hem te wachten, aan de overkant vraagt Vic zich af waar hij toch in godsnaam blijft.

Boven water

HAVANA, 2004

1

Dit is het einde, de oude witte man weet het. Vaak heeft hij zich afgevraagd hoe zijn eigen dood eruit zou zien. Zo dus. In een vreemd land creperend in een ziekenzaal met dertig gebutste stalen bedden, tussen rochelende en kreunende en kermende en schreeuwende en huilende patiënten. Dit had hij zelf nooit kunnen bedenken, dit gebeurt buiten hem om. De lichtblauwe kalkmuren zijn onleesbare zeekaarten, opgetekend met krassen en barsten en opgedroogd lichaamsvuil. In de hoge kozijnen zitten geen ramen, aan roestige scharnieren hangen scheefgezakte en afgebladderde louvreluiken, zodat het leven der anderen ongefilterd de zaal binnen ademt: toeterende auto's, bussen, vrachtwagens, roepende straatventers, uitlaatgassen, etensgeuren, muggen, kakkerlakken, af en toe een vogeltje. Groepjes bezoekers bivakkeren rondom de bedden, met tassen en papieren zakken vol thuis gebakken vettigheden en drank. Alleen om te roken sloffen ze even naar buiten. Het Hospital Calixto García. Bienvenido a Cuba y adiós. Dit is het dan. Hier eindigt de reis. Retour ongeldig. Hij probeert het te vergeten, de pijn, zichzelf, weg te zwemmen in zijn andere leven, het onbegrijpelijke leven dat achter hem ligt en dat hij nu dromend probeert terug te vinden, voordat de vreemde die het heeft opgeëist, ermee wegwandelt in het tegenlicht van definitief verloren zomers. De pijn snijdt hem doormidden, hij is het niet zelf, houdt hij zich voor, dit lichaam dat hier ligt, het is van een ander. Hij is het niet, in elk geval. Dit futiele bestaan gaat hem niet aan, deze hulpeloze krakkemikkigheid heeft niets met hem te maken.

Een paar dagen – of zijn het weken? – geleden is hij geopereerd, maar dat heeft het alleen maar erger gemaakt, en nu ligt dat lichaam van hem – of van een ander – hier op staatskosten te sterven van ellende. De enige die af en toe komt kijken, is Sal. Hij is hier dokter, maar niet zijn behandelend arts. Dat is een chirurg die zich niet meer heeft laten zien, waarschijnlijk omdat hij zich schaamt voor zijn slagerswerk. Of was zijn geval toch al hopeloos? Het snijden als medisch ritueel, als offerhandeling ter voorbereiding op de dood. Het is voor die aardige, zorgzame Sal dat hij zijn best doet te geloven in zijn onwaarschijnlijke herstel.

Zijn lichaam voelt aan als een berg onbruikbare ballast waar ze hem aan vastgeketend hebben. Vanwege zijn gebroken rugwervel moet hij op zijn buik liggen, niet gewoon in bed, maar met kettingen boven zijn matras getakeld, bungelend in een ingewikkelde leren draagzak die iets weg heeft van een oud zadel. Het ding stinkt naar paardenstront, warempel. Paardenstront en chloor. Alles ruikt hier naar chloor. En paardenstront. Het is de geur van de pijn, die hij met grote teugen opsnuift door zijn opengesperde neusgaten. De dichtgenaaide snijwond is ontstoken geraakt ten gevolge van een ziekenhuisbacterie die ze niet kunnen bestrijden omdat de Cubaanse gezondheidszorg wegens de Amerikaanse boycot niet over de juiste antibiotica beschikt. Dat heeft Sal hem verteld. Bij de minste of geringste verschuiving in zijn rug zal hij van onderen verlamd raken – als hij het al niet is. Zijn darmen zijn geconstipeerd, zijn blaas juist incontinent. Hij krijgt lang niet alles te horen, dat heeft hij al gemerkt. Eén ding is zeker: zolang hij pijn lijdt, is hij niet verlamd. Dat kun je een geluk noemen.

Zijn grootste angst is dat hij Nikki nooit meer zal zien. Dat is de dood voor hem: zijn dochter definitief nooit meer zien. Hij zag haar al nooit maar nu wordt hem ook het vooruitzicht ontnomen. Gek dat hij toch meteen aan haar denkt, en aan niemand anders. Het is zijn straf. Het is ook zijn dunne verbindingslijn met het leven. Elke dag vraagt hij zich af hoe het met haar zou zijn. Ook nu, nu hij zich beter om zijn eigen lot kan bekommeren, denkt hij obsessief aan zijn lieve kleine meid. Voor altijd een kind gebleven in zijn herinnering, zijn meisje, zijn poppetje, al moet ze nu ouder zijn dan haar mama ooit is geworden. Het is hem nooit gelukt om haar te haten, die ander, die vrouw die zij is geworden en voor wie hij niet mag bestaan. Die hem ontkent. Híj had dood moeten zijn, en niet haar onmisbare, verantwoordelijke moeder. Diep in zijn hart kan hij haar geen ongelijk geven. Hij was er niet toen het ertoe deed. Hij is de ware afwezige in dit verhaal. Waarom is juist hij er dan nog? Hij had al twee keer dood moeten zijn. Maar nu is het dan eindelijk raak. Jammer dat zijn moeder dit niet meer mag meemaken, het kreng. De schuldige die er niet hoorde te zijn, gaat eindelijk heen, geconstipeerd door onmacht en creperend in zijn eigen pis. Hè hè, eindelijk snapt hij het. De pijn zij hem gegund. Niemand die medelijden met hem heeft, alleen die brave Sal. Niemand die het verder iets kan schelen.

∞

Ook 's nachts blijft het een pokkenherrie in en om het ziekenhuis. Buiten is een feest aan de gang waarvoor hij niet is uitgenodigd. Schreeuwende mensen, zingende mensen, geroep, gelach, geruzie. Het leven buiten, het lijden binnen. Samen vormen ze een pandemonium van naar buiten gekeerde binnensten. Ook hij, vastgesjord in zijn takelwerk, is deel van de levendigheid. De pijn port hem steeds wakker, telkens schreeuwt hij het uit. Hij schrikt van zijn eigen geluid, dat hij niet meteen met zichzelf in verband brengt. Of is hij het niet, is het een ander die hem wakker schreeuwt – een angstig nachtdier dat uit zijn opengesperde mond paniekerig naar buiten klauwt? Hij zou er gewend aan moeten raken, maar de pijn is elke keer nieuw en onverwacht, alsof zij hardnekkig vreemden voor elkaar proberen te blijven. En tegelijk kan hij zich niet voorstellen dat er iets anders is dan deze pijn, die hij steeds vergeet en die hem steeds weer weet te vinden. Ook om hem heen beginnen ze nu te schreeuwen en te kermen, alsof ze hem nadoen, uitsliepen, in de maling nemen, alsof hij een komisch nummer doet en de omliggende patiëntenbende op een idee heeft gebracht. De pijn is een wereld op zich, begrensd door uitzichtloosheid. Hij kan zich al niet meer voorstellen dat er iets anders bestaat. Er bestaat alleen dit: deze zaal, dit leren tuigje waarin hij vastzit als in een dwangbuis, dit lichaam waarin hij met hels geweld is ondergebracht. Dit lekkende, verstopte, gebroken, ontstoken lichaam dat bezig is een lijk te worden, met hem erin.

Enkel in de oeverloze slaap kan hij ontsnappen. Maar voordat hij onderduikt, laat hij zich opschrikken door zijn eigen gejammer en geschreeuw. En als hij zelf stil is, zijn het de anderen die de nachtrust verstoren: paniekerige patiënten, ruziënde dronkenlappen beneden op straat wier rook door de open raamgaten naar binnen zweemt, sirenes, schetterende nachtmuziek, rondwandelende bezoekers die hem voor een ander aanzien. Dan, als de sluimering hem verrast en weg laat zweven, is er verlichting. Afwezig te midden van de andere afwezigen. O papa, lieve Nikki, ach Vic! Wat heb ik jullie aangedaan? Alles door eigen schuld verloren. Maar dan tuimelt hij de bodemloze afgrond in, nergens vindt hij nog houvast. En met een harde bonk ontwaakt hij in de heksenketel van de ziekenzaal, met de vage naglans van een hereniging die hij zich niet scherp voor de geest kan halen. Zijn leven is gaan bestaan uit de gaten die de anderen, doden en levenden, erin hebben achtergelaten. De belangrijkste dingen hebben zich in zijn afwezigheid voltrokken. Steeds lette hij niet op toen het gebeurde.

Dood, verlies, gemis: daar is het steeds op uitgedraaid. Zelf is hij langzamerhand de grootste afwezige in deze schijnvertoning. Hulpeloze toeschouwer van zijn eigen ondergang. Als hij nu doodgaat is het of hij niet heeft geleefd. Neem mij maar weg, er gaat niets verloren. Ik was slechts de schaduw van een man die niet bestond. Angst voor het sterven heeft hij ook niet, meer pijn dan hij al heeft, zal hij toch niet krijgen.

Wat hem nog hier houdt, is Nikki's negeren. De enige op aarde die voor hem telt, wil hem nooit meer zien. Dat kan toch niet, daar legt hij zich niet bij neer. Sal zegt dat hij geprobeerd heeft haar te benaderen. Niets meer gehoord, natuurlijk. De afwijzing is al dertig onwrikbare jaren oud, die buig je niet zomaar meer om. Het is zijn grootste verdriet. Nou ja, verdriet. Het is vooral een woede geworden. Onmachtige, verongelijkte woede. Als hij eraan denkt, tenminste. Zoals nu. Zoals elke dag, eerlijk gezegd. Er is geen dag dat zij hem niet met haar zelfgekozen afwezigheid kwelt. Hij heeft alleen nooit geweten tegen wie hij zijn opgespaarde razernij moet richten. Tegen haar? Tegen zichzelf? Tegen de wereld? Tegen deze ziekenzaal? Het zou trouwens heel wel deze levenslang opgekropte onmacht kunnen zijn geweest die hem hier in Havana in dat betonnen portiek heeft doen struikelen, waardoor zijn rug zowat in tweeën brak. *Wie lijmt deze in stukken gevallen man weer aan elkaar?* Zijn hele laatste leven is een omweg geworden naar haar, een omweg die in steeds wijdere bogen om haar heen ging en die hem ten slotte in deze door de geschiedenis vergeten heilstaat ten val heeft gebracht. Wat doet hij hier überhaupt? Nikki wil hij en in plaats daarvan zit hij opgescheept met Sal. Aardige jongen, daar niet van, en diens eeuwige dankbaarheid is het enige wat hem rest. God, wat is die knaap hem dankbaar.

∞

Dankzij Sal wordt hij als enige patiënt elke dag gewassen. Terwijl zijn zaalgenoten mogen blijven meuren in hun vertrouwde mengeling van opgedroogd zweet en bloed en pus en poep, krijgt hij iedere ochtend een grondige wasbeurt. Dit 'privilege' is elke keer opnieuw een kwelling die de normale, almaar voortdurende kwelling te boven gaat, zeker wanneer de wond wordt gereinigd. De pijn en de angst voor de pijn maken krachten in hem los waar hij zelf ook van schrikt. Hij zou door muren kunnen breken, uit zijn lichaam kunnen scheuren. Hij zou zichzelf vermorzelen, als hij niet werd tegengehouden. Er zijn twee stevige verpleegsters nodig om hem in bedwang te houden. Hij ruikt, door de zeeplucht heen, de vrouwtjesdieren in hen. Blinde beesten die in staat zijn hem onverschillig te verslinden. Te openen waar ze maar willen. Maar voordat ze hem pijnigen, vernederen ze hem. In zijn weerloze houding, hangend op zijn buik, schuren ze met een washandje ruw door zijn bilspleet, ze bonken met hun knokkels langs zijn ballen, ze lachen erbij. Wat is dit? hoort hij ze denken. Dit is geen lichaam meer, geen man met aantrekkingskracht, dit is een versleten ding dat voor niemand nog betekenis heeft. Ze soppen het af, zoals je met het verstand op nul een plee schoonboent of een vette pan. Terwijl ze het doen, dwalen ze af naar niets in het bijzonder. Hij bestaat niet en zij zijn er ook niet bij. Dit lichaam is overgeleverd aan de afwezigheid van iedereen, al dood eigenlijk voordat het gestorven is. Als ze klaar zijn trekken ze de vale zeegroene gordijnen rondom het bed weer weg en is het of er niets is gebeurd.

Hij wordt door de familieleden van de andere patiënten benijd om zijn 'voorkeursbehandeling'. *El extranjero* heeft vrienden onder de artsen, wordt er gefluisterd, hij schuift ze dollars toe voor extra behandelingen en verzorging. Zie eens hoe mooi hij erbij hangt, in dat ingenieuze takelwerk met een tuig van zachtgeborsteld leer. Is er een ander die zoiets is vergund? Kijk eens rond bij deze armoedzaaiers. Nee, el extranjero is de enige die zo mooi is opgehangen.

Tin neemt aan dat hij zijn bijzondere positie te danken heeft aan Sal, maar hij heeft het hem eerlijk gezegd niet gevraagd. Het idee dat Sal voor hem zou kunnen hebben betaald, komt niet bij hem op.

Zijn leven voltrekt zich al zijn leven lang buiten hem om. Het speelt zich in het verborgene af. Een niet te onthullen geheim. Het is er, maar het blijft onbereikbaar. Het komt erop aan zich hiermee te verzoenen. Een levend geheim ben je, op weg naar de onbegrijpelijke dood. Je hele leven ben je bezig om iets te verliezen wat je nooit hebt bezeten. Waarom zou je je daar dan op het laatst ineens druk over gaan liggen maken? Je had het immers toch al nooit. De nabijheid is alles wat je vergund is geweest. Je bent een tijdje nabij geweest, dat noem je liefde, of geluk, en daarna ben je weer alleen. Overigens, wie zegt dat die nabijheid niet juist in het sterven terug te vinden zal zijn? *Amor fati*. Dichter bij het verborgene kun je niet komen. Hij is lang blijven denken dat zijn vader iets te weten was gekomen, dat hij daarom niet is teruggekeerd. Het geheim gevonden. Van Vic weet hij het niet, bij haar was het een ongeluk, een ondoordachte vernietiging, een verspilling van een leven dat zo sterk en mooi was, sterker en mooier dan het zijne. Hij schrikt elke keer als hij haar weer vergeten is. Verdrongen heeft. Haar afwezigheid is overgenomen door die van Nikki, daar komt het door. Zijn dochters afwezigheid is levendiger, feller. Schrijnender. Hij mist zijn kind het allereerst. En het allermeest. Zijn verraad raakt daarmee zonder eind – alsof het niet genoeg is geweest om Vic één keer te laten sterven. Steeds opnieuw weet hij haar te verloochenen, zodat zijn schuld blijft groeien en onaflosbaar wordt.

Aan Vic heeft hij Sal te danken, dat ook nog. Ze heeft hem gezien, de geneeskrachtige jongen. Zijn goedheid, zijn talent, zijn trouw. Hij niet, hij zag niks. Hij ergerde zich alleen. Als het aan hem had gelegen was hij een onbekende witte neger uit de binnenlanden van Afrika gebleven. Geen levende met een naam, maar een woord. Een woord als een platte steen, waar hij nooit onder vandaan was gekropen. Het is om haar dat hij hem heeft geholpen en is blijven volgen. De brave Sal met zijn wijze hoornen bril herinnert hem aan haar goedheid, dat is alles. Hij is haar project, en dat zet hij voort. Om haar heeft hij destijds Sals scholen en studie geregeld, en niet te vergeten zijn kostbare oogoperatie, om haar heeft hij hem af en toe bezocht. Eerst in Afrika en nu op Cuba, waar dit soort jongens een medische opleiding wordt geboden. Hem in de steek laten had betekend: Vic in de steek laten. En zo werd Sal de enige die hem wilde zien, hem op de hoogte hield en elke keer naar hem uitkeek.

Toch zou hij hem zonder nadenken ruilen voor Nikki. Hard maar waar. Hij zou hem stante pede laten vallen als hij daarmee zijn dochter terugkreeg. Zijn ondankbaarheid komt hem als vanzelfsprekend voor. Meer dan de doden in zijn leven mist hij haar, zijn liefste, zijn oogappel. Van de verloren dierbaren in zijn leven is zij het verst van hem verwijderd geraakt. Verder nog dan zijn vader, die in hem weer boven is gekomen, die een deel van hemzelf is geworden, een soort zoon eigenlijk, die hij hoedt als een soort vader. En zeker verder van Vic, die hij soms haarscherp voor zich ziet en naar wie hij nog steeds lichamelijk verlangt, die hij heeft proberen terug te vinden in de geuren, de strelingen, de omhelzingen van andere vrouwen, terwijl hij al wist dat ze daar niet te vinden zou zijn. De afstand is het ergste. Woedend wordt hij ervan, hij zou zichzelf iets kunnen aandoen van woede. Soms fantaseert hij dat Nikki beter dood had kunnen gaan, dan had hij haar in zich op kunnen nemen, dan had hij de verwijdering tussen hen kunnen aanvaarden. Maar dan beseft hij dat het zijn moeder was die hij dood wilde hebben, niet zijn dochter. Hoe ouder je wordt, hoe meer je de familie door elkaar gaat halen. Vaders worden zonen, dochters moeders, levenden worden doden, doden levenden, en voor jou zelf is er nog steeds geen plaats. Als hij zich zo aan Nikki vastklampt, is het omdat zij de enige is die hem kan redden. Zij kan wat zijn moeder niet meer kan, wat Vic niet meer kan, wat verder niemand kan: hem vergeven. Hoe graag had hij niet zelf de fout goedgemaakt, de fout om niet op te letten toen het erop aankwam. Tot twee keer toe lette hij niet op, en nu is hij zelf aan de beurt.

Het is steeds de snijdende pijn die hem verlost van zijn kwellende gedachten. Dankzij zijn wegkwijnende lichaam kan het hem niet veel meer schelen, wis mij maar uit, laat mij hier maar creperen als een hond. Laat de pijn ophouden, zelfs als het mij het leven kost. Hij heeft de hoop opgegeven om uit zijn lichaam omhoog te klauteren, te ontsnappen en vrij te zijn. Alleen als hij aan Nikki denkt, wil hij weg. Terug. Naar de overkant van de nachtrivier. Waar iedereen nog steeds ongeschonden op hem wacht. Maar steeds tuimelt hij weer de diepte in, zinkt hij weg in het donkere water van de pijn, dat hem opslokt en wil verzwelgen.

∞

Sal is de enige die de uitzichtloosheid van Tins situatie niet wenst te aanvaarden. Het hele ziekenhuis staat klaar om hem uit te wissen, zijn bestaan te schrappen uit de registers der levenden. Alleen deze verworpene, deze hem bij toeval toegeworpene, gelooft in hem. Het vervult hem met gêne, hij weet zich er geen raad mee, met deze onverdiende aanhankelijkheid. Dag en nacht staat Sal hem bij: tussen zijn eigen diensten door, maar ook in de spaarzame vrije uren wanneer hij thuis bij zijn gezin hoort te zijn. Het is om Sal dat hij zijn pijn probeert te verbijten en niet te zwelgen in oeverloze verlorenheid. Als de 'zoon' aan zijn bed verschijnt, houdt de 'vader' zich groot. 'Bonjour mon cher Salif, comment ça va?' Hij probeert niet te kreunen. Soms begint Sal zwijgend de wond te verzorgen, met handen die precies weten wat ze doen, soms vertelt de beste jongen dat hij in de medische literatuur iets gevonden heeft wat hem misschien kan helpen. Zodra er een woord voor is, ontstaat de kans op genezing. Tin luistert er maar half naar, beseft dat het slechts goedbedoelde praatjes zijn om hem op te beuren uit zijn letale misère. Er schijnt in het buitenland een betere behandeling mogelijk te zijn. Zegt hij dat? Ja, dat zegt hij. Misschien heeft hij het al eerder verteld en vergeet hij het steeds. Hij kan zich al niet meer voorstellen dat er iets anders is dan dit hier, deze aftandse ziekenzaal waar overdag vogeltjes binnen komen vliegen en 's nachts af en toe een verdwaalde vleermuis, waar de geur van chloor en paardenstront zich vermengt met de luchtjes van meegebracht eten. Maar volgens Sal zal alles anders worden als ze in een in de zon schitterend vliegtuig stappen en naar de echte wereld terugkeren. De echte wereld die een onbegrijpelijke droom is geworden, een herinnering die betoverd is door het ongelofelijke en waar hij zelf allang niet meer in past. Hij kan niet eens meer liggen, hoe zou hij dan in een vliegtuigstoel kunnen zitten? Volgens Sal gaat dat lukken, hij gelooft in het onmogelijke. Dat is het verhaal van zijn leven.

Zelf heeft hij dit geloof niet. De enige reden dat hij nog leeft, is dat hij niet gestorven is. Maar volgens Sal is dat niet waar. Ook u gelooft in het onmogelijke, zegt hij. Waarom verlangt u anders naar uw dochter? Dat is leven, beweert hij. Dat begint bij het niet accepteren van het onmogelijke. En daarom wordt u beter. Dankzij Nikki, dankzij haar afwezigheid. 'Vous guérirez, papa. Bien sûr.' Als hij lacht, begint zijn hele gezicht te stralen.

Het idee om in een vliegtuig getakeld te moeten worden om over de Atlantische Oceaan te worden gevlogen, boezemt hem meer angst in dan zijn aanstaande dood. Een einde aan zijn lijden wil hij, niet een verergering. Gelukkig lijkt zijn 'redding' niet reëel, al is Sal gek genoeg om iets voor elkaar te krijgen. Door de pijn kan hij niet goed nadenken, steeds zakt hij weg in een soort halfslaap.

Hij probeert aan Nikki te denken, maar het enige wat zijn geheugen vindt, is het kind dat zij is geweest. Plaatjes van een verdwenen jeugd. Het is vreemd om zich zo vast te klampen aan een meisje dat allang niet meer bestaat. De vrouw die hem niet meer wil zien, ziet hij zelf ook niet meer terug, waar hij ook zoekt in zijn herinnering. Toen ze met hem brak, brak er in hem ook iets af. Er is een tijd geweest dat hij niets fout kon doen bij haar. Dat was voordat ze naar Afrika gingen. Die noodlottige reis heeft ze hem nooit vergeven. Terwijl het Vics idee was om te gaan.

Hij wordt er weer kwaad over. Toch neemt hij niemand iets kwalijk. De dingen zijn gelopen zoals ze gelopen zijn. Als hij Nikki terug wil zien, is het om te zien wie zij geworden is. Een zelfstandige vrouw, die hij nodig moet leren kennen. Want als hij aan haar wil denken zoals ze nu is, verschijnt de hele tijd het irritante beeld van zijn moeder. Of dat van Vic. In de dood houdt de tijd op en worden leeftijden en identiteiten inwisselbaar. Postuum begint het paradijs. Jeugd duurt er eeuwig, de dood is er definitief achter de rug en het leven mag er onbeperkt worden overgedaan. Maar Nikki leeft nog, op haar heeft hij geen greep. Ze raakt steeds verder van hem verwijderd. Ze staat al verder van hem af dan een dode ooit zal staan. Ze is niet weg, het is erger: ze is iemand anders.

Sal heeft contact met haar, beweert hij. Veel laat hij er niet over los. Niets eigenlijk. Misschien stelt het ook weinig voor. Het zal te maken hebben met Vic. Net zoals hij zal ook Nikki zich het lot van de arme Salif hebben aangetrokken toen Vic er niet meer was om hem te redden. Wanneer Tin hem ernaar vraagt, haalt hij zijn schouders op. Kennelijk hebben ze afgesproken hem erbuiten te houden. Het kan best zijn dat hij zich er te veel van voorstelt. Wishful thinking: wat zou het mooi zijn als Sal ineens met een foto van Nikki kwam aanzetten. Een op het eerste gezicht vreemde vrouw, in wie hij vervolgens zonder aarzelen zijn eigen kind ontdekt. Het kind dat niet zonder hem kan, en zonder wie zijn leven zinloos is.

∞

Omdat Sal weet hoe diep de oude witte man lijdt onder de verbroken relatie met zijn dochter, probeert hij zijn eigen kinderen aan te bieden als een soort substituutkleinkinderen. Dat doet hij al sinds de geboorte van de eerste. Hoe heet die ook al weer? Ignacio? Of is het Raúl? Nee, toch Ignacio. Tin heeft de meeste foto's die Sal hem met nieuwjaar en dergelijke van het stelletje stuurt, braaf bewaard, Vic zou de twee kleine negertjes geweldig hebben gevonden. Ook hij vindt ze heus erg schattig. Zo heeft hun noodlottige reis met alle onbeschrijfelijke ellende toch iets goeds opgeleverd, zo ervaart hij dat. Maar het blijven voor hem willekeurige snoetjes, van wie de namen steeds in de war raken. Hij weet hoe ze heten, hij moet het zich alleen steeds opnieuw herinneren. In zijn toestand, hangend boven zijn lege bed, als een geest die boven de drooggevallen wateren zweeft, kan hij het er even niet bij hebben. Hij is al verbaasd dat hij zichzelf nog herkent, zo vreemd is zijn lichaam hem geworden.

Dat is overleven: je wordt een ander. Jij sterft, het is die ander die van het ongeluk wegloopt.

Twee keer eerder is hij de grens van de dood gepasseerd, hij weet er alles van. Op beide ervaringen kijkt hij met schaamte terug. Onmacht en schaamte. En bevreemding, aangezien hij zich niet kan voorstellen dat hij het zelf was die daar, toen, in die nacht, met of zonder lijk, ten slotte in het volle daglicht kwam te staan, met lege handen, schuldig als een moordenaar.

Daarom begrijpt hij zijn toestand niet. Hij was toch al dood? Twee keer zelfs. Hem kon niets meer gebeuren, had hij gedacht. Hij had zijn obolen voor de overtocht al lang en breed betaald. Een dode kan niet meer sterven. Waarom ligt hij hier dan nodeloos te lijden? Met alle geweld wordt hij door een veel te klein gaatje geperst. Het zijn de aanhoudende pijn in zijn rug, in zijn buik, de steenharde constipatie, de voor slaap ongrijpbaar geworden moeheid, die ervoor hebben gezorgd dat zijn lichaam uitgeput is geraakt. Helemaal klem zit hij, hij kan geen kant meer op. Hij moet wel dood, er is geen andere uitweg, de pijn moet een keer ophouden. Daar snakt hij naar. Zijn realiteit is ondraaglijk. Hij is de ingesloten bewoner van een huis dat aan alle kanten in brand is gevlogen. Wat heeft hij eigenlijk? Een gebroken rug, een mysterieuze complicatie ten gevolge van de operatie en een ontsteking ten gevolge van een resistente bacterie, die hier dodelijk is, maar in het Westen eenvoudig behandeld kan worden. In die zin heeft Sal gelijk om hem naar het buitenland te willen krijgen. Op zich valt het mee, medisch gezien althans. Alleen hier gaat hij dood, op dit buiten de tijd geplaatste eiland waar hij verder niets te zoeken heeft. Speciaal hiernaartoe gekomen om in het portiek van Sal van een trap te flikkeren en in het armemensenziekenhuis aan een verkeerde behandeling en een lullige bacterie te sterven. Raar maar waar. Moge hij rusten in vrede, el extranjero. Gesneuveld bij het uitoefenen van zijn pleegvaderlijke plichten. Met de groeten van de bedenkers van het Foster Parents Plan. Als je het zo formuleert, is het een idioot verhaal dat over een ander gaat. In dat geval is hij al weer vertrokken en ligt hier een ander ellendig de pijp uit te gaan. Maar als hij het niet is, wie dan? Hij doet alsof hij het is, dat moet het zijn. Hij doet werkelijk zijn best degene te zijn die hier geen kant meer op kan.

Sal, in zijn kraakschone, gesteven witte doktersjas, laat foto's zien. Nee, niet van Nikki. Familiefoto's van zijn beide zoontjes. Gespannen wacht hij Tins reactie af, als betreft het een examenuitslag. Hij zegt dat ze ook langs kunnen komen als *Monsieur papa* dat wil. Ze zijn lief en houden erg veel van oude mensen, beweert hij. Sal is een schat. Hij vindt het vast erg dat er van het bezoek aan zijn goedverzorgde portiekwoning niets meer terecht kan komen nu hij stervende is. De jongen is zo trots op wat hij bereikt heeft. Dat wil hij laten zien. Je suis désolé, prevelt Tin. Het was niet mijn bedoeling om van de trap te lazeren en het was zeker niet mijn bedoeling om hier dood te gaan. Om Sal niet voor het hoofd te stoten 'bewondert' hij de foto's, zich afvragend waarom hij naar deze kinderen moet kijken terwijl hij zijn eigen dochter wil zien. De foto's die hij van haar heeft worden ouder en ouder, als die van een dode. Hij kent ze uit zijn hoofd. Hij kent de kleertjes, de lachjes, de dagen waarop ze genomen zijn. Lach 's naar papa, ja zo, goed zo. Tezamen vormen ze een bevroren leven, niet meer beschenen door de zon van de tegenwoordige tijd, zorgvuldig gekoesterd in de vrieskou van het stille verdriet. Er zouden nieuwe foto's moeten komen, zodat ze weer kan gaan leven voor hem. Sal zou dat 's moeten vragen voor hem. Maar nee, nu is het te laat. Nu kan het niet meer. Hij is op een onbereikbaar eiland terechtgekomen in de zee van de verloren mogelijkheden.

Hij begrijpt overigens maar al te goed dat ze hem niet meer in haar leven wil. Hij snapt haar weerzin tegen de laffe, oude man die hij is. De grote verpester van haar gelukkige jeugd. De verliezer die niets te bieden heeft dan zijn beide lege handen. Doen alsof er niets aan de hand is. Alles bij het oude laten. Dat leek hem het beste. Hij zou voortaan niet alleen haar vader, maar ook haar moeder zijn. Al zijn liefde voor Vic was nu voor haar. Erbij. Dubbel zoveel liefde. Hypocriet noemde ze het. Leugenachtig. Hij wilde haar moeder in een leugen laten verdwijnen. Om zijn eigen hachje te redden, zijn gezicht, zijn mannelijkheid. Terwijl hij haar moeder in de steek had gelaten, aan haar lot had overgelaten. Natuurlijk wilde hij het er niet meer over hebben. Logisch. Want het verhaal klopte niet. Het klopte van geen kanten. Wat ze niet begreep, en niet kon begrijpen, was dat hij niet bij haar was gebleven om haar te beschermen. Dat rare verhaal over die krijgers, die achteraf jagers bleken te zijn, Vics vlucht, zijn achterblijven. Vervolgens dat wachten. Dan ineens wél zoeken. Haar vinden met een zonnesteek. Ze begreep het gewoon niet. Ze begreep niet dat hij zo passief had kunnen zijn. Terwijl mama doodging. En ze heeft nog gelijk ook. Hij vindt het ook onbegrijpelijk, achteraf. In zijn fantasieën heeft hij die uitgedoste negers al honderdduizend keer opzij geduwd en is hij achter haar aan gesneld. In zijn fantasie heeft hij al zijn fouten al honderdduizend keer goedgemaakt, het verlies evenzovele keren hersteld. Daar, op die middag in Afrika, had hij de kans om zijn leven in één klap goed te maken. Achteraf is het zo simpel, zo voor de hand liggend, dat je niet begrijpt dat het niet is gebeurd. Waardoor heeft hij zich laten weerhouden? Het kwam door die idiote Fransman, die Jean-Luc. Dat heeft hij Nikki duidelijk proberen uit te leggen. Tegen diens ervaring, diens autoriteit kon hij niet op. Hoe kon hij het beter weten? Het waren krijgers om de eenvoudige reden dat Jean-Luc het zei. Hoe had hij kunnen weten dat het jagers waren als Jean-Luc het niet eens wist? Maar Nikki vindt het onvergeeflijk dat hij het lot van haar moeder in handen heeft gelegd van een wildvreemde, een anonieme voorbijganger, een toerist die ze pas twee dagen kenden. 'Je was erbij en je deed niets.' Hij weet niet eens of het Nikki was of zijn moeder die dat tegen hem zei. Maar ze hebben allebei gelijk: hij was erbij en hij deed niets. Toen het erop aankwam, heeft hij verzaakt. Hoe vaak heeft hij die film niet in zijn hoofd afgespeeld, in de hoop het einde te kunnen veranderen? Het is als die weerkerende droom waarin hij valt. Nooit is er een bodem in die droom. Daarom wil hij er niet meer over praten: het verandert toch nooit meer.

∞

Helemaal eerlijk is het niet van hem om de kleine Ignacio en Raúl niet te willen zien. Hij is en blijft de grote verpester, nu ook voor Sal. De botheid van zijn afwijzing leest hij dwars door de hoornen bril terug in diens bleekbruine waterogen. Hij is immers speciaal voor Sals gezinnetje naar Cuba gevlogen. Hij kwam er niet onderuit, dat is waar. Maar hij was heus nieuwsgierig naar hun onbekommerde levensgeluk, en trots dat hij daaraan heeft kunnen bijdragen, als lieve suikeroom uit het rijke Europa. Sal wil hem zelfs per se papa noemen, daar is geen houden aan, dus laat hij het maar gebeuren. Is er tenminste nog iemand op de wereld, zij het aan de andere kant ervan, die hem nog papa wil noemen. Met liefde zelfs. Alleen dat verdomde portiek met die betonnen trap. Hij herinnert zich er niets van, niet van zijn val en ook niet het portiek. Het is Sal die het hem allemaal heeft verteld. Die hem heeft uitgelegd dat het een wonder is dat hij nog leeft. Maar toen hing hij al als geest boven zijn gebutste ijzeren ziekenhuisledikant, in een omgeving waar de tijd stil is blijven staan, maar het verval gewoon is voortgeschreden.

Dus als die aardige Sal als trotse vader zijn schattige koters wil laten zien, moet hij niet zo kinderachtig doen. Zelfs wanneer je aan het sterven bent, mag je heus ook wel eens aan iemand anders denken. Hij begrijpt alleen niet wat er aan is voor die twee jongetjes om op ziekenbezoek te gaan bij een buitenlandse, wegrottende, witte bejaarde die zo'n beetje lullig is opgehesen en nu halfstok hangt boven zijn onappetijtelijke bed. Familie is het mooiste wat er is, zegt Sal. Is het niet je eigen familie, dan moet het maar die van een ander zijn. Het ingewikkelde is dat Sal hem wél als familie ziet en hij hem niet. Voor die lieve jongen zijn Vic en hij alles geweest. Zonder hen had hij zich nu nog ergens in een hutje in Afrika zitten verstoppen voor de zon. Terwijl hij het natuurlijk helemaal zelf heeft gedaan, zijn ontsnapping aan zijn lot, wat verschrikkelijk knap is. Het is uit plichtsbesef dat hij de rol van Monsieur papa speelt, dat is voor die verweesde knul nu eenmaal erg belangrijk. Oneerlijk is het wel: dat hij diens liefde beantwoordt met plicht, terwijl die brave jongen zijn leven overheeft voor degene die hem afhoudt. Zou dat Sal niet afgunstig stemmen? Soms vraagt hij zich af of die jongen genoeg zijn best doet om het contact met Nikki te onderhouden. Het zou volstrekt begrijpelijk en menselijk zijn wanneer deze aangeboden zoon de verloren dochter liever niet ziet terugkeren naar het vaderhuis. Het zou kunnen verklaren waarom het contact tussen Nikki en Sal na al die jaren nog steeds zo weinig oplevert.

Meteen grijpt hem de gedachte naar de keel dat hij straks doodgaat zonder dat Nikki er zelfs maar een vermoeden van heeft. Ze zit op de andere oever en weet van niets. Wat zal zijn vader in zijn laatste moment hebben gedacht toen hij voelde dat de stroom te sterk voor hem was, hij wel wilde, niets liever zelfs, maar toch los moest laten? Zijn gedachte moet bij hem zijn geweest, dat kan niet anders. Omdat hij zelf vader is, weet hij het zeker. Het kind dat alleen achterblijft, in een verlaten landschap. Het is altijd zijn grootste zorg geweest. Zijn kleine meisje, verdwaald in de grote boze wereld. Ook al waren de banden verbroken. Dat maakt niet uit. Je kind heb je altijd bij je, waar je ook bent. Zelfs bij een andere vrouw. In het diepst van je gedachten koester je je kind met alles wat je hebt. In wezen ben je altijd verbonden, zelfs al ben je het niet. Nikki beseft niet hoezeer ze aan hem vastzit. Maar misschien beseft ze het juist wel, en keert ze zich daarom zo hard tegen hem. Ze wil van hem loskomen maar kan hem niet van zich afschudden. Zoals hij van zijn moeder probeerde los te komen zonder haar kwijt te kunnen raken. Zelfs in de dood was ze nog niet weg. Ze komt en gaat nog steeds wanneer ze wil, en haar afkeuring van hem is er niet minder op geworden. Hij deugt niet, en daar kan de dood niets aan veranderen. Zij deugt ook niet, maar dat kan haar niks schelen, het gevoelloze loeder. En nu ze dood is al helemaal niet meer. In die zin doet het er voor Nikki niet toe dat hij hier ligt te creperen. Of ze er weet van heeft of niet, dat maakt geen verschil. Ze haat haar vader er niet minder om. En van hem loskomen zal ze evenmin. Daarom – daarom alleen al – is het zo belangrijk dat ze het goedmaken samen.

Dan is het de pijn weer die bezit van hem neemt, die zijn lichaam als een kraker uitwoont, de wc's laat vervuilen, de gootsteen verstoppen, de ratten laat jongen, die het dak laat lekken en de muren volkrast met kreten en die zijn kostbaarste gedachten en diepste gevoelens als grof vuil op straat flikkert. Als de pijn zijn gang gaat, is er niets anders meer dan pijn. Dan houden de betekenissen geen stand. Het holt hem uit. Hij is niets dan zijn lichaam. Zelfs de druk pratende bezoekers, de eters, de drinkers, de schreeuwers, de zangers, de kermers, de kreuners hoort hij niet. Er kunnen vogeltjes over zijn bed vliegen, vleermuizen vervaarlijk fladderen, buiten op straat kunnen ze de salsa dansen, sigaartjes roken, rum drinken, ruziën over het recht op genot – hij is verdwaald in zijn lichaam en hoort het niet.

2

Als hij wakker wordt staat Sal met zijn twee zoontjes naast het bed. En nog een jongeman, die hij niet kent. Het is een hele delegatie op de vroege ochtend; voor het eerst heeft hij ook zo'n entourage om zijn ziekbed heen. De twee Cubaantjes kijken met een mengeling van ontzag, nieuwsgierigheid en wantrouwen omhoog naar de opgetakelde meneer. Veel heeft Tin het bezoek niet te bieden, is hij bang. Van verwarring weet hij geen woord uit te brengen, ook omdat hij het Spaans niet machtig is.

'Adiós, señor! Pronta recuperación!' roepen de kleintjes en ze stuiven weg tussen de bedden door, blind en doof voor de vermaningen van hun vader, die boos achter hen aan gaat.

De onbekende jongeman kijkt de druktemakers verbaasd glimlachend na en stapt dan naar voren. Hij wil iets zeggen, aarzelt.

Tin ziet nu hoe jong hij nog is, eerder kind dan man. Iets in het gezicht komt hem bekend voor, maar het zal de jeugdigheid zijn. Hij zou iets moeten zeggen, maar wat? De stilte wordt ongemakkelijk. Hij voelt meteen weer de pijn in zijn rug, in zijn organen heviger worden. 'Are you a friend of the family?' hoort hij zichzelf vragen, met een stem die uit de verte lijkt te komen. Zelf glijdt hij even kopje-onder in de pijn. Happend naar adem komt hij weer boven.

'Nee, meneer, ik bén familie.' Het Nederlands klinkt helder als water. Het is alsof er een ruit wordt schoongeveegd. Toch is Tin juist door dat glasheldere Nederlands in verwarring. Wat bedoelt hij nou? Familie van wíé?! Door die verrotte pijn kan hij niet nadenken.

'Van Sal?' Maar dat kan natuurlijk niet, realiseert hij zich.

'Nee van u. Misschien heeft mijn moeder wel eens iets over mij verteld. Ik ben Victor.' Hij steekt zijn hand toe.

Maar Tin kan zelf zo gauw geen beschikbare hand vinden aan dat defecte lichaam van hem, hij is even kwijt hoe handenschudden werkt als je in zo'n takelwerk hangt. Bovendien pijnigt hij zijn hoofd af met de vraag wie in godsnaam toch deze Victor kan zijn.

'Zeg, help me alsjeblieft, wie is je moeder ook al weer?'

De jongen kijkt hem ongelovig aan. Wordt hij in de maling genomen door deze oude man? Hij kan zijn verbazing om zoveel onwetendheid niet verhullen. 'Nicole Cohen!' Weer geen reactie. Daarom probeert hij opnieuw, nu aarzelender: 'Ik bedoel eh Nicole eh van Heel.' En of hij nog steeds bang is dat Tin het niet snapt, voegt hij eraan toe: 'Uw dochter!' Hij spreekt opzettelijk luid en overgearticuleerd, alsof Tin niet alleen halfdood maar tot overmaat van ramp ook hardhorend is.

Sal komt terug, met aan iedere hand een tegenstribbelend kind. 'Good to see you two have already met. Ignacio! Raúl! Tranquilo!' Als hij het verbijsterde gezicht van Tin ziet: 'I forgot to tell you. Maybe I should have told you your grandson was coming. Je suis désolé, papa. C'est ma faute, pardonnez-moi s'il vous plaît. Mierda, niños, comportate! But Victor is a nice grandson, isn't he?'

Tin hoort het niet, hij hoort niks meer. Het is hem even te veel, hij krijgt de informatie niet meteen in zijn hoofd gepast. Er zitten hoeken aan en onvermoede lengtes, het is aan alle kanten onhandelbaar, hij krijgt het zo snel de trap niet op naar boven. Even keren en rustig nadenken. In zijn herinnering heeft de tijd, net als op Cuba, al die jaren stilgestaan, maar voor Nikki is die natuurlijk gewoon voortgeschreden. Er heeft zich buiten hem om een heel leven ontvouwd, als een onbekende exotische bloem. Hij is ontroerd, maar voelt zich ook bestolen. Natuurlijk wist hij van het bestaan van deze jongen. Iemand moet het hem hebben verteld, al kan hij zich geen feitelijke omstandigheden voor de geest halen. Familie van Vic? Maar wie kan het dan geweest zijn? Hij kan zich niets herinneren. Hij moet het hebben weggestopt. Een kind zonder gezicht. Wat had hij zich daarbij moeten voorstellen? Het was niet voor hem bestemd, punt uit, hij had er geen recht op. Gezeglijk onderging hij zijn straf. Hij gunde Nikki haar wraak. Maar nu beseft hij wat hem is ontgaan. Zijn dochter is moeder geworden en hij wist van niks. Er groeide een kleinzoon op, vlees van zijn vlees, en hij wist van niks. Hij weet niet of hij woedend is of moet huilen. Hij moet in elk geval huilen, van woede én ontroering waarschijnlijk. En van onmacht ook, omdat hij gevangenzit in zijn lichaam dat het niet meer doet. Hij kan zijn verloren kleinzoon niet eens een hand geven, laat staan in zijn armen sluiten.

'Calme, calme. Ne panique pas, papa.' Sal legt een hand in zijn nek. 'Relaxe, oui comme ça. C'est bien.'

Haal die hand weg, denkt Tin. Woedend is hij. Op zichzelf en op die hand, maar ook op Vic, die rustig dood is en hem hier op aarde aan zijn lot heeft overgelaten. Hoe kon ze dat doen, wat bezielde haar om zomaar weg te lopen, het beeld uit, het leven uit? Hij heeft er vrede mee omdat het moet, omdat het zo hoort. Maar zodra hij erover nadenkt, beseft hij dat het niet klopt. Ze dacht natuurlijk veilig weg te glippen. Laat die krijgers Tin en de anderen maar afslachten, ik ben weg. Ik ga mijn pleegkind zoeken en wegwezen verder. Ja, je ging dood ja, dat was hoe je vertrok. Wel heel definitief, niet? Nooit heeft hij er met iemand over kunnen praten. Uit schaamte. Je vrouw op vakantie dood laten gaan en dan nog kwaad worden op haar ook. Maar het ergste is dat hij haar is blijven missen. Hij begint al te huilen als hij aan haar denkt. Omdat hij nooit heeft willen aanvaarden dat het waar is, haar overlijden. Het is een verhaal waar hij met bevreemding op terugkijkt. Het is onbegrijpelijk dat Vic in dat verhaal is achtergebleven, voor altijd achtergebleven op dat kleine ommuurde kerkhof in Charleville, laatste rustplaats voor kolonialen, tussen de verweerde tierlantijnen en gebarsten engeltjes – als een ander, als iemand die zij nooit is geweest.

Sal trekt eindelijk zijn hand terug. Hij haalt zijn schouders op. 'Il faut chercher les gamins.' Met snelle passen gaat hij achter zijn weerspannige jongens aan. Arts in achtervolging, zie hem gaan. Vanuit bedden links en rechts roepen patiënten naar hem, bedelend om de professionele zorg die zich hier zelden laat zien. *Disculpa* hier en *disculpa* daar, sorry, sorry, en weg is hij.

Jarenlang heeft Tin gemeend dat hij geen recht had op woede. Dat die voor Nikki was. Alles voor zijn dochter, zijn eigen gevoelens telden niet. Zoals daarvoor de woede voor zijn moeder was. Hij was de schuldige, hij kon nergens aanspraak op maken. Terwijl ook hij in de steek was gelaten, verdomme ja, ook hij met de hiaten achterbleef, de lege plekken, met de vermissing, met heel die onoplosbare afwezigheid. Een dubbele afwezigheid zelfs, waarvoor hij dus kennelijk dubbel gestraft diende te worden, eerst door zijn moeder en later door zijn dochter. Samen, maar los van elkaar, wreven zij hem in dat hij degene was die verdwenen had moeten zijn, als het aan hen had gelegen.

Hij kan er nog niet aan wennen dat deze jongen, deze Victor, helemaal van de overkant van de oceaan is gekomen om zich in zijn bestaan te verheugen. Hoe oud zou hij zijn? Zeventien, achttien? Nee, geen vragen stellen. Het onbekende is zo al groot genoeg. De jongen reist alleen, dus hij zal wel meerderjarig zijn. In zijn eentje hierheen gevlogen, geland op dit eiland in de tijd, waar het decor is stilgezet en vroeger voor altijd blijft bestaan, terwijl het verval doodgewoon voortschrijdt. Zo'n jonge jongen kijkt hier ongetwijfeld zijn ogen uit. Al die sexy meisjes die net doen of ze de hele dag niets beters te doen hebben dan wachten op jongens als hij, de romantiek van de vergane glorie, het strand, de zon, het verlangen. Wat moet je dan aan het bed van een bejaarde vent met een gebroken rug en een ontstoken vleeswond die zijn oud karkas langzaam uitholt en leegvreet? Je bent zijn grootvader, lul, hij is het hele eind gekomen om te weten wie jij bent. Tin denkt aan de jongen die hij zelf was, de eeuwig veertienjarige die in een hiaat van de tijd is gevallen. Dat is zijn enige manier om de ander te zien: door aan zichzelf te denken. Een gezicht als een spiegel. En als hij Victor is, dan is hij hier om zijn vader na al die jaren eindelijk uit het water te trekken. Een jongen wil graag dat het leven op hem heeft gewacht. Hij wil dat zijn komst beslissend is. Het leven heeft hem nodig om eindelijk te kunnen worden zoals het altijd hoort te zijn. Hij had zo'n beslissende jongen willen zijn, zo een die een redder is en een brenger van hoop. Daarom is hij met zijn vader te water gegaan. Om glorieus de overkant te bereiken. In plaats daarvan moest hij hem laten gaan, werd hij veroordeeld tot wachten en bracht hij niets dan wanhoop en onverzoenlijkheid thuis.

Mag ík u naar huis brengen? vraagt hij, de kleinzoon. Dat is zijn missie. Hij is naar Cuba gekomen om hem te halen. Hij zegt het met trots, maar hij kijkt er verlegen bij. Nee, zijn moeder weet van niets. Zijn vader ook niet. Zijn ouders zijn gescheiden. Salif heeft hem benaderd en ja, hij heeft ook het vliegticket betaald. Maar het was zijn eigen idee, benadrukt hij. Hij wil hem redden. Hij is opgestaan en over de aarde gevlogen. Het kan toch niet zo zijn dat zijn vermiste opa dood is voordat hij hem heeft kunnen leren kennen? Een gat is hij in zijn leven, het niet-vertelde verhaal, het geheim van de familie. Hij móét hem redden, zegt hij. Hij kan hem toch niet zomaar dood laten gaan in een vreemd en ver land?

Tin voelt zijn schuld dwars door zijn pijn heen. Zoals ik de moeder van je moeder dood heb laten gaan in een vreemd en ver land. En, denkt hij erachteraan, zoals ik papa heb laten verdwijnen.

Nee! reageert Victor verschrikt, dat bedoelt hij niet. Zo moet hij het niet zien. Integendeel, hij heeft juist alle respect, nee dat is het woord niet, bewondering, nee, ook dat niet, hij gelóóft in hem. Salif heeft hem veel verteld, die heeft zulke mooie dingen over hem geschreven. Hij heeft hem een leven gegeven waar hij in Afrika nog niet van had kunnen dromen. Zijn studie betaald, zijn reizen, hem over laten komen, hem op Cuba bezocht. Wie doet nou zoiets voor een wildvreemde? Dat is toch bijzonder? Op zo iemand kan hij, zijn kleinzoon, alleen maar trots zijn. En daarna begint hij over Vic. Dat Salif hem had geschreven dat Tin alles op alles had gezet om haar leven te redden, dat hij zelfs zijn eigen leven in gevaar had gebracht om haar zo snel mogelijk door de nacht heen te loodsen, al was het toen al te laat geweest. Wat moet hij van haar gehouden hebben, hoe zorgzaam was hij voor haar lichaam dat ze, toen ze weg was, bij hem had achtergelaten. Ze wilden haar ter plekke begraven, maar dat mocht niet van hem. De wilde dieren mochten haar niet vinden. Salif heeft verteld over die nacht en een dag en hoe hij Vic per se een christelijke begrafenis wilde geven, wat ook is gebeurd. Het liefst had hij haar meegenomen naar huis, maar de corrupte ambtenaren eisten almaar meer geld. Salif heeft gezegd dat hij heel, heel veel van haar gehouden moet hebben. Hij had ook aan zichzelf kunnen denken, maar alles wat hij deed, deed hij voor haar.

Tin weet niet wat hij hoort. Afwezig incasseert hij de complimenten. Zoveel eer, hij weet er zich geen raad mee. Het is alsof het over een ander gaat. Hij kijkt naar de jongen en even is het of hij zichzelf ziet, helemaal naar de overkant van de oceaan van de tijd gekomen, om te zeggen dat het nu lang genoeg heeft geduurd, dat hij nu eindelijk terug mag, dat zijn verbanning is opgeheven. Tin, zegt de jongen die hij zelf is, je mag thuiskomen.

∞

Sal heeft met Victor een plan gemaakt om hem te repatriëren, niet als lijk, maar als levende met een toekomst. Hij wist dat Sal ermee bezig was. Het lijkt hem de hel, hij gaat liever gewoon hier dood dan in onvoorstelbare omstandigheden in een vliegtuig op dertigduizend voet boven de Atlantische Oceaan. Maar hij wil Victor niet teleurstellen. Voor hem wil hij de overtocht wagen. Hij wil zijn lot in Victors handen leggen. Dat kan niet anders. Het is niet alleen zijn eigen leven, zijn redding is niet alleen zijn zaak. Als Victor hem wil helpen, mag hij dat niet afwijzen. Die jongen is namelijk ook bezig zichzelf te redden. Die kans moet hij hem geven.

Hij denkt aan Nikki, die hier toch ergens de hand in

moet hebben gehad. Dat wil hij geloven. Ze moet haar zoon op de een of andere manier hebben geholpen, door hem geld te geven misschien en door hem niet tegen te houden toen hij per se naar Cuba wilde om zijn onbekende opa te redden. Nou ja, redden... Waarschijnlijk overleeft hij deze onderneming niet. Of wel. Wie weet.

Bij alle angst voor praktische misère, en door alle pijn heen, voelt hij een geweldig verlangen om zich aan het optimisme van Salif en Victor over te geven. Om op deze twee jongens, die van ver gekomen zijn, te vertrouwen. Hij kan zich nauwelijks verroeren, hij heeft al tijdenlang niet gepoept, de pijn snijdt en steekt en zanikt in zijn organen, onwelkomer heeft hij zich nooit in zijn lichaam gevoeld. Hij zou het het liefst verlaten. Herstel lijkt uitgesloten. En toch gaat hij zich op voorspraak van die twee wonderbaarlijke zonen een vliegtuig binnen laten sjouwen. Er worden hele circussen en dierentuinen de wereld overgevlogen, waarom zouden ze hem dan niet met bed en al in kunnen laden? 'Pas als het onmogelijk is, wordt het interessant,' zegt Victor. Tin merkt dat diens onverwoestbare hoop bij hem begint aan te slaan. Of had hij die zelf bij zich, was die ongeweten al die jaren, al die mijlen met hem meegezwommen? Helemaal naar dit eiland buiten de tijd. Misschien is dit de overkant en moest hij eerst echt alles kwijt zijn om eindelijk de weg naar huis te kunnen aanvaarden.

Januari 2013 – december 2014

P.F. Thomése is een van de veelzijdigste schrijvers van ons taalgebied; romancier, essayist, polemist, verhalenverteller, ironicus en scherp cultuurcriticus: onverschrokken en trefzeker en altijd weer verrassend. Een taalvirtuoos in elk genre dat hij beoefent. Veelvuldig genomineerd en bekroond met onder meer de AKO Literatuurprijs en de Bob den Uylprijs, en in meer dan twintig talen vertaald.

Een schrijver die de literaire pers overrompelt met zijn vunzig-vrolijke humor in de J. Kessels-romans als *Het bamischandaal*, zijn lyriek in *Izak* en het aangrijpende egodocument *Schaduwkind*, zijn verhaalkunst in *Vladiwostok!* en *De weldoener*, zijn belangstelling voor hoge en lage cultuur, politiek, popmuziek en voetbal, zijn tegendraadse stellingnames en veelstemmigheid in de essaybundel *Nergensman*, zijn fijnzinnig vakmanschap in de historische roman *Het zesde bedrijf* en de bundel *Zuidland*, zijn scherpe blik in het reisverhaal *Grillroom Jeruzalem*.

In zijn nieuwste roman, *De onderwaterzwemmer*, herneemt hij zijn belangrijkste thema's en excelleert hij in een sensitief en meeslepend relaas over de onherstelbaarheid van verlies, schuld daarover en het plaatsvervangende gevoel zelf de afwezige te zijn.

BOEKEN VAN P.F. THOMÉSE

Zuidland (verhalen, 1990) – AKO Literatuurprijs 1991

Deep South & Far West (verhalen, 1991)

Heldenjaren (roman, 1994)

Haagse liefde & De vieze engel (novellen, 1996)

Het zesde bedrijf (roman, 1999)

Greatest Hits (verhalen, 2000)

Schaduwkind (2003)

Izak (een sprookje, 2005)

Vladiwostok! (roman, 2007)

Nergensman (autobiografieën, 2008)

J. Kessels: The Novel (roman, 2009)

De weldoener (roman, 2010)

Grillroom Jeruzalem (reisverhaal, 2011) – Bob den Uylprijs 2012

Het raadsel der verstaanbaarheid. Over de kunst van het authentieke (Albert Verweylezing, 2011)

Het bamischandaal (roman, 2012)

De werkelijkheidsverbeteraar (Abraham Kuyperlezing, 2014)

Laika (libretto, 2014)

De onderwaterzwemmer (roman, 2015)